有爱的青春陪伴者

高台千里，勿沾风雪。

长安曾有少年郎

阿森 · 著

江苏凤凰文艺出版社
JIANGSU PHOENIX LITERATURE AND ART PUBLISHING

图书在版编目（CIP）数据

长安曾有少年郎 / 阿森著. -- 南京：江苏凤凰文艺出版社, 2024.12. -- ISBN 978-7-5594-9101-5

Ⅰ．I247.5

中国国家版本馆CIP数据核字第202472J5U1号

长安曾有少年郎

阿森 著

责任编辑	王昕宁
特约编辑	周 贝
出版发行	江苏凤凰文艺出版社
	南京市中央路165号，邮编：210009
网　　址	http://www.jswenyi.com
印　　刷	长沙鸿发印务实业有限公司
开　　本	880mm×1230mm 1/32
印　　张	9
字　　数	241千字
版　　次	2024年12月第1版
印　　次	2024年12月第1次印刷
书　　号	ISBN 978-7-5594-9101-5
定　　价	39.80元

江苏凤凰文艺版图书凡印刷、装订错误，可向出版社调换，联系电话025-83280257

目录
CONTENTS

【第一章】雪落惊鸿 ... 001

【第二章】惊春暖阳 ... 016

【第三章】风动无痕 ... 051

【第四章】血色残阳 ... 090

【第五章】墙头初见 ... 119

目录
CONTENTS

【第六章】白头之约　152
【第七章】生死迷途　180
【第八章】戏中柔情　201
【第九章】黄沙埋骨　222
【第十章】大梦方醒　238

第一章：雪落惊鸿

雪意连绵的天，阴云蔽日，
他却看到了第一缕光。

（一）

隆冬时节，京城下了好大一场雪，白茫茫的一片，覆在红墙绿瓦上，街道上银装素裹。从眺望楼看，能将京城的大好风景尽收眼底。

京城一年一度的冬宴就设在这眺望楼。

宴席上，帝后同坐，为犒劳边关将士设宴，气氛好不热闹。

在座受夸赞最多的人，非少年将军牧原白莫属。他十五岁从军，十八岁建立功勋，二十三岁已是执掌一方军印的大将军，年纪轻轻，战功彪炳。因常年征战，他的那张脸饱经风沙磨蚀，有岁月留下的痕迹，可瞧着又是好看的，浓眉大眼，笑起来时，令人心生好感。

同僚的马屁一拍一个准，牧原白都笑盈盈地受了，只是提起个人婚配时，他那张好看的脸就像戴了假面，笑得不经心。

曾有传闻，他早年间出入烟花场所，那里有他心仪的姑娘，可那姑娘怎么也瞧不上他，嫌弃他出身卑微。牧原白常常受冷落，却没有半点被拂面子的不快，每回只是在那姑娘房里坐着喝酒，有时连话也不说。

后来天降人祸，那姑娘出街游玩，竟被乱匪砍死。自那以后，牧原白再也没去过花楼，一门心思扑在战场上，杀成了凶名在外的"阎王爷"。

不过，这传闻是真是假，也没人敢打包票。牧原白从未回应过这件事，于是大家都当坊间轶事闲谈，图个乐子罢了。毕竟谁也不敢想，这么一个令人闻风丧胆的大将军，下了战场却是一副温和好亲近的模样，像初升的太阳，惹得京城众多女子爱慕，每年回京述职，从常胜门打马而过时，总能接到许多女子扔的丝帕。

可尽管如此，他依然孑然一身，给自己这则艳闻又添了点色彩。

此刻，牧原白也只是摆手："说笑了，喝酒。"

他敬酒，也没人会拂面子，不多时，壶中美酒就空了。有小太监伶俐地上酒，得了他一句"多谢"，惹得小太监腼腆地退走。

这大殿中，也就只有牧原白会对一个奴才道谢了。

若是有人足够了解他，就知道他从未抬高过自己。在他眼里，人人平等，一切尊卑只为一人而遵从。

他抬眼看向高殿之上，帝后同坐一席，一举一动都散发着四个字——恩爱无两。

皇帝齐修远，少年登基。前朝重武轻文，到他这儿就想文武双全，可朝堂改革，哪有这么容易。如今太平盛世，他一方面想收权，另一方面，又不得不对武将新秀牧原白极为倚重。

牧原白年轻气盛，血气方刚，又是最好拿捏的时候，皇帝自是要好好控制住这位。是以这次设宴，明面上是犒劳将士，暗地里也有拉拢和警告的意思。

话赶话到这里，皇帝装作随意地问了一句："朕若没记错的话，原白应与皇后同岁，今年二十有三了吧。可有心上人？"

牧原白放下酒杯，面色惶恐，赶紧跪下："陛下折煞臣了。皇后娘娘千岁，臣怎敢与娘娘相比。"

他微微抬眼看向皇后，只见她淡然喝茶，抿了抿嘴，看向皇帝，露出浅浅笑意。皇帝握着她的手，轻轻拍了拍，眼里溺着沉沉爱意。

牧原白不敢再看。而后，听见皇帝笑："爱卿快起身，这是做什么。"

牧原白低着脑袋，生生吞下这股刺痛感。

皇后搭话道："牧将军莫紧张，此宴随意些，大成若能多得几位如你一般的将士，千岁万岁都是大成的福气，也是陛下与本宫的福气。"

沉稳大气的嗓音，没有丝毫矫揉造作，她坐高台，贵气冲天。

牧原白起身示忠："陛下和娘娘寿与天齐，臣等誓死卫国，保我大成千秋万代。"

一呼百应，在座纷纷献忠心，眺望楼里，一直回荡着这句话。

皇帝心情大好，笑着让诸位坐，又将话题拉回到牧原白的婚配上："原白常年戍边，对京城有些事情尚且不知。"他笑看牧原白，眼底有点看好戏的意味，"京城的姑娘都称你为梦中情郎，崇远寺的姻缘树上有一半挂着你的名字——朕听闻时，还专门和皇后去看过。"

皇后浅笑："牧将军福气可人，将来不知是哪家姑娘能站在将军身边呢。"

牧原白微笑着，执杯浅酌，并不回话，眼神从皇后身上掠过，捕捉到那点笑意后，便不敢再细看。

杯中美酒泛着涟漪，他却频频出神。

皇帝说："朕倒是为原白想了一桩婚事，原白可想听一听？"

牧原白笑道："劳陛下费心了。"

皇帝看看皇后说："这本也是朕的一点私心。"他笑了笑，又看向牧原白，"去岁元宵灯节，京城闹刺客，朕的妹妹晋安公主贪玩，私服出了宫，为刺客所伤，后被你所救。你可还记得，当时晋安公主对你说了什么？"

牧原白眉头微皱，极力回想当日场景。

元宵当日，牧原白出来给几个弟兄采买，刚要进一家成衣铺子，就听到有人大喊："救命啊，有刺客！"

一时间，周围乱成一团。牧原白忙跑过去，只见到一个蒙面人背着一包裹，拿刀架在一个少女的脖子上。衙役很快出现，形成对峙。

那蒙面人喊着："都别过来，不然我就杀了她！"

刀架颈侧，少女的脖子上已经见血。牧原白二话不说，拿起旁边猪肉摊上的菜刀扔过去，动作又快又准，刀刃直直朝蒙面人拿刀的手臂嵌进去，顿时鲜血淋漓，将紧箍的少女吓晕了过去。

蒙面人一时厉声号叫，牧原白只觉得刺耳，抓了个馒头堵住他的嘴，又卸下他的包裹看了看，里头全是些金银财宝，倒真是个要钱不要命的惯偷。

那日城中无宵禁，贼也大胆了起来。

牧原白按住这贼交给衙役，京畿校尉忙请罪。牧原白虽不管城中布防，但也十分生气："巍巍皇城，天子脚下，竟还能出如此纰漏，校尉大人，你自去陛下面前请罪吧。"

京畿校尉忙跪下，却是一句都不敢辩驳。

牧原白越过他，将吓晕了的少女抱起去就近的医馆。小婢女着急忙慌地跟在他身后，连连道谢，一进医馆又忙前忙后，见牧原白要走，忙问姓名。

牧原白报了名字，小婢女似是不敢相信："是攻破羯奴王宫的牧原白吗？"

牧原白点头，眼里无波无澜："是我。"

小婢女突然跪下，说改日必登门道谢。

牧原白说不必，可不承想，这个"改日"就在他出发返边，皇帝为他送行的那日。皇帝身边跟着一名大气女子，正是当朝的晋安公主。她也不说话，几步之遥，只是朝他微微点头致意，温润大方，眼波流转间，即使他再愚钝也知道，自己入了晋安公主的青眼。

牧原白收回思绪，暗叹一口气，摇头求皇帝恕罪。

皇帝没怪罪，倒是替他记住了，说："晋安说，牧将军英姿，京城难出其右，好女当嫁好儿郎。"

一句话说得和颜悦色，盛赞也不过如此。

牧原白的脸上依然浅浅笑意。

皇帝问:"今日朕问你,晋安公主可配得上你?"

话音甫落,满堂寂静。

堂下你看我,我看你,最后看向牧原白。他倒是平静,慢悠悠地喝完杯中的酒,起身跪下。

"谢陛下美意。"

皇帝舒了心,眉眼柔和,当他是懂进退的。

在座同僚已经开始道喜,可话还未说完,又听见牧原白朗声说:"微臣出身卑微,配不上晋安公主。"

少年血气方刚,话音掷地有声。皇帝柔和的眉目瞬间结冰,大殿内再次陷入寂静。

牧原白一改往日的笑脸,此时还有些悲痛,讲话声都抖了起来:"臣少时失怙,不懂人间温情,后为奴,得恩人怜悯,才识得几个字,又得恩人赏识,会些三脚猫功夫。曾以为,这就是臣的一生。可当时滋州匪寇横行,掠杀恩人一家,臣侥幸逃过一劫。时年十五岁,恰逢朝廷征兵,臣便立志,要天下再无匪寇之患。"

他顿了顿,竟有些哽咽:"臣是常年行走在刀尖上的人,已有一半身子交给了阎王爷,晋安公主金贵,若嫁给我……来日若臣战死沙场,于公主是肝肠寸断,于臣更是心有不忍,这一生都亏待公主,更有愧陛下。晋安公主当得比臣更好的人,还请陛下三思。"

他讲得诚恳,听起来不无道理,混着眼泪一说,倒让人觉得有些难为他了。可这样的话在皇帝耳里却是不受用的,就好似将晋安公主许给他是件错事,一番美意被打得七零八落。

常言伴君如伴虎,君王心思最难捉摸。

皇帝低眉掩住眼底怒意,嘴上却笑着说:"原白想多了,朕并非要赐婚,婚姻大事,朕也乐得见两情相悦。"他颇为惋惜地开口,"朕知原白是心付山河,难付美人,鱼和熊掌,朕也不能兼得。"

牧原白当即磕头,脑袋抵在地板上,冰冷的触感从额头刺进大脑,

006

遍体生寒。

"臣誓死效忠陛下。"

皇帝让他起身，嗔他多礼，坏了这热闹的气氛。

牧原白罚酒三杯，眼神偶尔飘向皇帝的身旁，见皇后为皇帝斟酒，脸上笑意绵绵，心里一阵闷堵。方才提到晋安公主，她也是这般浅浅地笑，坐在皇帝身边很温顺，明明以前是位跋扈的女子。

在心悦之人面前，是不是所有人都善于伪装？伪装自己的爱慕，或伪装自己的锋芒？

牧原白心中苦笑，不知该不该追问这个答案。

转头看着楼外遍地银白，他想起滋州的雪，并不算厚重，可如今却像一片阴沉的天，压在他心坎上，默默下起了鹅毛大雪，一点一点侵蚀他燥热的血液。

他听见皇后说："京城好女千万，将军若有意，本宫倒是可以替将军多留意，来日讨杯喜酒吃也好。"

牧原白回头，对上她笑盈盈的眼，一如当年初见，在冰天雪地的滋州城内，他衣衫褴褛地跪在路边，两卷草席裹着双亲，嘴里麻木地喊着："求好心人可怜。"

那时，她也是这般居高临下地看着他，眼底带着清澈的笑意，说："男儿膝下有黄金，本姑娘今日受你一拜，替你了了后事，你当如何报答？"

他磕头，哑声答："只要恩人需要，当牛做马，在所不辞。"

彼时不解她的笑，如今懂了，是十年如一日的高傲。

她其实从未变过。

雪意连绵的天，阴云蔽日，他却看到了第一缕光，曾妄想抓住这道光，可到底没抓住。

他自嘲一笑："谢皇后娘娘。"

（二）

每到年关，边关将士都要回京述职，过了元宵就要立刻返边。一到除夕，皇帝都会宴请重臣，牧原白自然在列。

除夕当天，牧原白还在校场操练，直到午时才放人回家。

副将刘元跟他都是穷苦出身，一入军营便是过命之交，这几年过年，都是两人带着些孤苦的弟兄一起。

这会儿刘元收了枪，站在擂台外，问他几时入宫。

牧原白爱耍大刀，喜欢那种握在手里有重量的东西，能给他安全感，此刻根本无暇理刘元。

刘元话多，私下在他面前有些口无遮拦："上回冬宴，陛下要将晋安公主嫁你，美事一桩，你拒了。今日皇宫夜宴，你逃得过晋安公主，难保这回又来个什么郡主，你可想好理由了？"

一股冷风擦面而过，"砰"的一声，大刀砸进地里，裂痕斑驳。牧原白翻下擂台，稳步朝刘元走来，冷言警告："这是长安城，你最好管住自己的嘴巴。"

他提起大刀，地砖四分五裂，留下一个深坑。

刘元哑然，好一会儿才笑着说："野惯了，你别往心里去，我自是担心你才会这么说。"

牧原白轻哼一声："我倒觉得是该找个人管管你了。"

刘元憨笑："倒也不是不可以，就是咱们太糙了，没有哪家姑娘看得上。"

"别拿我跟你相比。"牧原白摸了把自己的脸，确实糙了点。

刘元跟在他身旁，正要开他玩笑，宫里来人了。

牧原白把刀扔给刘元，让他回将军府等着。

刘元在后面乐呵呵地喊道："回来别忘了买点酒，府里等着你热闹呢。"

雪停了两日，除夕日更冷了些，牧原白披着大氅骑马入宫，脸颊微红，是被寒风刺的。

下马时，公公引路，路过一处小园，他瞥了一眼，只见梅花盛放，枯枝败叶中绽出生机。他愣了神，抬头看天，日光微暖。

引路的公公在前方轻喊："将军，将军，请跟小的前去迎源殿，宫宴即将开始了。"

牧原白回神："有劳公公带路了。"

小园内，梅花遮掩处，有贵人静坐喝茶，热气袅袅，遮住她的视线。身旁的云蝉轻声说："皇后娘娘，方才是牧将军途经此处。"

她轻声应答，不见喜怒，只望着枝头梅花出神，想起一句诗——

宝剑锋从磨砺出，梅花香自苦寒来。

如今，是苦尽甘来的日子了。

她问："可有随从？"

"并无。"

她笑了笑，将杯中茶水倒掉，折一枝红梅带走，说："回宫更衣。"

除夕夜宴，帝后同堂，听了一屋子的吉祥话。君臣一家亲，个个都是喜笑颜开的样子，只有牧原白，笑意始终未达眼底。他一个武将粗人，不懂奉承讨好，场面话说不过三句就要卡壳，是以只能多喝酒。

有小太监送来一盘糕点，恭恭敬敬地跪在他身边布菜，轻声说道："牧将军，这盘杏口酥乃是晋安公主亲手做的，公主特命小的送来给将军尝尝。"

牧原白抬眼看向晋安公主，她举杯致意，微微笑着。

牧原白回头道了声谢，斟了酒朝晋安公主示意，而后一饮而尽，那杏口酥却是一口都没动。

晋安公主又着人送了一壶酒过去。

小太监笑眯眯地说："将军，公主赐酒，不得浪费。"

那是一壶上好的御酒，即便是官员，也只有在这样的宫宴上才有机

会喝到。晋安公主摆明了是在骂他不识好歹,堂堂一国公主为他做的糕点,他竟然吃都不吃!

牧原白心知肚明,只沉声应道:"替我多谢公主。"而后便一杯接一杯地喝,却始终不肯分一个眼神给晋安公主。

晋安公主气得骂了句"呆子",却又喜欢极了他那目中无人、无可奈何的样子。她堂堂一国公主,等着尚公主的人都能排到燕山关去,偏偏这个牧原白,一张无情无欲的脸,使她沦陷。

晋安支着下巴,看向牧原白的眼神炽热又深情,轻轻笑道:"英雄配美人,自古以来,多的是这样的佳话。牧原白,本公主倒是愿意等上一等。"

看看这红线到底牵到哪儿了。

殊不知,他俩这一来一往的模样被皇后尽收眼底,她眼中泛起笑意,却和牧原白一样,笑得漫不经心。

皇帝顺着视线看过去,也懂了,侧头轻声问她:"卿卿觉得,牧将军配不配得上晋安?"

卿如安温声答:"天定良缘。"

皇帝笑了:"郎无情,妾有意,这也算般配的良缘吗?"

卿如安夹了一筷子菜给他,笑着说:"若陛下想,即使配不上也能配得上。"

皇帝摇头,握着她的手摩挲着,一字一句都似温水般淌进了她的耳朵里:"可朕更乐得见如你我这般情投意合的姻缘。"

卿如安面带微笑,却是不接这话。

皇帝哈哈大笑,当她羞涩。

与卿如安成婚之后,齐修远就很喜欢用言语逗她,若非现在百官济济一堂,他一定会将她逗到脸红,要来追打他。

牧原白闻声看过去,只见卿如安一脸羞赧,那是他不曾见过的样子。这么多年了,他甚至连话都不能与她多说一句。

·
010

一时间，他胸腔泛酸，只能借酒消愁。

后来撤了桌，还要上城楼与长安百姓共赏除夕焰火。

牧原白微醺，步子轻轻，有小公公见他走不稳，要伸手来扶，他抬手道谢，说不妨事。

卿如安往后看了眼，对身边的婢女云蝉使了个眼色，云蝉便先离开。

后来众人站在楼前，夜色清明，万家灯火连绵不绝，城中热闹非凡，皇帝与皇后携手上前，楼下百姓直呼万岁千岁。

那场景，牧原白不是第一次见，却如第一次见时，心下一片微凉。

前方执手的一对璧人，有他这辈子都得不到的妄想。他在心里默喊"卿卿"，一遍又一遍，那人从未回头过。

牧原白一直都知道，即使一切重来，他的爱慕也永远见不了天日。他们之间的距离，从一开始就是云泥之别，她生来就应该高高在上，就算跌落尘埃，他也会高捧着她。

天太冷，有小太监和宫女送来汤婆子和热茶。

云蝉给牧原白递茶，手指快速在他手心里滑过，他当即瞪大眼睛，她微微点头，已走向下一位。

牧原白手心一阵硌，他微微张开手掌，里面躺着一个小纸团。他拉过大氅，将自己裹了裹，趁机看字条，里面写着：宴散，朱门楼见。

他心口一阵狂跳，还有些窃喜，目光再次看向前方，见她的侧脸在烟火里明灭。她好似回头了，朝他笑着，一点一点，随着烟火照进他的心。

牧原白看着她欠身，皇帝替她拢了拢氅衣，神情有些担忧，说："回去好好休息，不必等朕，晚点朕来看你。"

两手交握好一会儿，卿如安带着婢女离开了。临行前，她看了他一眼，淡淡一扫，牧原白知道该赴约了。

不多时，他借着酒意告退，说府上还有些无亲无故的战场兄弟在等他回去守岁。

皇帝允了，派人送他出宫。

路走到一半，牧原白喊住带路的公公，掏出一个荷包送他："公公，除夕当值，想必很是辛苦，不如就送到这里，剩下的路我自己走回吧。"

公公忙推辞："将军，使不得，这是小的该做的。"

牧原白笑："年年除夕，这宫里最忙的当数你们，想必也有人在等着公公一起守岁，公公就收下，当新岁讨个好彩头吧。"

公公面露难色，见他手里的荷包沉甸甸的，又心动得很，说："那便多谢牧将军，祝将军战场所向披靡，一往无前。"

看他转身离开，牧原白这才往朱门楼走去，刚拐过弯，就看见前方站着一抹红色的身影。

牧原白加快脚步，靴底踩在雪地上，踩出"沙沙"的声音。那红影转过来，凤凰于归的步摇垂在一侧微微摇晃，慢慢晃动着他的心。

"原白，你来得晚了些。"

卿如安微笑着，早已不见当年的稚嫩嚣张，取而代之的是落落大方与贵气优雅。

牧原白行跪礼："娘娘恕罪，席上多吃了些酒，走路慢了点。"

卿如安扶他，说："晋安公主赐的酒确实不一般，难得见你贪杯。"

那一壶酒全被他喝完了。

牧原白不敢看她，也不辩解，只说那是公主的美意，不好忤逆。他总是笨拙地想引起卿如安的注意，得她一点怜悯，又或者是一丝爱意。

卿如安敛了笑意，就显出几分威严来。牧原白觉得自己说错了话，瞥见她冷淡的神色，又不禁想，她这几年在宫里的日子，定然也是不好过的，他不应该让她烦心。

"陛下此前要将晋安公主嫁你，你不要，今日本宫倒想问问你，你要什么？"卿如安问。

牧原白终于抬眸看她了，可怎么看都觉得她陌生，记忆里那个无忧无虑的小少女早已不见踪影。

"娘娘想我要什么？"

卿如安冷笑一声,缓缓吐出一口气:"我要你封侯拜相,前途无量可好?"

"然后呢?"

"然后……"卿如安露出少女的娇俏,一如当年那副稚嫩纯真的模样,"自是护我一世平安啊。"

(三)

牧原白回府,一屋子人在院子里烧火烤肉,还未进门就已经闻到了肉香。他好笑道:"这是京城,不是边关,哪有你们这样吃肉的。"

刘元见他回来了,递了块大蹄髈给他:"少废话,这么吃才痛快。"

众人都说是,刘元便拍着胸脯,夸张地说:"有回沾了将军的光,我跟着去吃了趟冬宴,那菜上的,太小家子气了,我一个粗鄙之人不懂文雅,只懂大口吃肉,大碗喝酒,那才痛快!大家说是不是啊?"

"是!"众人齐声应道。

牧原白咬了口肉,确实爽快:"今日我也没吃饱,再给我来碗酒!"

刘元立刻就给他满上:"这才是嘛,我敬将军一杯。"

要喝时,有人拦住,问刘元:"你敬将军什么?"

刘元顿了顿,见牧原白一脸看好戏的样子,他将那人踹开:"去去去,明知道我肚子里有酒水没墨水,还来逗我开心。"

牧原白笑,举杯敬各位:"诸位与我是同生共死的战场兄弟,无亲无故,孑然一身,如今能坐在这里,那我们就是一家人。我牧原白虽一穷二白,但绝不亏待各位。明年此时再话家常,我希望诸位皆在,一个不少。"

府内的酒都被搬了出来,刘元站在桌子上高喊:"来啊,今夜不醉不归!"

众人欢呼:"不醉不归,不醉不归。"

一群大男人嗓门也大,闹起来真让人头疼。

牧原白不胜酒力，酒过三巡就回了房，从衣襟里摸出字条，看它在烛火下慢慢化为灰烬。忽然看见窗外飘着细碎的雪，不知怎的，他又提着一壶酒上了屋顶。头顶月光明晃晃的，又渐渐隐进云层里，陡然剩下一片黑暗，院内梅花独开，渐渐也没了颜色。

他出神了片刻，想起滋州城里的一座大宅院，院里种着一片梅树林，卿如安将那院子取名"覆香林"，每年冬日，她就会住在那儿赏梅煮茶，下雪时，她会即兴跳一支舞，而后折一枝梅花倾身，笑问他："原白，我与梅花孰美？"

她是灵动娇俏的，一颦一笑，一言一行，到今天，牧原白仍找不出比她更美的东西出来。

京城的风很冷，梅花不怎么香，但这里有卿如安在。

他叹了口气，突然有人抢走他手里的酒，牧原白不知刘元何时发现他的，问他上屋顶作甚。

刘元反问他："你不是歇了吗？上来又作甚？"把酒还给他，笑了，"莫不是今日陛下真带了个郡主来？"

牧原白斜了刘元一眼，说："我怎瞧着你幸灾乐祸得很。"

刘元嘿嘿笑着，也不忤他，说："咱们都是穷苦出身，这等美事，放在寻常人家是高攀，你怎的还瞧不上，莫不是心里有人了？"

牧原白不说话，雪簌簌下着，不一会儿就白了头。

刘元愣了："真有？我怎不知？"

"要你知？"

"啧，这不奇怪嘛！"刘元说，"咱俩一同当的兵，你身上有几块疤我都知道，但你要说你心里装了个女人，那我可真没看出来。同在军营这么多年，也没见你跟哪家女子打过照面啊？"

牧原白把酒递给刘元，声音淡淡，惆怅得很："十岁那年，我卖身为奴，有家商贾小姐买了我，替我葬了双亲，我说这辈子要为她当牛做马。后来她一家被匪寇掠杀，她被匪寇掳走卖去青楼，我侥幸逃过一劫，跟去青楼打杂,守着她。"

刘元哑然,知晓他无亲无故,有个前主,却不想还有这样一段事。

"那……你如今荣耀在身,养个小姐不在话下,怎不去接她回来?"

牧原白默了默,看着那黯然失色的红梅,眼中竟蓄了泪,失神道:"她死了。"

刘元愣住,记忆仿佛一团乱糟糟的丝线在奋力拉扯,他左思右想,终于抓到了线头,说:"难怪那时刚入营,一有时间你就往外边跑,我只当男人那点事,不曾戳破你,竟……真是这样吗?"

牧原白自嘲一笑,也不回答,只是叹出一句话:"就算活着,我也不敢高攀。"

他总是将自己放在最低处,习惯了抬头望着她。

牧原白把酒全给了刘元,猛吸一口冷气,整个人也清醒了不少,说:"你喝吧,我歇息去了。"

刘元笑他:"倒是不知,你还是个痴情种。"

牧原白没说话,晃着身子下楼了。

那一夜,他却怎么也睡不安生,总是梦见滋州城内厚重的雪和灼热的血,混在一起,魇得他心如刀绞。

这场梦,做了好多年,好像永远都不会结束一样。

第二章：惊春暖阳

这破烂一样的人生,因为她,
有了往后的好景好风光。

(一)

那是建安元年的冬天,新帝登基,太后垂帘听政,大赦天下,改年号建安,当时滋州城迎来了冬日的第一场雪。那场雪下得比往年厚重,凛冽寒风携着一股肃杀之意,摧垮了城郊的几间破茅草屋,许多人被冻死在那个冬天。

牧原白从雪堆里挖出没了声息的双亲时,一双手抖个不停,空旷的城郊废墟里,鬼哭狼嚎的风声盖过了少年人的悲恸,没有人关心这个寒冷的冬天有几人活,又有几人死。

牧原白寻来草席,裹着刚过世的双亲,拧好麻绳,拖着父母的尸体前去城内乞讨。他打算把自己卖了,换些银两安葬双亲。

临近过年,滋州城内热闹熙攘,与城郊的破落相比,这里犹如天堂。

牧原白跪在一座赌坊旁,过往的路人只觉得晦气,有些输了钱的人心里有气,便对他拳打脚踢,说他坏人气运,要他去别的地方跪着。

牧原白遍体鳞伤地求人行行好,却被掼开撞在墙上,顿时头破血流,血和着泪落下。他仍旧跪在地上,求人家大发慈悲:"老爷,求您买了我,我什么都能做。"

那男人见他满脸血泪,顿时清醒,怕闹出人命来,赶紧走了。

牧原白犹如木偶,跪在地上麻木地喊着:"老爷夫人,公子小姐,买我吧,二两银子,一口棺材钱就好,买我吧。"

声音渐渐小了去,围观的人多了起来,说他可怜的、造孽的都有,就是没有人愿意花二两银子买他。

牧原白又冷又饿。父母尚在的时候,虽不说富裕,却仍有一口饭吃,可这个冬天,一场风寒就让他倾家荡产,一场雪就让他失去双亲。他有手有脚,可以去干活挣钱,却没有人愿意雇一个十岁的小屁孩,也没有人愿意伸出手帮他安葬双亲。

没有人怜悯他,人人都自顾不暇。

牧原白塌下双肩,身体开始变得沉重。他弓着身子,仿佛置身梦境——他住在宽敞舒适的大宅院,锦衣玉食,还有慈爱的父母向他招手,让他跑慢点别摔着。

可只是一眨眼,这些就幻灭了。

牧原白强撑着一丝神志,保持清醒,喃喃开口:"求好心人可怜。"

一队车马驶过,他的眼前突然多出一双好看的金丝绣花鞋,上面的牡丹栩栩如生,他从未见过这么精致的鞋面。

抬头看时,只见一个娇俏的姑娘朝他笑,话也说得高高在上:"男儿膝下有黄金,今日本姑娘受你一拜,替你了了后事,你当如何报答?"

牧原白这下完全清醒了,伏在地上,气若游丝地答:"当牛做马,在所不辞。"

"好!"姑娘又近了一步,牧原白赶紧缩回手,怕弄脏了她的鞋。

她蹲下来看着他,问:"你叫什么名字?"

"牧原白。"

"那你可知我是谁?"

牧原白摇头。

"卿如安。"卿如安将他扶起来,让几个下人帮他葬了双亲,走在他前方,仍旧是趾高气扬的模样,"从今以后,你就是本小姐的人了,跟我走吧。"

那天牧原白才知道,卿如安是滋州首富之女,她只是偶然路过,随意看了一眼,一句话就改写了他的破烂人生。

此后不论过多少年,牧原白每每想起这一日,就觉得世间法则再如何残酷无情,却总有一丝丝日光得以给人温暖。

卿如安就是照进他黑暗人生里的一缕光,他想紧紧抓住她。

牧原白颤颤巍巍地跟在卿如安后面,没走几步,整个人就向前栽了下去。醒来时,他睡在松软的床榻上,被褥散发着好闻的松木香,是被人特意熏过的。他从未睡过这样好的榻和被子,瞧见精致华美的房梁雕柱,还以为自己身处极乐,心中苦笑,死了能过上这样的好日子,倒也没什么可怕的了。

门被推开,一身华服的老人端着药进来,见他醒了,温和地开口:"可有哪里不舒服?"

牧原白记得老人,卿如安买他那日,这个老人就站在旁边。

牧原白连忙起身下床,被老人制止住。额头上的伤口已经处理好了,牧原白仍旧有些胆怯,说:"都好,多谢老爷。"

老人把药给他,笑道:"叫我'卿管家'就好。这里是卿府,我家小姐把你买回来的,你可还有印象?"

牧原白点头:"有的。"

"那就好,喝了药,我带你去个地方。"

牧原白穿上了厚厚的袄子,在寒冷的冬日里,跟着管家坐在暖呼呼的马车上,还有一丝不真实感。卿管家瞧他这副怯生的样子,不禁想起自家的小捣蛋鬼,幼学之年,正是活蹦乱跳、嬉闹玩耍的时候,但瞧牧原白,怯懦畏缩,少了些少年郎的朝气。

卿管家将暖炉送到他手里,又从衣袋里掏出一把板栗递给他。

牧原白连忙道谢,那谨小慎微的模样惹笑了管家,宽慰着他:"莫怕,你如今是卿家的人,若非家主不要你,否则谁也赶不走你。"

牧原白这才放松了些,攥着板栗问:"那我们去哪儿?"

"看你爹娘。"

(二)

牧原白的双亲葬在城郊,离他原先住的地方只有三里路,卿管家说:"离家近些才叫归宿。"

牧原白跪在两个坟包前,一时泪如泉涌,悲痛的情绪太汹涌,却又不愿意哭出声。

卿管家帮他烧纸钱,他便寻来一块又一块的石头,将两个坟包围了起来,双手在雪地里冻得失去了知觉。待做完这一切,牧原白才在坟前重重跪下,磕了三个响头,说来日挣了钱,会重新给爹娘立碑。

卿管家沉默地站在一旁,心里也跟着泛酸,可怜他小小年纪,竟如此不容易。

回府的路上,卿管家给他讲了以后在卿府要守的规矩。

牧原白静静地听着,应道:"我记住了。"

卿管家露出满意的表情,又说了几句卿家的好话,让他宽心。

回府已近傍晚,牧原白被安排在下人房,正好跟卿管家的孙子卿赞一个屋子。

卿管家"嘿"了声:"这臭小子,又没在屋里。"

牧原白立刻给卿管家倒茶,问:"卿管家,那我等会儿要做什么呢?"

卿管家接过茶抿了口,笑着说:"不急,小姐让你养好伤再做事。我看你还有些热,等你退热了,我再给你安排活儿。"

牧原白忙说不用:"我身体很好,很有力气的。"

卿管家笑开怀,摸着他的脑袋说:"少年郎还要明白一个道理,身体是一切的本钱。"走前又嘱咐他定要好好休息,来日有得忙。

牧原白看着桌上空了的茶杯,还在冒热气,顿觉自己的一颗心也被这股热气融化了。

翌日起来，他无事可做，便将整个屋子都打扫了一遍。午饭前，有人送来汤药，这回来的不是卿管家，而是卿如安身边的小侍女，瞧着跟他一样大。牧原白站在一旁，局促得不知如何开口，小侍女被他逗笑了："我叫阿柳，从小就跟在小姐身边。我瞧你个子比我还矮，一定比我小，叫我'阿柳姐姐'就行。"

牧原白乖乖地喊："阿柳姐姐。"

"路上遇着卿管家，他有事走不开，便让我送药过来。你身子可好些了？"

牧原白一口饮尽，说："好许多了。"他有些怯懦地开口，"替我……谢谢小姐。"

阿柳笑："小姐要你亲自去谢她。"

牧原白跟着阿柳穿过长廊，又拐了几个院子，才到卿如安住的地方。一路上，牧原白光顾着感叹卿宅的大气，到了卿如安面前都没回过神。

她坐在茶几前，案上摆着制茶的工具，一旁的烧茶壶"突突"喷着热气，她捣着茶叶，样子聚精会神，丝毫不见当日的高傲，让人想看又不敢看。

牧原白几乎不敢认她，还是阿柳提醒他："快见过小姐。"

牧原白这才回神，"扑通"跪在地上，说："谢小姐救命之恩，日后有需要原白的地方，刀山火海也在所不辞。"

卿如安惊了下，停了动作转向他，有些嗔怪："这么悲壮做什么？本小姐又不是什么虎狼豺豹，哪里需要你上刀山下火海。"

牧原白局促得红了脸，卿如安又恢复了当日趾高气扬的模样，问："不过你这话说得极好，从哪里学来的？"

"清雅茶堂。"牧原白伏在地上答，"小的曾经在那里卖过娘亲的手艺品，听茶堂的说书人讲故事时，说过这样的话。"

卿如安若有所思地点头："我倒是没去过，你跟我说说，这茶堂都讲些什么故事？"

"这……"牧原白实话实说,"我只听过两回,茶堂老板不太喜欢我。"

"为什么?"

"茶堂里大多是些文人雅士和富家子弟,我……"

卿如安懂了,问他:"那你听的那两回是什么故事?"

"周瑜火烧赤壁,萧何月下追韩信。"

这故事卿如安早就听爹爹卿永说过了,此刻却想逗逗他:"哦,那你说与我听听。"

牧原白以为自己听错了,说:"小姐想听,我知道清雅茶堂在哪儿,那个说书先生很有名的。"

卿如安端起刚泡好的茶递给他,牧原白赶紧接住,心里很是惶恐,指尖被烫得如火灼。

卿如安睨着他,自然而然的威压从她娇俏的面容上散发出来,令人畏惧。她问:"卿管家教你规矩了吗?"

牧原白点头,强忍着指尖的痛感不敢动,一条一条地将家规都背了出来。

卿如安满意地点头:"不错,今日起再加一条。"

牧原白抬头看她,只见她捏着一把小竹扇转了转,笑得娇软可爱:"我说什么,你就做什么。"

牧原白终于忍不住指尖火烧的痛意,松手打翻了茶杯,几滴热茶溅在了卿如安的鞋面上,他整个人都伏了下去,话都说不出了。

谁承想,卿如安笑得开怀,扶他起来,道:"木头,烫你不会说啊?"

牧原白哪里敢说,攥紧拳头,却被卿如安掰开,看他指尖泛红,似乎起泡了,轻轻捏了下,有些不忍:"阿柳,去把烫伤膏拿来。"

牧原白看不懂卿如安。她生来就在云端,万千宠爱集于一身,不懂人间疾苦,也不知人心复杂。上一刻还高高在上地给他定规矩,下一刻又能握着他的手亲自给他上药。将高傲化为亲密,让人想靠近。

他的内心从惊惧变成了惊喜，好似只要一点点好，就能让他全盘接受所有的坏。

卿如安把药送给他，说："行了，你回去吧。"

牧原白告退，指尖仿佛冰火两重天，就像卿如安这个人一样。

（三）

牧原白还是乖乖去卿如安的院子讲故事了，他其实也不太记得内容，只能说个大概，说得乏味枯燥，可卿如安却笑得很开心，赏了他一碟糕点，并让他明日再来。

卿赞正好刷马回来，瞧见桌上的糕点就伸手，说他命真好。

牧原白不解，卿赞揶揄他："我还没见过府里的下人不用干活的，你的命还不好？"

牧原白看着碟子里的糕点只剩下最后一块，伸手护住，对卿赞说："我会干活的。"

卿赞笑道："动动嘴皮子也是干活呗。不过，我今日路过了一下，你那又跳又蹦的样子着实可笑。"

牧原白不说话，他有时候词不达意，只能用肢体语言来表达。想来卿如安笑，也是因为他那笨拙的表达方式吧。

卿赞起身道："我今日去跟我阿公用饭，你一起来吧。"

牧原白默了默，卿赞有些不耐烦："晚了我可不给你留菜。"

牧原白这才笑着点头。

这府里总共就四个孩子，卿赞是里面年纪最大的，卿如安出生后，卿赞就有了护主的使命。后来卿如安长大了点，身边也不好再跟个男孩子，卿家老爷卿永和夫人王懿便决定买个女娃回来陪卿如安玩耍，一晃眼到现在，府里又多了个牧原白。

他从不敢跟卿赞称朋友，他知道卿赞不怎么喜欢和他相处，见到阿柳，他也是远远点头致意就走，对卿如安就更不敢奢望什么了。他在这

里，把自己放在了最低的位置上，这是他的本分。

除夕前两日，卿如安在覆香林遇到正在洒扫的牧原白，她提着食盒，坐在廊下招他过来。牧原白走到她面前，还没开口，卿赞就把他按下，阿柳往他嘴里塞了一块饼。牧原白顿时就觉得自己的舌头发麻，像万千蚂蚁在爬行一样。

卿赞笑呵呵地问他："木头，味道如何？"

卿如安这么喊过他一次后，卿赞也总这么喊他，因为牧原白平时都不怎么爱说话，一副逆来顺受的样子，让人想欺负他。

牧原白表情皱巴巴的，又挣不开，话说得含糊。卿如安侧着耳朵听了几次，挥手让人松开他。阿柳立刻给他倒了杯水，牧原白喝下后，如释重负。

卿如安一脸期待地看着牧原白，他顿时如坐针毡，结巴道："好……好吃。"

一时寂静，其余三人的脸色都复杂得很，牧原白寻思自己应该没说错话。

卿如安慢慢漾开笑容，那是一种胜券在握的笑容，仿佛干成了一件很了不得的事，指着卿赞说："小虎子，你嘴巴肯定有问题，这都是上等的材料，怎么可能会难吃。"

卿赞惊恐地看向牧原白，晃着他的肩膀问："木头，你不是真心话吧！"

牧原白答也不是，不答也不是。

卿如安非常满意地说："原白，本小姐今日就将这千丝饼赏你了，嘴这么甜，就该多吃点。"

牧原白顿时如遭雷击。他向卿赞和阿柳看过去，两人都很有默契地转过头，仿佛在为他默哀。

最终，这道糕点被端上了除夕家宴，卿永躺了两天，牧原白也泻了半个月的肚子。卿赞看牧原白日日面如土色，于心不忍，在卿如安再次着人叫牧原白去试吃时,他斗胆直言,气得卿如安要打他板子。

牧原白看着这热闹的日子,终于有了真实感。

过了寒冬,迎来了暖阳,有人在前方喊:"牧原白,你报恩的时候到了,给我捉住卿赞,本小姐要亲自打他板子。"

卿如安像只夯毛的狸奴。卿赞边跑边喊:"木头,我这可都是为了你啊!"

牧原白见他俩在院中追逐,笑着跑过去抱住卿赞,说:"对不住了,我答应过小姐,要为她上刀山下火海的。"

"你……"

卿如安停下来,微微喘气,却笑得灿烂:"小虎子,原白跟我才是一边的。"

她小小年纪就很会划清界限,牧原白被这句话困住了一生。

(四)

春日到来,树上冒了新枝,牧原白原本木讷的性子也渐渐活泼了起来,卿赞总爱带他去干些调皮捣蛋的事儿。

有回两人气喘吁吁地跑回来,卿管家握着竹条站在门口,两人吓得直缩脑袋。

卿管家抄着竹条就往卿赞身上招呼:"一天天不学好,带着原白去鬼混,哪里有个大哥的样子!这一身脏污,又去爬谁家院子掏鸟蛋了?"

卿赞左躲右蹿,还不服气:"不就是掏了刘家老爷几个鸟蛋嘛,那鸟又不是他的。"

"鸟不是他的,院子是他的,你砸坏的缸子也是他的!"卿管家气得还要再打。

牧原白赶紧挡在卿赞身前,抓着卿管家的手说:"不是小虎子哥砸的,是我砸坏的。"

他一人做事一人当。

奈何卿赞闯过太多次祸,卿管家根本不信,说:"原白,莫要替他讨保,这臭小子野出天了,今日不教训,明日就能翻天。"

一顿竹条抽下来,落在两个少年身上,又麻又痛。

牧原白跪下说:"卿管家,真的是我弄坏的,打我吧。"

牧原白陡然这么一跪,爷孙俩都愣住了,奈何话已经放出去了,也不好收回,卿管家只好自己找台阶下。他收了竹条,仍扮铁面无私:"你们两个,自己去领板子,明日给刘老爷家再送口缸过去。"

卿赞还在嘟囔:"成日挑我错,总有一日我要离开这里,闯一番事业出来,叫你无话可说。"

卿管家又挥着竹条作势打人,卿赞拉着牧原白就跑,听到卿管家在后面骂了句:"臭小子,长骨气了!"

牧原白觉得好笑:"你总是这般跟阿公调皮,说要闯事业的话我也不信。"

卿赞看了他一眼,说:"走着瞧吧。"

两人挨了顿板子,一人扶着根棍子,走起路来招人笑,可这之后,牧原白跟卿赞处成了过命之交。

卿如安听闻此事,有些震惊,上下打量他,说:"牧原白,你也不是个木头嘛。"

她还以为他整日唯唯诺诺,谨小慎微,瞧着死板得很,不料想竟也会干上树砸缸,打鸟掏蛋的顽劣事。

牧原白不说话,觉得自己调皮捣蛋的事情被卿如安知道,是一件很丢脸的事情。

卿赞却勾着他的肩膀,骄傲道:"木头爬树可厉害了。"

他一顿形容,引得两个女孩子掩面而笑。卿如安佯怒:"好啊,现在去玩也不带我跟阿柳,你们俩还真长本事了。"

卿赞可不敢应这话,他小时候跟卿如安在池塘边捉鱼,结果卿如安一头栽进池塘里。从那之后,池塘栏杆高了许多,他再不敢跟卿如安顽皮了。后来府上有了阿柳,他一个男孩子诸多不便,就只能自己跟自己玩,如今牧原白来了,他的顽皮天性自然暴露出来了。

谁知牧原白竟然是个直肠子,一本正经地说:"那棵树太高了,你爬不上去。"

话语掷地有声,却迎来满堂寂静。牧原白还一边比画,一边说:"是真的很高,你会掉下来的。"

卿如安气笑了,这是在挑衅!

"牧原白,你看不起我!"

牧原白不知道怎么就成看不起她了,摇头说不是。卿如安愤然起身,门外传来她气呼呼的声音:"以后不准牧原白出卿家大门一步!"

牧原白哑口无言。

卿赞拍着脑门,苦口婆心地教牧原白有些话不必说得这么直白,要委婉,又说:"咱们家小姐的脾气就是这样,受不得反驳和质疑,你得顺着她来。"

牧原白点点头,问:"那如何让小姐消气?"

卿赞思考着,说了句废话:"看你表现了。"

那天下午,卿如安跟阿柳顺着围墙一边仰头张望,一边走。

阿柳说:"小姐,你还是别想了,这真的太高了。"

卿如安看出她满脸的担心和害怕,心里的那股冲动就淡了很多,笑着说:"也是,我较什么真,我要想上去,搭把梯子就够了。"

在卿如安看来,这世上没有什么是她得不到的。

(五)

翌日上午,牧原白在花园浇水时,突然听到一声尖叫,而后看到一行人着急忙慌地跑过去,不过一会儿,就有大夫急匆匆跑过来。

牧原白跟过去,就看到卿如安磕破了额头,被卿永抱在怀里掉眼泪。

那一日,府里都是阴沉的气氛。卿永质问阿柳,为什么不拦着卿如

安爬树。

阿柳哭得话都说不全,跪在地上发抖。

牧原白的心也跟着抖了下,这还是第一次见卿永发火。

卿如安拉着卿永的手,气虚乏力地开口:"爹爹,是女儿的错,不要责怪阿柳。"

她说看到树上有只鸟很漂亮,想爬上去看看,这才不慎摔落的。卿永虽没再责怪,但立即叫人把那棵树的分枝砍了些,吩咐下人好好修剪院里的花草树木,以后再不能出这样的事。

次日,卿如安的早膳里多了一道鸽子汤,味道鲜美醇厚,鸽子肉也炖得很烂,她全吃完了。

这鸽子汤一连送了小半月,卿如安脸都圆了,额上的纱布拆掉,露出青紫的伤口。王懿担心留疤,便着人四处去寻药,卿如安看着自己的额头也闹脾气,说好丑。

牧原白抓着两只鸽子回来的时候,卿如安正好瞧见了,没喊他,看他一路往厨房去,这半个月来的鸽子汤,终于找到了源头。

她只觉得好笑,自言自语道:"他倒是知恩图报。"

阿柳瞧着这一幕,在心里猜,许是牧原白有心讨好,特意去抓鸽子,让厨房管事送来哄小姐开心的,笑说:"原白也担心小姐呢。"

卿如安道:"也不多他一个。"

她哪是缺这点关心的人,她打个喷嚏,这府上都不知道有多少人要跟着担心。

厨房里,管膳食的孙妈妈见牧原白又打了鸽子回来,笑着说他有心了,又告诉他往后厨房不用再备鸽子汤了。

牧原白问:"为何?"

孙妈妈说:"小姐元气大满,不能再补了。"

牧原白这才有了笑容,把两只鸽子递过去,笨拙地说:"那这个……孙妈妈请收下。"

028

孙妈妈喜笑颜开，说他太客气。牧原白不太会客套，说不过两句就跑了。路上碰着卿赞提着两只木桶，他忙过去替卿赞分担。卿赞摸不着头脑，看他身影欢快得很，问他有什么好事。

牧原白有些激动："小虎子哥，你教我打鸟的手艺好厉害！"

卿赞一听，鼻子差点翘天上去了，说："那是，也不看我是谁。"

过了几日，正好是月中，卿家要去万福寺拜佛还愿，晚上回来用饭。

卿如安额上的伤好了，却还有青紫的印记没褪去，出门是戴着帏帽的，哪想回来时，一进门就将帏帽扔了。

一队人前前后后追着她，她理都不理。

晚饭也不出来吃，王懿只好让阿柳送到她屋里去。路上，卿赞和牧原白拦住阿柳，问她怎么回事。

阿柳一五一十地说出来。原来拜佛时，遇到了几个小娘子来祈福，偶然瞧见卿如安的脸，说了几句，卿如安就闹脾气了。

牧原白皱着眉头，疑惑道："不丑啊，还跟以前一样好看。"

阿柳笑了声："小姐自然是好看的，只是女子都格外注重相貌装扮，小姐也是。"

牧原白点点头。

卿赞说："行了，你去吧，别让小姐久等了。"

牧原白看着阿柳离开的身影，问道："小姐很爱美吗？"

卿赞回应着："自然，天下女子都爱美。"

卿如安确实是娇养出来的大小姐，一切用品皆要时兴上乘，对自己的容貌更是在意，如今留了块印子在额头，她揽镜自赏，怎么看都觉得心口郁结。

镜中那张小巧精致的脸蛋虽未彻底长开，但也能瞧出美人底子，过两年再抽条，都能担上国色天香这个词。现在额上的印子快消散了，她幽幽叹气，阿柳忙开解她："小姐天生丽质，这点印子过两日就散了，别放在心上。"

牧原白提水路过院子，卿如安从镜中瞧见，转身喊道："牧原白，你过来。"

他只好放下水桶过来。卿如安问："我丑吗？"

牧原白低头摇脑袋，卿如安捏着小镜子的手柄，挑起他的下巴，气呼呼地说："你都没看我。"

牧原白将她看得仔细。这是他第一次如此大胆且光明正大地瞧她，双头髻，星月眸，小巧唇，芙蓉如面柳如眉，再过些年，怕是卿府门槛都会被踏烂。

他有些怔愣，后觉得脸有些热，垂眸答："很美。"

就这两个字，卿如安听舒心了。

"当真？"卿如安被他的反应逗笑，揽镜追问。

牧原白没什么学识，讲不出什么动听的话，左看右看，指着满院子的春景，很诚恳地道："比府上的花都要美。"

卿如安乐开怀："嘴真甜。"说着塞了颗蜜饯到他嘴里。

一丝丝沁甜蔓延，牧原白受宠若惊，好像有什么东西钻到了他心里，看卿如安笑，自己也不自觉跟着笑了。

自认识她的那天起，牧原白就明白，她只要在那里坐着，就有万千人抬头望，根本无须去与旁的东西作比较。

阿柳小声打趣他："还是你会哄人。"

牧原白说："我没哄她，是真心话。"

卿如安从镜中瞥见他的抬眸，那一瞬，视线正好对上，牧原白来不及收回，卿如安笑着说："明明受夸的人是我，你羞什么？"

牧原白的脸腾地更红了，他慌乱地低头，心中跑过千军万马，却无语凝噎。

卿如安放了镜子，总喜欢逗他："竟想不到，我们原白脸皮这么薄。"

牧原白跑了，卿如安笑得弯了腰，阿柳对她这性格感到无奈。这府上就没有不被她捉弄玩笑的人。

（六）

牧原白发现了，自己在卿如安面前总是很紧张，最怕对上她的眼，下一刻她一定会打趣他。

虽说被她玩笑几句也没关系，但他的心却总想逃，原因是什么呢？他不知道，想破脑袋也找不出一个理由。

后来府里热闹过一阵，那是卿如安的生辰，卿永为她大操大办，甚至在城东支了半个月的粥棚，那些乞丐、流浪汉只需说一句"卿小姐长命百岁"，便能分得一碗吃食。

全滋州的人都知道，卿府的小姐金贵无比。

牧原白去帮着施过几次粥，听他们恭祝"卿小姐长命百岁"时，心中万千沟壑全被填满了。

可他觉得，长命百岁还不够，还要百岁无忧，世代美满。

他这么说给卿如安听时，卿如安笑着说这祝寿词十分不错，赏了他一碗自己做的凉茶。

牧原白下定决心一口喝完，突然眼睛都亮了，竟神奇地发现，这凉茶口感甚好。

卿如安一眼就能知道他在想什么，自顾自地又倒了一杯，说："本小姐制茶的手艺不错吧。"

牧原白微微笑着："好喝，谢小姐赏茶。"

卿如安又变回了骄傲神色："本小姐自是做什么都是好的。"

她确实做什么都好，就是厨艺吓人，卿永下令不准放她进厨房，否则罚工钱，卿如安一大爱好就此夭折。

府里所有人都松一口气，只有牧原白觉得可惜。卿府太大了，卿如安不再叫他来试菜，他就不能常见到卿如安。见她也不是要做什么，就是想着她还需要自己，没有被遗忘和抛弃，他就很开心。

没多久，府里来了一位贵客，上上下下都对他恭敬相待。

牧原白还是听府里的下人聊天才知道，这位贵客大有来头，听闻曾是前朝榜眼，年近半百才得中，在翰林院做了几年官又辞官游乐，桃李满天下，人人都叫他"秦夫子"，如此大名鼎鼎，来到滋州时，卿永便几番相请，只为请他给卿如安授课。

滋州城内也有专收女学生的私塾和学堂，可卿永对她很是宝贝，怕她受委屈，这也不习惯，那也不习惯，虽从未让她进入过学堂，请进府里的夫子却是各地名师。

那日，卿如安见到秦夫子，盈盈见礼，单这样看着，却是一副大家闺秀的模样，谈吐大方，灵动又不失柔和。牧原白远远看着，无法将这样的卿如安和嚣张跋扈的卿如安混为一谈。

秦夫子捻着一把白胡子，笑得欣慰："卿家有女如此，未来可期啊。"

卿永与王懿听了也很满意，却说："小女笨拙，还需打磨，世间万千道理不求她全懂，只需明辨是非曲直，懂些人情世故，当个正直心坚的人便好。"

他们对卿如安的要求就只有这些，但就是这些，他们也要送上最好的给她。

沁书轩内，秦夫子当即就问了卿如安几道题。卿如安对答如流，不说完美却也正确，秦夫子似是很满意。

城中的学堂也开学了，卿赟每日早早背着书箱出门，牧原白这才发现，府里一下子安静了许多，只有被喊到沁书轩干活的时候，才会听见一点声音。那是卿如安与夫子对辩，或是朗声念书的声音。

每每这个时候，牧原白就会放慢动作，听她一字一字朗读，如银铃声悦耳，偶尔抬眼看过去，见她端坐温书的模样，总是出现错觉，好像她本应该是一只夏日起舞的蝴蝶，而不是静立绽放的雪中红梅。

卿如安忽然转过头来，两人视线相撞，牧原白愣了一下，赶紧低头，握着扫帚转开。他像是做错了事一样，心慌得很。

那时，他不懂这种心慌的背后到底意味着什么，只当是自己打扰了卿如安，会惹她不开心。

后来他总是避开沁书轩，卿如安好几日没见着他，问阿柳："我很吓人吗？"

阿柳不知道她为什么突然这么问。

卿如安转头看着阿柳，有些无辜："我前些日子不过是瞪了眼牧原白，此后他见我就跑。"

阿柳不知如何答才好，想了想，说："小虎子去学堂了，府上又有很多活，原白估计在别的地方忙。"

卿如安接受了这个回答。

卿赞从学堂回来后，总是抓耳挠腮，念些牧原白听不懂的话。有日深夜，他还在挑灯夜战，牧原白醒来，问他怎么还没睡。

卿赞一脸悲戚："夫子罚我抄课文，我根本抄不完。"

牧原白只好起身帮卿赞一起抄，他虽不识字，这依葫芦画瓢的事倒是还能干。

卿赞一脸感激，问他想不想识字。

牧原白只犹豫了一会儿就点头，卿赞笑说："看你今夜这般帮我的份上，我就勉强教教你。"

牧原白对知识的渴求其实并不大，他只是想知道卿如安的名字怎么写。

那日学堂停课，卿赞跟牧原白干完活，就坐在槐树下拿棍子戳地。两个人你一下我一下，那块地彻底秃了，只剩尘土飞扬在碎裂的日光下。

卿如安正要去见卿永，每回学堂停课的那天，卿永就会抽查她的课业，那会儿正好路过，就见他俩玩在一起，卿如安很是嫌弃："多大的人了，又玩泥巴。"

阿柳在后边掩嘴偷笑。

槐树下，卿赞着急地说："不对不对，'卿'不是这么写的，我再写一遍，你看仔细了。"

他一笔一画，写得很慢。

牧原白看得认真，那是他学会的第一个字。

卿赞见牧原白终于写对，满意地点头，说他聪明。

牧原白知道自己是愚钝的，即使这么被夸，面上欢喜，心里却还是惶恐。

卿赞大概是猜到了牧原白的心思，碾平尘土，换了根枯木枝问他："木头，想不想知道自己的名字怎么写的？"

牧原白眼神一亮，卿赞笑着说："看好了。"

那一笔一画下来，牧原白竟觉得内心汹涌如潮，跟着他照葫芦画瓢，写得端正又认真。

卿赞一个劲儿地夸："嗯，不错不错，有我几分形态。"

他俩常在这边写写画画，日子渐长，牧原白在这棵槐树下学了不少字，卿赞很有成就感，开始好为人师，殊不知在很多个寂静深夜，牧原白无笔无墨，只能在这块泥巴地上戳棍子，几个字反复地写，反复地抹平。

月色如霜，照见地上字迹的轮廓，仔细辨认还是能认出来的。

"卿、如、安。"牧原白轻声念着。

那时，他尚不懂爱慕为何意，也不知道该如何解释心中那股莫名的澎湃感，对上她的视线时，还是会想要逃。可他学的第一个字，还的第一份情，都被冠上了卿如安的名字。

这份重量沉甸甸的，他心知肚明。

卿如安也好奇，见他一有时间就蹲在槐树下，拿根树枝写写画画，对阿柳做了个手势，悄悄走过去。站了一会儿，她忍不住出声："错了。"

声音严肃，吓得牧原白立刻扔了树枝，想擦去字迹。卿如安却快他一步,脚尖碾过,拾起枯木枝,在他身侧写下了他的名字,口气很是不屑:"卿赞那种半吊子,你还是别跟他学了。"

她扔掉枯木枝拍拍手,说:"来吧,本小姐教你。"

她挺直背脊,走得稳而快,腰间丝绦随风而动,牵引着牧原白。

沁书轩里笔墨俱全,卿如安站在桌前,提笔写下"牧原白"三个字给他瞧:"卿赞整日叫你木头,你还真信自己姓木啊,写个木元白,难听死了。"

牧原白不懂这些,名字是父母给的,却从没有人教他怎么写,又是何寓意。他问:"有什么不同吗?"

卿如安挑眉,指着他的名字,念出半句诗:"'绿遍山原白满川'。"声音轻缓又透亮,听得牧原白的心也跟着亮了。

她笑问:"这不好听吗?"

牧原白说不上好不好,卿如安也不咬文嚼字了,把笔给他,说:"不管,从今往后你就写这三个字。"

牧原白看着自己的名字,笔画比以往多很多。他握着笔不知如何下手,卿如安实在看不下去了,握着他的手说:"学好了,我可只教一遍,下次若写不出来,就罚你吃十盘千丝饼。"

牧原白一愣,原来她知道自己做的千丝饼不好吃。牧原白笑了下,随即认真点头,全神贯注,目光聚焦在纸上,手背上传来她温暖的体温与柔软力道,原来被人珍重的感觉,是如此令人安心。

在很多个时刻,她的小小举动,无论是无心还是故意,都让牧原白觉得感动至极。以至于后来与她天各两端时,回想起幼时的一幕幕,他都心酸落泪,这一生的贵人,这一生的情念,她并不知晓。

"好了。"卿如安松手,要他把自己的名字抄五十遍,"明日我下学后,你到这儿来,我要检查。"

牧原白点头,一笔一画,抄写着自己的名字,零散的笔画渐而通顺端正,他自己也跟着松了口气。

卿如安在一旁抽了本书看，疲乏时，见他如临大敌的神情，忍不住勾唇，意识到，牧原白好像做什么事都很认真。

卿如安突然问："牧原白，你想读书吗？"

牧原白惊愕地看她。虽然什么都没说，卿如安却从他的眼神里读到了期待，她撑着脑袋朝他笑："你若是不对我撒谎，我就帮帮你。"

牧原白说："我没有对你撒谎。"

卿如安问："那你说实话，我做的千丝饼到底是何味道？"

牧原白低着头，轻声说："有点麻，还有点苦。"

"那你说好吃。"

"因为……"他顿了顿，仿佛有些难以启齿，"没有遇到小姐之前，我连千丝饼都吃不到。千丝饼于我而言，已是人间美味。"

卿如安突然没了话，沉默了好一会儿，才笑说："你这张嘴……真甜。"

她从前觉得牧原白不过是她捡回来的一个小乞丐，她心情好就逗逗，心情不好就摆脸色，救人一命对她来说简直易如反掌。可如今觉得，牧原白内心的情绪来得真挚又敏感，显得她很卑鄙。夫子教的那些大道理，让她在牧原白面前渐渐收敛了许多高傲本性。

第二日，牧原白就收到了一个书袋，他知道这是卿如安的奖赏。

阿柳替他高兴："小姐说，男儿郎就应博学多识，将来好做栋梁。原白，日后你若有所成，切莫忘了我们。"

牧原白也高兴，摸着书袋爱不释手，说："不会忘的。"

这样的恩情如何能忘。

没过几天，卿管家就带他去了桐麓学堂，从此他跟卿赞一同上下学。

牧原白在学堂里，终于知道了自己名字的意思，夫子在念到"绿遍山原白满川，子规声里雨如烟"时，说这是赞叹春日好景好风光的意思。

卿如安就这样许了他一个美好的愿景。他这破烂一样的人生，因她而有了往后的好景好风光。

牧原白因为学得勤勉，被夫子称赞了好几次。卿永有所耳闻，也很欣慰，把牧原白叫到跟前来，问他想要什么奖赏。

牧原白说什么也不图，说："老爷待我有救命和再造之恩，原白不敢贪心。"

读了点书，他也开始文绉绉的了，卿永却十分满意，笑说："无妨，这是我卿家读书人的规矩，赞儿也有过，你只管说。"

牧原白深深伏首，道："求老爷准原白家忌日回城郊祭拜爹娘。"

卿永瞧着他，觉得他品性很好，虽出身贫苦，却温良忠义、勤勉孝顺，想来父母也是忠厚老实之人，顿时怜悯心起，说："好，路途遥远，往后家忌日，你自去马厩，让车夫送你去。"

牧原白感激不尽，又是一拜。卿永笑着受了，让人扶他起来，道："往后若学得好，我这儿还有赏。"

"原白定勤学刻苦。"

他受了赏，想去告诉卿如安，却见她跟阿柳正往沁书轩去，到了她听课的时辰了。

牧原白看着卿如安的背影，身量似乎比过去高了些，再看院中花草，秋桂飘香，惊觉时间真如白驹过隙。短短半年时光，他的人生竟也称得上翻天覆地。

他时常生出错觉，这当真不是在做梦吗？

心头有了牵挂，杂乱无章地，绕了许多东西进去，满满当当地压在他心坎上。

（七）

过了一个春秋，牧原白的个子拔高了许多，剑眉星目，已显男子气概，卿如安都要抬头与他讲话了。阿柳常说他长得俊俏，若是有一张像卿赞那样能说会道的嘴，指不定日后要诓骗多少姑娘家的情。

牧原白闹了个脸红，卿赞就跟阿柳打嘴仗。

这种"战事"，卿如安向来不参与，她只是安静地坐在一旁，搅着茶杯，等两人口干舌燥了就招来喝茶，问谁输谁赢，赢的有赏。

赏什么呢？

赏她偷偷溜进厨房研制的新菜。

阿柳和卿赞当即住嘴，两张嘴，一条心，手拉手说："我们没吵架，我们在聊天。"

卿如安这时就会看向牧原白，问他："谁赢谁输，你说了算。"

牧原白两边都得罪不起，主动把她做的菜一股脑全吃了，面不改色地说："我赢了。"

卿如安看得目瞪口呆，心说这个木头还挺会端水的，为了不得罪两拨人，自己挺身而出。她其实不喜欢牧原白这样，她希望牧原白能真的把卿府当成归宿，可以像阿柳那样自在谈笑，像卿赞那样随意调皮。可卿如安又时刻记得，正因为牧原白太过重情义，所以尊卑秩序在他心里已然固定，即使是她也撼动不了半分。

那一年，牧原白的脸上多了笑容，找到了不敢看卿如安的原因，有了心事。

夏季大旱，大成各地开始闹荒，滋州也没能例外，青岩山更是因此盘踞了一群山匪，闹得城中百姓日夜惶恐不安。卿永加强了府中防备，不怕山贼抢钱，就怕山贼抢孩子，因此对卿如安的看护更加严密。

牧原白跟卿赞躺在一起，听他说谁家小孩又被绑走了，要家属拿钱去赎人，若是拿不出钱，就直接砍头。

牧原白有点怕，卿赞自嘲道："若是我走在路上被绑了，老爷不救我，我阿公是拿不出那么多钱的，这学堂我都不知道该不该去了。"

牧原白说："老爷会救你的。"

卿赞好像宽了心，说："也是，老爷宅心仁厚，当年我爹跟他跑生意，失足摔下马摔死了，我娘惊吓过度，生下我后也去了，老爷就把我

038

当自己孩子养着。我虽顽劣,但也知道,若人非纯善,怎会愿意救助贫苦呢?"

牧原白想起这一年来在卿永手中接过的奖赏,很是赞同卿赞的话,同他玩笑:"若你真被山匪掳走,我定学那武松上山打虎,一根棍子敲晕他,带你出匪窝。"

卿赞也乐了:"若是你被掳走,我把自己的私房钱也凑给你,免得你总说自己的命不值钱。"

"那便多谢大哥了。"

卿赞被这声大哥喊舒服了,翘着嘴说:"再等两年我就十八了,到时便跟老爷和阿公告辞去长安闯荡,来日名利在身,我就把阿公也接到长安享福,日后为阿柳也筹一份嫁妆。你嘛,若是想跟我混,大哥也绝不亏待你。"

"那小姐呢?"

"小姐不需要我操心,可我毕竟跟小姐一起长大,不是兄妹胜似兄妹,且老爷和夫人也待我极好。若是日后小姐有用得着我的地方,我绝不推辞。"

牧原白听他豪言壮语,畅想未来,有些神伤:"留在卿府不好吗?"有吃有住,家人也在身边,不好吗?

卿赞"哎"了一声:"这我就要说你了,男儿当自强,闯一番事业,当一辈子奴才可没什么出息。我反正已经打定主意了,你呢?"

牧原白想了想,选择坦白:"我没什么抱负,留下来照顾阿公,给小姐解闷也很好。"

卿赞打了个哈欠,困意来袭,道了声"多谢",又念叨他三句离不开小姐。

牧原白没作声,在漆黑的夜里沉思,他不像卿赞那样有志气,他只要守着这一方温柔岁月就够了。

那阵子，因山匪掳人，导致城中人心惶惶，官府门前跪倒一片，哭天抢地，都在求刺史剿匪。

这山匪也是突然蹿出来的，新帝大赦天下之后，寒冬致使来年庄稼颗粒无收，又因大旱闹了荒年，滋州粮仓已快见空，百姓吃不上饭就容易引起暴乱，一些穷凶极恶之徒便走了这条不归路。

他们蜗居在青岩山，占山为王，没粮没钱就带着一队人马到城中烧杀抢掠，专掳小孩做人质。

卿永作为滋州首富，自是引来了那些山匪的眼红。卿永为自保，便大义开仓，将自家粮食分与全城百姓，又联合城中有钱人家，凑出赎金去赎回那些幼童稚子，引来无数人的跪谢。

所有人都以为他大仁大义，实则这不过是一个商人趋利的本质，好名声好口碑才能赚大钱，却也没有人想过，这背后还有卿如安一句话的推波助澜。

话要说到前些日子，卿如安出街，随行有十几个壮汉保驾护航，一路行驶，撩开车帘，却见满街饿殍，凄凄惨惨。

王懿赶紧放下车帘，叮嘱她不要看，她倒也不怕。

到了永安铺，掌柜的忙来招呼，带人进了里间，派人沏茶来招待。

卿如安带着阿柳　圈圈地看着，这里间就如同库房，什么奇珍异宝都有分类摆放。卿如安看上了一支簪子，对着镜子试了下，便让阿柳拿去包好。

这边王懿在喝茶，听掌柜汇报铺子收益，这永安铺也是卿家下面的铺子，专做脂粉金钗的生意。

掌柜汇报完毕，又似有些难言之隐。王懿便宽和地道："有事但说无妨。"

掌柜这才应道："上个月依着老爷的意思送货去长安，不料才出滋州城十余里，就被青岩山那伙贼人给截住了，好些伙计用命护得货物安好，这才做成了这单生意。货款入库那刻，老爷让我带去慰问金慰问，可禁不住那些娘子哭闹。"

王懿神色沉重,一介妇人到底不比男人活得容易。她说:"到底是为我卿家卖命的人,又是这番忠心耿耿,若按那死规矩来办事,确实落人口舌,我卿府一向看重声誉、信誉,总不能让做事的弟兄们寒心。"

掌柜低头称是,王懿便多出了个数,让他领人去钱库支钱。

卿如安挑了饰品出来,一行人上马回府。

王懿支着脑袋闭眼休憩,卿如安撩开车帘又看了一眼,这荒凉景致从未见过,不禁问:"娘亲是不是在担心,往后出货还会遇到同样的事?"

王懿睁开眼瞧女儿,平日在家谈及生意,也不怎么避开女儿,她知道卿如安多少能看懂点东西,便问:"你想说什么?"

卿如安打开首饰盒,里面躺着一支成色极好的翡翠簪,她一本正经道:"青岩山的贼人没有人性,商贾送货出行都算死里逃生,不止咱们家的生意受到波及。娘亲不如和爹爹想个办法,联合全城富商,互帮互助,共谋生路。"

王懿一时哑口无言,瞧她童颜稚气,实在不敢想自家女儿竟能想到这番心思。王懿喜上眉头的同时,又有些担忧:"你如何想到这些?"

卿如安关上首饰盒,"啪"的一声响,那精美无比的首饰盒便飞出窗外,立刻就有人前赴后继上来争抢,就像一群饿极了的野兽看到一块肥美的肉,垂涎三尺,丑态尽显。

随行的十几个壮汉保镖纷纷驱赶那些要扑上来的人,耳边尽是那句"给点吧,给点吧"。

王懿忙扯下帘子盖住,卿如安一脸纯真地说:"夫子教过,寡不敌众。母亲,咱们能管十几个没了生路的人,却管不住整个滋州城没了生路的人。您瞧见了,城中流民难民增多,若不管不顾,他们迟早会逃上青岩山。"

"这刺史都管不了,我又怎么管得了。"

卿如安说:"滋州商行登记共有三百八十六家铺子,生意遍布大成,可找个人牵头,去跟刺史说,雇佣这批难民流民护送货物就好。"

有手有脚地挣钱,总比去抢、去偷、去乞讨来得好,他们只是需要有口饭吃,保证活下去,若来日天有不测,命殒刀下,商行还能文书铭记,总好过食不果腹,挨饿受冻,死得毫无意义。

她的话也没有说得很满,毕竟这不是一件小事,她也没有能力为这句话承担后果。可王懿欢喜了,想起秦夫子那句"未来可期",便欣慰得不行:"卿卿真是点醒为娘了。"

卿如安笑着奉了杯茶,说:"女儿愚钝,就母亲觉得我聪明。"

王懿喝了茶,当即便着人去请卿永回府商量事情。

翌日一早,卿永便给城中富商下了拜帖,不多时便有消息传来,卿永联合滋州富商百余家发布了招工启事,将城中流民难民尽收麾下,一部分人负责押送货物,一部分人训练成护卫,并资助衙门成立了一个护城队,将其劳务收编,日夜巡护城中安防,又筹钱去青岩山赎人质,滋州城内总算恢复了些许生机,刺史吴承泽也能安下心来。

而卿府这边,秦夫子收到京中急信,信上说家中老母时日无多,盼儿速归,他便匆匆请辞。卿永将他一路安排妥当,字画珍品数不胜数,秦夫子不愿意要,被卿永一句话堵回来:"先生风骨无人不知,这些东西并非有意冒犯先生,只是如今滋州不甚太平,有些珍宝傍身,关键时刻也好脱身,万勿推辞。"

说白了,这东西只是买路钱。

卿如安来告别恩师,得了他一句"知书而知志,秀外而慧中"的评价。

卿如安行礼,深深鞠躬:"得夫子教诲,学生荣幸,望夫子保重身体,一路平安。日后相逢,学生定煎茶以待,盼与夫子辩学。"

"若非事出突然,为师还有许多东西要教与你,可见你博爱大义,能言善辩,为师已然放心了。"

马车启程,山路遥遥,未曾想过,这竟是他们之间的最后一面。

卿永去了商行,卿如安也回房,路过覆香林,牧原白和卿赞推推搡搡地到她面前。

卿如安问:"何事?"

牧原白欲言又止,卿赞就拍了他一下,催他:"说呀。"

牧原白这才开口,说想跟余领头学武,问卿如安行不行?

这些日子不太平,牧原白总觉得自己身为男子汉,要派上些用场才行。卿如安思忖了下,笑说:"行,我去跟爹爹说。"

牧原白瞧着她的背影有些出神,自言自语般开口:"我要怎么报答她呢?"

到底是比牧原白年长了几岁,那一点点的情思萌芽被卿赞率先瞧见,摸着下巴想逗他:"家规里怎么说的,你就怎么做。"

"这样就行了?"

"这样就够了。"他背着双手,学着老夫子的模样走路,摇头晃脑地说,"世间情有千万种,唯痴情无解,一往情深。"

牧原白隐隐觉得难堪,追上来问他什么意思。卿赞尴尬一笑:"我装样子瞎说的,怎么样,像不像老夫子?"

牧原白点头,嚼着"痴情"两个字,却满脑子都是卿如安。

是后来才懂,痴情还有一种说法,叫爱慕。

(八)

一大早,牧原白跟卿赞去学堂,没多久就被人背着送了回来,那匆忙慌乱的脚步和交谈声,道出城中一件大事。

富豪李建兴府上被山匪洗劫一空,女的被绑走,男的一律砍头。一排排脑袋挂在府门口,吓得人魂飞魄散,李府大门还有一行血字写着"青岩山留"。

卿赞跟牧原白去学堂的路上瞧见了这一幕,直接吓晕,被人送回来

之后，就一直迷迷糊糊的，愁得卿管家更见老了。

卿如安立刻去看他俩，一个咬紧牙关直抖，一个手舞足蹈说话听不清，把卿如安也给吓了一跳。卿管家请她出去，让她近期不要过来。卿如安拍着胸口道："阿柳，去找人多请几个医师来。"

第二日府上来一个大师作法，递了符水，没两日，两个人就生龙活虎了。

卿赞一口一个"大师厉害"的时候，卿如安朝牧原白哼笑道："救你们命的可不是什么大师，是本小姐。若非本小姐财大气粗，医师蜂拥而上，几百个大师都救不回你俩的命。"

卿赞嘻嘻笑着："自然自然。"

牧原白一言不发，看向卿如安，多了几分羞赧。

后来，偏院的余领头也来看过他俩，知道他俩好了之后，便将人带去偏院扎马步，一口气沉丹田，说出来的话都能让人颤一下："平时就是不锻炼才会生病，今日起马步扎一个时辰，手上再绑两块石头，谁先坚持不住就给我去马厩同马睡，看谁不笑话你。"

牧原白和卿赞叫苦不迭，却是一刻也不敢松懈。

卿府里又闹腾了起来，县衙内却是一片愁云惨雾。

刺史吴承泽气得发抖，茶杯摔得四分五裂，怒吼道："这分明是公然挑衅！来人！"

一句话，当即便组了人马上山剿匪，奈何青岩山易守难攻，强攻之下，竟折敌一千自损八百，双方都大伤元气，换来短暂的休战。

李家一夜之间被灭门，旗下商铺纷纷没了运转，若是不管，必定又会出乱子。

吴刺史在府上发愁，还是听了幕僚的话才想起，商户的事应当让商行来论，卿永作为滋州商行财力最雄厚的人，此事得找他来。

卿永自是站在商人角度去看待这些问题，提议剥皮拆骨，分给城中富商们购置,无论盈利与否,先保障这些伙计的基本生存,而后便是剿匪一事迫在眉睫。

卿永说:"现下双方元气大伤,得来片刻安宁,就怕哪天卷土重来,滋州已无力可抗,小民还是建议大人上达天听,由陛下钦差。"

吴刺史颓然坐着,卿永劝道:"大人,滋州一事非同小可,项上人头与乌纱帽比起来,孰轻孰重,大人比草民更清楚。拖不得了。"

滋州荒年一事是不争的事实,因此衍生出了青岩山一窝山匪,闹得滋州鸡犬不宁,吴承泽不知道按下了多少弹劾。可如今事情已经超出他能解决的范围,再不能拖下去。

吴刺史捏着茶杯,这番话听得浑身发冷,仔细计较着,终是起身告辞,说:"卿老爷说得在理,本官这便回府。"

他前脚刚走,后脚就来了其他富商,聚在一起,纷纷商议往后如何面对青岩山那群疯子。

府上的人来了一拨又走一拨,行色匆匆,面容憔悴。卿如安听了一些,却也是无能为力,只能日日煮些凉茶,给卿永送去消火。

千里之外的长安城,皇帝齐修远收到滋州的消息后便降下一道圣旨,先将吴刺史骂得狗血淋头,斥责他行事不决,徒增恐慌,后要他安抚受害百姓,防止暴乱,再说遣派钦差前来协助剿匪。成败一举,关他头上乌纱帽之事。

字字铿锵,少年天子不怒自威的面容仿佛跃然纸上,吴刺史惶恐接旨,整个人顿时跌坐在地,冷汗淋漓。他身为一方父母官,不求大功,但求无错,官场沉浮,一步错或许就永不能翻身。

吴承泽心知肚明,今日这一遭,是陛下让他将功补过,若办不好,摘乌纱帽事小,摘人头事大。

他缓过来后,便将青岩山一事整理归档,只等钦差大人到来时,共同商议剿匪之事。

十日后,剿匪钦差林献之抵达滋州,一行队伍声势浩大,吴刺史在城门口迎接:"恭迎林大人,一路舟车劳顿,下官真是惭愧至极。"

轿帘掀开,林献之那双狐狸眼便带着笑意,道:"吴大人久等,本官确实有些乏了,可青岩山一事迫在眉睫,不如你与本官边走边说。"

吴刺史应道:"是。"

而后隔着轿帘,将青岩山一事事无巨细全都告知,一路小跑,气息不足,额上汗水如豆,他也来不及顾,说:"事情便是如此,大人有何高见?"

等了许久,轿中也没言语,吴刺史又喊道:"林大人,林大人?"

林献之咳嗽一声,道:"行路太久,本官精神有些不济,这些原委,本官大致明白了。"

吴承泽心中不快,林献之架子实在大,也不知能不能唬住青岩山那帮人。

轿子停下,已到县衙,吴刺史忙给林献之掀帘,点头哈腰的做派让人瞧着有些想笑。

"大人请。"

进了衙门,吴刺史福至心灵,上前道:"大人,今日劳累不如先去歇息,下官已经备好薄酒替人人解乏,明日再来衙内议事。"

林献之终于露出满意的表情,笑道:"吴大人有心了,那就恭敬不如从命。"

吴刺史立刻着人领着林献之去歇息,却在背后敛了笑,啐了一口,又差人去将商行那几位富商也一并请来明日议事。

可两拨人凑到一起,却怎么也说不到一起去。

卿永算是听明白了,新来的钦差大人想让这群富商拿钱消灾,像处理城中那些难民流民一样将其招安,这是逮着这群有钱人一个劲儿地薅。

吴承泽则是极力主张攻山,快刀斩乱麻以绝后患。

两人意见相左,卿永等人不插嘴,只听林献之轻哼道:"吴大人既有这般魄力,为何上回攻山无功而返?"

吴承泽被一句话噎得回不过来,只得低下头。又听林献之道:"不过是一群见钱眼开的人,滋州荒年未过,人人自危,城中富豪手握滋州命脉,若伸以援手便可缓解这次危机。国家之前,生死之际,谁又能独善其身?"

富豪们开始交头接耳。

卿永垂着头,良久才叹道:"大人,非是我等不愿伸出援手,城中商户无一不受青岩山山匪之扰,轻则散财,重则家破人亡,此间仇恨颇深,调停不了。且在大人来之前,草民便派人送去和谈信,愿意给他们一个安身立命之所,等来的却是信使的项上人头。"

林献之愣了愣,似是不敢相信,对方竟如此歹毒。

卿永也看出来了,久居庙堂之上,这林大人只见珍馐珍宝,不闻黄沙焦土,便道:"我大成律法严明,青岩山一事往大了说,便是造反,我等平民已是无能为力。"

这句话一说出来,满堂寂静。

普天之下莫非王土,谁能担得起造反的罪名?

林献之喝了口茶,沉思片刻,终究落音:"好。本官既携天子令来,剿匪一事便只能成功不可失败。此战,抗者杀无赦,降者留一命。"

(九)

正是午后休憩,日光晒得人发懒,卿如安就在小院内的紫藤架下摇着摇椅小憩,阿柳在一旁为她扇风去热。忽然一阵风起,吹乱了小桌台上的书册,阿柳忙去归位。

卿如安悠悠转醒,慵懒开口:"阿柳,小虎子那学堂也要停课了是吗?"

阿柳点头,帮她沏好茶,说:"已经停了,昨日东门口一家屠夫的儿子就在下学路上被山贼掳走了,小虎子留堂抄写,原白等着他才躲过

一劫。"

这事卿如安都没听说过，阿柳低头道："老爷不让在府里说这些了，近来山匪猖狂，我们顾好自己就行。"

卿如安放下茶，起身道："走吧，去看他俩在做什么。"

偏院里，余领头带着一众人打拳，里面就数牧原白跟卿赞年纪最小，可练起来也是最发狠。

卿如安远远瞧了眼又往回走，阿柳跟在身后，小声说："瞧着好辛苦呀。"

卿如安目不斜视，一袭淡青纱笼衣裙随风微微飘着，气质脱俗，说："我们卿府儿郎个个能吃苦。"

阿柳笑着称是。在卿如安面前，阿柳偶尔也会顽皮，说："小姐眼光这般高，阿柳都不知道日后什么样的姑爷才能入得了小姐的眼。"

卿如安也没想过这种问题，却是十分傲气地说："自是顶顶好的人。"

要，当然就要最好。可要问她什么是最好的，她现在也答不出。

阿柳替卿如安数了几个人，卿如安头摇得跟拨浪鼓似的，最后发现阿柳在消遣她，追了一路，直说阿柳长本事了。

当夜，卿府乱作一团，卿如安被吵醒，喊了声阿柳，问："何事如此慌乱？"

阿柳哭丧着脸，几次开口才发出声音："老爷受伤了。"

一时间犹如晴天霹雳，卿如安衣服都来不及披便跑了出去。

屋外狂风大作，像要下暴雨的样子，夏日的深夜像失了理智的猛兽，张口咆哮着，闹得人不安宁。

卿如安跑到卿永的房门外，看见屋里乌泱泱一片人，只觉得胸腔发闷，扶着门框，看见王懿亲自照拂，面上没有丝毫慌乱，忽而就安下心来。

牧原白瞧见她来了，忙过去扶，阿柳也抱着披风追来给她裹上。

卿如安这才感到些许安心，抓着牧原白的手紧了紧，又松开，走进去向王懿请安。她将王懿的镇定自若学得很好,越是慌乱之际越显冷静,仿佛是刻在骨子里的高傲在作祟,容不得外人瞧见自己脆弱的一面。

王懿握着她的手安抚着:"不用担心,会没事的。"

卿如安装了很久的冷静在这句话面前突然溃散,两行泪流得无声无息,扑在王懿怀里,哽咽道:"母亲……"

王懿拍着她的背,哄着:"别怕,没事的。"

到底是一家主母,自卿永被抬回来到现在,她心中虽然慌乱,却不得不拿出当家风范,立刻回过神来,将府里府外的事情安排得井井有条。外人都说卿府有位强势的主母,又有几人知晓,强势的背后也是一颗操劳的心。

卿如安见床上的人伤了手脚,鲜血染污了几床被子,层层纱布之下还在渗血,卿如安不敢再看,脸上满是泪水。王懿不忍心看她这样,叫来阿柳送她回屋。

牧原白和卿赞瞧着她俩的背影,心里也不好受。

卿赞跑出去,对着院子里的大槐树拳打脚踢,骂道:"该死,该死,都该死!"

牧原白看卿赞发泄一通,后知后觉感受到手背上传来一阵痛感,那是方才卿如安握他的手时,用指甲抠的,现已凝血。

牧原白瞧着那两道月牙血印,心中翻起了千层浪,还是第一次瞧见这样的卿如安,仿佛碎了不可一世的面具,露出内里的柔软不安,让人瞧着心有不忍。

滋州城的天说变就变了,昨日还是艳阳高照,今日就狂风大雨。

不知是谁走漏了风声,说新来的钦差大臣决定强攻上山,惹怒了那帮歹人,于是决定先来个下马威,矛头直指滋州商行。

当时卿永和几个富豪在商行议事,几个杀红了眼的山匪竟然单刀直入,将议事的一群人砍得四处逃窜,卿永便是这样受的伤。

官兵到来之际,那带头的贼人终于收了手,扬言日后会一个个再杀过来,大刀指着卿永,恶狠狠地说:"下一个,就是你。"

卿永也不是贪生怕死之辈,在几个人的搀扶下站稳身子,气息沉稳,魄力十足道:"你们这般作恶,自有人收,卿某便在此恭候!"

谁想到,那刀口竟淬了毒,卿永至今都吊着一口气,昏迷不醒。王懿管着全府上下,忙得不见人影,府里就像罩着一层阴云,怎么也驱不散。

卿如安有些郁郁寡欢,每日温课之后就去侍疾,小小身板愈发消瘦。

有天深夜,她从梦中惊醒,没有惊动任何人,披了衣服就跑去看卿永。见屋内灯火大亮,王懿陪在身旁休憩,她为王懿添了一件衣,又轻手轻脚关了门出去。

府上有打手巡院,火把通明,脚步声铿锵,倒听得人安心。忽见院内槐树下有人舞棍,细看才发现竟是牧原白。

卿如安没有出声,目光沉沉,好些日子没有仔细看他,现已长得越发强壮了,掌中的枯木枝仿佛有了魂,带起阵阵肃杀之意。

牧原白收拳时已大汗淋漓,胡乱擦了把就要回屋,猝不及防看到卿如安站在廊下瞧他。四目相对,牧原白吓一跳,扔了枯树枝,一如当年被她抓包写错了字一般,局促不安。

卿如安打趣他:"原白可是有志向当将军的人?深更半夜竟如此苦练。"

牧原白低着头,踌躇着开口:"小姐,我日后一定可以保护好你的。"

卿如安娇俏一笑,眉眼十分柔和,走过来掏出手帕为他擦汗,喊他木头,说:"那可要护我一世平安啊。"

手帕落在他掌心,明明轻如鸿毛,却又好似重如千钧。

牧原白见她的笑容在灯火下不甚明朗,仿佛没了生气,有些难过,却不知道该如何才能讨她欢心。低头瞧见汗湿的手帕,一朵红梅娇艳欲滴,像极了她以前的模样。

她应该是盛放的。

第三章：风动无痕

他会将心事守口如瓶，不给她一丝困扰和犹豫。

（一）

卿永断断续续睡了一个多月，终于清醒了。罩在卿府上空的阴云散开，也迎来微弱光亮，全府上下都松了一口气。

与此同时，青岩山剿匪正打得胶着，历经两个月，终于清剿完毕。县衙出了告示，贴出一张通缉画像，那是青岩山山匪的二把手，人称"刀疤眼"。

事情告一段落，林献之便启程回京。吴刺史一路相送至城门口，项上人头是保住了，可乌纱帽还能戴多久也不知，谄言道："青岩山一事是下官无能，谢大人出手相助，此番回京还请大人多多美言关照，下官感激不尽。"

说完，他便挥手让人送来一个匣子，想掀开给林献之看一眼，却被按住了。林献之笑道："十五载为官滋州，将这偌大的滋州城治理得井井有条，已是大功一件，若非荒年致使青岩山被山匪占山为王，吴大人可谓是前途无量。"

"不敢不敢，大人言重了。"

"吴大人过谦，只是你要感谢的非是本官，而是清明堂的那位。"

吴承泽愣住："请大人明示。"

林献之道:"滋州虽不是什么富饶之地,可大成生意往来多经由滋州,这里依然是大成的钱袋子。我说城中富豪捏着滋州的命脉,何尝不是在说大人手握滋州命脉呢?张尚书有意搭一桩生意来,若吴大人能促成,御前美言都是小事一桩啊。"

吴承泽终于听明白了,忙道:"这是自然,下官定全力以赴。"

林献之满意地点头,让人接过盒子带上车,说:"吴大人的美意,本官便笑纳了。"

"请。"

待人走后,吴承泽额上已是布满虚汗。

滋州城内终于迎来了新气象,卿永大病初愈,府里上下热闹得不行。

卿如安又回到了那个娇纵模样,依偎在卿永和王懿身边撒娇,惹得两口子心头软软的。

学堂重新授课,牧原白却不愿再去,拜了余领头当师父,天天在偏院耍大刀。卿永觉得可惜,毕竟牧原白读书还算在行,指望以后府里能出个读书人。

卿如安倒觉得没什么:"文房四宝可造才,刀枪弓箭也能造才,哪分什么文武呀。"她笑着说,"原白可是说,以后要护我一世平安的。"她似在炫耀。

偏院里,牧原白正跟着余领头挥刀。秋后余热,牧原白大汗淋漓,赤着上身,一刀挥得比一刀狠。一整天下来,整个人都腰酸背痛。

此刻歇息,他到水缸边泼水洗脸,学着男人的豪放模样,胡乱搓了搓,又搭了块汗巾将上身擦了个遍,这才觉得舒坦了。

余领头见他手里还握着大刀,问他刀重不重。

牧原白诚实地点头,余领头说:"那为何不换个称手的?"

"您说过,兵器越重,退敌越狠。"

余领头:"现下太平,哪有什么敌要退?"

"总会有的。"

经此一遭，牧原白只想快点学会这些真本事。

余领头见他说得义正词严，倒不好再笑了，取了把略轻一些的刀来，说："那便从这把刀练起，往后每年，我都会给你换一把重刀，也好让我见识见识你的本事。"

牧原白很感激："谢师父，我会好好学的。"

这一幕正好被卿如安看见，阿柳说："小姐，说不定原白日后真能当个大将军。"

卿如安其实也期待，以后的牧原白会有着怎样的人生。

有日，卿如安在沁书轩读书，正好牧原白过来洒扫。卿如安闲着无聊便要考他，结果一问三不知，气得直骂他是笨蛋。

牧原白乖乖受着，卿如安不快："说出去你好歹是我教的人，你的名字都是我教你写的，如今一问三不知，本小姐很丢脸！"

牧原白也不找借口："我知错了。"

卿如安瞧他那逆来顺受的模样，更来气了，前儿还说成才不分文武，今日便想要他文武双全。她说："不成，今日起，你白天练功，晚上读书，我随时检查。"她小声了些，"成大事者，怎能目不识丁。"

"好。"牧原白应着，心情竟有些畅快。

当天夜里，他跟卿赞一起抄字。

卿赞乐不可支："木头，小姐总说你跟她是一伙的，怎么我瞧着你跟我才是一伙的啊，苦哈哈地在这里抄字。"

牧原白分心道："小姐都是为我好。"

"是是是，小姐给的什么都好。"

牧原白不说话，心里应着，这是当然的。

牧原白从来都不抱怨。在卿如安的强迫下，他学会了很多东西，常常都是她在沁书轩里学了什么，便又挑拣些他能懂的教给他。若是牧原白答得让她满意，便能早些睡觉；若是答得不满意，花园的槐树下有两个大水桶,卿如安会罚他举着水桶站一炷香。

有回天刚黑,余领头得卿永召唤去说事,途中看到牧原白举着水桶站在槐树下,不远处的卿如安便坐在美人榻上慢悠悠地吃零嘴,气定神闲道:"再举高点。"

牧原白便依言举高。

余领头办完事回来,牧原白还在罚站,卿如安捧着书本问:"'石可破也,而不可夺坚,丹可磨也,而不可夺赤。'此句出自何处?"

牧原白满头大汗,气息在抖,回答道:"出自……出自……《吕氏春秋》。"

卿如安挑眉,压迫感便来了,又问:"《吕氏春秋》哪一篇?"

牧原白沉默了下。

卿如安见他答不出,放了书本。与此同时,牧原白体力不支,头顶水桶倾倒,浑身浇了个透,像落魄小狗,湿漉漉地看着卿如安。

卿如安顿时心软,为他擦净脸上的水渍,稚气十足地问他:"可是我刁难你了?"

牧原白摇头:"小姐为我好,我明白的。"

卿如安:"不管是做学问还是耍大刀,都不是容易的事,本小姐倒不是要你报答我什么,只是我不齿半途而废之人。"

"《吕氏春秋·诚廉》。"他突然开口。

卿如安哑然。

"我记得,你教过我的东西我都记得。"

"那为何方才不答?"

牧原白双手微微发抖,卿如安责备的话又咽了下去,回身瞧见余领头倚在柱边看戏,她喊道:"余领头,快来把你的人带走,再带去好好检查,别说我伤了你徒弟。"

她说完就走,阿柳在后边跟。余领头好笑地摇头,这大小姐的脾气说来就来,扯着牧原白的衣领子,乐呵道:"我且问你,读书好还是耍

刀好？"

　　牧原白今日受罚被看了笑话，也不觉得丢脸，倒是听了这句话，觉得有些不好意思："都好。"

　　余领头大笑，说他可成大器。替他看了手，余领头又皱眉："底子还是不错，但这几天就别耍大刀了。"

　　"是。"

　　牧原白一回屋，卿赞就瞧他双手抖个不停，忙问怎么了。

　　牧原白说了原委，卿赞坐在桌前啧啧摇头："你的苦日子终于来了。"

　　牧原白倒不觉得苦，只是不想成为卿如安嘴里的不齿之人。

　　没有人知道，牧原白心里翻过多少浪潮，在偏院多挥一次刀，多中一次靶，他站到卿如安的面前就多近了一步。午夜梦回时，他也会梦见自己是个骁勇的大将军，或是威武的大侠客，护住了他珍重的小姐，圆了百岁无忧之心愿。

　　建安三年的二月，又下了一场雪。在众人感叹瑞雪兆丰年时，一道利箭划破风声，稳稳钉进卿府的大门上，箭羽处绑着一卷纸，上书三个字：到你了。

　　下人发现后，立刻呈给了卿管家。卿管家左看右看，也认不得这是谁人字迹。

　　到了晚间，卿永回府，卿管家在饭后才呈上这卷信纸，便是那一瞬，卿永心头就涌上了强烈的恐慌，可又觉得不可能，便揉了信纸攥进手里，说："不知谁家小儿，无聊作恶罢了，不必在意。"

　　王懿读懂了他的神色，回房之后才追问："谁会开这种玩笑呢？"她板着脸，但更多的是担心，"老爷，若有什么事，你切莫瞒我。"

　　卿永笑道："家中大小事谁敢瞒你，真的没事。"

　　他话是这么说，次日一早就拜见吴承泽，神色惆怅地开口："大人，刀疤眼可有眉目了？"

吴承泽此番正忙，去年年关回京述职，皇帝罚俸三年，但好歹乌纱帽是保住了，此时一听"青岩山"几个字就头疼，说："暂时没有线索，卿老爷可是有什么眉目？"

卿永摸出字条展开，"到你了"三个字就如黑白无常的锁链，不知何时就会往脖子上套。

吴刺史却看不明白，问："这是何意啊？"

卿永便将去年自己在商行被山匪砍杀的事说了一遍，拿手指点了点字条，一脸讳莫如深。

吴刺史觉得不太可能："青岩山一战，只有刀疤眼逃走了，若是他聪明，就该逃到天涯海角去，最好不要被捉住，怎会冒险回城还要来杀你呢？"

卿永也是这么安慰自己的，可这字条实在令人不安。他摸出一方小盒子摆在桌上，打开一看，里面是一张折好的房契。吴承泽脸色一变，默了默，问他是何意。

卿永恭敬道："草民只求一份心安，望大人成全。"

这世道，有钱能使鬼推磨，对卿永来说，能用钱摆平的事都不算大事。钱要挣，命要保，但若真要二者取其一，他也只有一句话，留得青山在，散些钱财都是小事。

那日之后，卿永很快便收到吴承泽的消息，城内并未搜查到青岩山余孽。为保他心安，吴承泽甚至加强了城中巡逻。

王懿见卿永终于松懈的表情，自己也松了口气，这会儿像是心领神会，拉着卿永的手道："既是未知之事，总要未雨绸缪，老爷要为卿卿做好打算。"

卿永执着她的手，一声叹息，却是想通了："自然。"

若真的有一日，他遭逢不测，只留他们娘俩在世，不知要受多少艰苦，卿如安正是豆蔻年华，是他捧在手掌心里的明珠，她就该这么被人捧着一辈子。

两人合计了一晚上，名单一排排，不知将卿如安托付给谁才能最安心。

春末的天尚冷，覆香林的红梅已经残败了。卿如安在亭子里煮茶，茶香四溢，热气袅袅，她一举一动都带着优雅柔和。

牧原白也不上前，就拿个扫把扫落叶，一盏茶下来，他也没挪过位置。

阿柳走过来，笑说："原白，小姐叫你呢。"

牧原白这才走过去，卿如安推来一杯茶，他便落座喝了一口。

卿如安问："可是有话要同我说？"

牧原白摇头，她又问："好几日了，你得闲不找小虎子撒欢，倒来我眼皮底下转悠，若是有什么难以启齿的事，我可以叫阿柳避开。"

牧原白忙说："不是，不用让阿柳姐姐走。"

卿如安又倒了杯茶，才听他道："余领头前几日得了老爷的吩咐，要加强府内戒备，他不好进内院，便安排我守在小姐左右。"

卿如安点头，却开起了玩笑："我是什么豺狼虎豹吗？你既得了安排，为何总是避着我？"

牧原白垂在腿上的双手渐渐收紧，很想说：不是有意避着你，而是怕自己太靠近，你会讨厌我。可他最终露出一抹笑，将杯中茶一饮而尽，道："尊卑有别，即便小姐待我再好，我也不能忘了小姐的身份。"

卿如安皱眉，这个答案她是不喜欢的，又听他道："只要小姐开口，我随叫随到，说了要护你平安无忧，就决不食言。"

卿如安渐渐发现，他讲话不再让人有大放厥词的错觉，倒是越来越让人有所期待。

冬去春来，三载光阴，他仍旧在她面前谨小慎微，却已是热血少年郎的模样，满身正气，眉眼间已有了锋锐的气质。

卿如安又捉弄他："是吗，那你唤我一句'卿卿'来听。"

牧原白愣住，有些不可信，女儿家的闺名，岂能随意叫唤？

阿柳背过身偷笑，牧原白这才找回自己的声音："小姐又在同我开玩笑了。"

卿如安略微不满："不是我说什么，你就做什么吗？"

牧原白张嘴想反驳，可瞧她一脸纯真地发问，牧原白就知道，自己永远都赢不过她，永远会臣服在她脚下。

卿如安也不催，瞧他的眼神越来越好玩了。牧原白像是经过一番激烈厮杀，情感赢过了理性，他低着头，轻唤她小名："卿卿……"

那一瞬间，寒风凛冽，吹得人脸红。卿如安捏着茶杯，忘了饮茶，直愣愣地看着眼前的少年郎，好一会儿才弯了眼，说："听不见。"

牧原白坐直了身子，抬眼直视她，好像这一刻，他不再是卑微的奴才，而是与她平起平坐、堂堂正正的小公子。也不知道哪里来的勇气，他连着叫了三声"卿卿"，一声比一声正气，终于被卿如安止住："闭嘴，别喊得像我逼迫你一样，本小姐从不屑逼迫人。"

正好有人来寻卿如安，说今日的刺绣教习已经开始了，让她赶紧回去。

卿如安便起身，留着一桌子刚煮好的茶给牧原白，不忘取笑他："你怎么脸皮比女儿家还薄，说你两句就脸红。"

牧原白低下头，觉得窘迫，明知道她在逗自己。

等她走后，捧着她煮好的茶细品了一口，又一口，茶香在口腔中弥漫，从喉间慢慢溢出两个字："卿卿……"

万般温柔都藏进了这声轻唤里，他弯了眉眼，风一吹，又好似什么都没发生。

下次，还可以这么喊她吗？

（二）

卿永准备去长安，吴承泽牵来一条财路，有贵人想要他手里的茶叶

和铁器，大成一等一的茶叶几乎都来自滋州，而滋州一半以上的茶叶都归卿永说了算。再说铁器，滋州虽不是发源地，可盛产铁器的燕州有两座铁矿在卿永名下。

大成对外的贸易管控十分严格。大月紧邻西关，虽是小国却民风彪悍，新帝一直对此很警惕。

如今大月人要来做生意，也不知走了多少路子，才找到了吴承泽搭线。卿永明白，若是做成这一笔生意，他或许也能名留青史。

王懿也一反常态，经常带着卿如安出门，一会儿说要给她添新衣，一会儿说该去拜拜菩萨，一会儿又说该让她学学生意上的事了。

卿如安对此并没有感到不耐烦，反而很顺从，甚至诚心。

那日正好就遇上了城西家的华夫人，她带着独子华景泽在铺子里跟王懿问好，两个少男少女初次见面，规矩都很周到。

夫人们彼此夸赞，决定一同赏玩。王懿拉着卿如安的手，嘱咐道："景泽比你还要小上一岁，同行之路，你要多照看他一点知道吗？"

卿如安应好，华夫人便笑道："那便多谢卿姑了。"

两人在前头走，卿如安和华景泽在后头跟。有卖糖人的路过，卿如安便招来买了两支，华景泽立刻付钱，笑说："我爹说过，在外边没有让姑娘花钱的道理。"

卿如安笑了起来，他顿时呆住，愣愣道："卿姐姐好漂亮。"

这种称赞卿如安听得多了，心情甚好地分了他一支糖人，道："人人都这么说。"

华景泽傻笑，一双眼里都是欢喜，回去逢人就说今日碰到个漂亮姐姐，还给他糖人吃了。

卿如安对他的印象也不算坏，斯文秀气，但有点聒噪。王懿被她逗笑，说："若是投缘便交个朋友，不要总闷在府里。"

卿如安道："我已经有阿柳、小虎子还有原白了。"末了脑子一转，不可置信道，"娘亲，你就要开始为我议亲了吗？"

王懿笑了："为娘有意，却不知卿卿作何想法？这滋州城里论门当户对，也没几个人配得上你，不过若是人品好，相貌好，知根知底，倒也不失为一段良缘。你觉得呢？"

卿如安从未想过这件事，起码不是现在该想的。她撒娇说想陪在父母身边，不要这么早出嫁，惹得王懿心头一阵酸涩，叹着说："女儿家终有这一日的，你且慢慢看，有心仪的尽管告诉母亲。"

那之后，卿如安几乎是在巧合之下，把滋州城里年纪相仿的公子哥都见了一面，渐渐感到疲倦，甚至不愿应付了，椅子一摆，人一坐，气势十足道："娘亲，女儿的夫婿一定要是天下一等一好的人，这些，都不算好。"

王懿愣了愣，还没开口，卿如安便以最近要学画为由告退了。

王懿也捏着眉头犯愁，她觉得还不错的男儿郎，卿如安竟是一个都没看上。

卿永笑道："真是人小鬼大，这天下一等一好的人上哪找，便是皇宫深院，就她这性子也不见得是良缘。"

王懿叹了口气，转头问："刀疤眼可有眉目了？"

卿永敛了笑，神情变得严肃，话却说得宽慰："现在全城严控，只要他一露面，吴刺史就会即刻捉拿，不用太担心。"

自春末收到字条不过一月，卿永在商行再一次收到了催命字条。

吴承泽虽下令严查巡逻，但怎么也不见刀疤眼踪迹，只能抽调几个高手时刻监视着卿府。

字条之事，府上虽没再提起过，可王懿和卿永心头却永远悬着一把刀，深怕这把刀掉下来砸到了卿如安。未雨绸缪，谋的便是卿如安的余生安稳。

卿永拉着王懿的手说："明日我便要动身，去长安谈下茶叶和铁器的生意，家里大小事宜，你要多操心了。"

王懿应着，两口子又说了些贴心话，那愁云惨雾的气氛终于消散。

卿如安坐在池塘边叹气，阿柳蹲在她身边道："小姐，夫人和老爷定是为你好的。"

卿如安叹道："自然。我只是不曾想到，娘亲竟然这般着急要我嫁出去。"这滋州城能数出名来与她相衬的人，她都见完了。

虽说是巧遇，但卿如安明白，怎么会有这么多巧遇啊？若这事传出去，都会令人笑掉大牙，堂堂滋州首富之女，竟然如此恨嫁！她豆蔻年华，美而自知，多少人要来高攀！

卿如安烦，阿柳却笑："那便是缘分未到，急不来的。"

卿如安见她笑得开心，问道："听你这口吻，倒像是知道些什么，怎么，难道瞒着我有心上人了？"

阿柳被这么一打趣，羞红了脸："哪有，只是世人相逢，大多讲究一个缘字，投缘便是佳缘，不投便是孽缘，老爷和夫人不常这么说嘛。"

卿如安点头："也是，本小姐才华横溢，恨嫁一词实在屈辱，且让他们等着去吧。"

两个姑娘在这边玩闹，身后的廊道上站着牧原白与卿赞，两人正要去吃饭，不想听到了这一段话。

卿赞有些震惊，掰着手指算年头，说："小姐竟也到了议亲的时候了？"

牧原白不说话，眸下蓄满汹涌。他怎么会忘了，卿如安也会有出阁的一天。

卿赞沉思着："小姐心性高，瞧不上这滋州城的男子也合理，只是不知她到底喜欢什么样的，你说呢？"

他故意撞了撞旁边人，牧原白才回神，低头道："不知道。"

"嘿呀，知人知面不知心，以后的姑爷要不是个好人……"

"我会砍了他。"牧原白立刻接了他的话，眼神迸发出凶狠，一顿，又改口道，"你肯定也不会不管的。"

卿赞拍手道:"正是!"又打趣他,"你怎么不是个女子,不然就可以像阿柳那样,以后当个陪嫁过去了。"

牧原白没理卿赞,一个人兀自往厨房去了。

他有了心事,却明白这心事无论如何也不能说出口。有些人对他而言,只需远远看一眼就够了。

那夜风大,吹得枝叶"哗哗"作响,卿如安倒是睡了个好觉,她不会知道,一院相隔,有个少年为她寝不安眠,辗转反侧之间,有无数个与她有关的未来都被这阵风吹散了。

(三)

日子过得快,转眼间,府里的荷花也开了。这是王懿最喜欢的花,府里几乎随处可见有水缸养着不同品种的荷花,于是王懿办了一次赏荷宴,邀请了不少商户。

若要说滋州城哪里的景色最好看,那一定是卿府宅院。假山绿林,楼台亭榭,建造不凡,春桃夏荷秋菊冬梅,更是美得令人惊叹。

卿如安早早就醒了,阿柳来为她梳妆,她便挤了个笑容:"今日不用装扮得太隆重,就跟平日一样吧。"

阿柳为难,卿如安调皮道:"母亲设宴让人携家眷同往,不过是想让我多见几个公子哥,我不乐意打扮那么好看给他们瞧。"

那日她的穿着打扮并不隆重,但气质出众,低调中又显出高雅,不愧是娇养出来的小姐。

卿如安静静跟在王懿身边,对每个前来拜访的人盈盈见礼。

那模样让牧原白在远处看了许久。卿赞突然出现在牧原白身边,好奇道:"你发什么呆呢?"他顺着牧原白的视线看过去,嬉笑着"哦"了声,"木头啊木头,你真是失礼,怎么可以这么盯着姑娘看呢。"

大成民风开化,男女同堂大大方方,并不隔开,此时那些公子小姐都玩在一处,卿如安身边围了一圈人,瞧着好不热闹。

牧原白轻咳一声:"别胡说八道,今日府上贵客众多,老爷让我看着小姐免出意外。"

他如今会些功夫,卿永便让他跟在卿如安身边当随行,以护她周全。

卿赞望了眼,正要躲懒,阿柳便招手走来,说:"正要找你俩呢。今日天热,快去冰窖取些冰来,免得怠慢这些公子小姐。"

两人应着要走,忽听得一声叫喊,眨眼间,牧原白身子一跃就上了廊台,三两下蹦到了院中的大槐树下,又借着粗壮树干的力上了树,直直拽住一位要掉下来的小公子,身子陡然一沉,颠了两下,吓得小公子哭了出来。

院里顿时围了人,卿如安的心都快吓出来,忙让人去找梯子来。

牧原白咬牙将人拉高,许是常握大刀的缘故,他的手掌比寻常少年宽大,力气也大许多,让人堪堪能踩住岔出来的枝干。他说:"踩稳了就不要动。"

华景泽慌张极了:"稳了稳了。"

牧原白这才松手,下到他旁边,侧着身子让他攀住自己的肩膀,沉声说:"别乱动,我带你下去。"

华景泽依言攀到他背上,紧紧搂着他的脖子,活像只赖皮猴挂在他身上。

牧原白正打算往下跳,卿如安便喊道:"原白,顺着梯子下来。"

两个男丁架好梯子扶着,牧原白便一级一级往下退,背上的华景泽停了哭声。

待落地,众人围上来。

华景泽彬彬有礼地揖道:"谢这位哥哥救命之恩。"他盈盈泪水满眶,浑身还有些哆嗦,吓得不轻。

牧原白不敢受礼,忙扶着他,说"不必客气"。

卿如安上前拉着牧原白看,担心全写在了脸上,问:"可有伤着哪里?"

牧原白摇头，卿如安又转向华景泽，问："你怎么会跑到树上去？"

华景泽指着树上的鸟窝，说："我就想去看看里面有没有幼鸟，不料没踩稳，幸好这位哥哥……"他顿了顿，朝牧原白一揖，"还未请教哥哥名姓，我叫华景泽。"

他一口一个"哥哥"，喊得好不见外，瞧牧原白体格壮硕，脑子里闪过话本子里的少年侠客，那一身功夫可把华景泽看迷眼了。

此时站在卿如安身边的女子也开口了："是呀，这位公子好面生，先前没见过。"

牧原白身手不凡，气宇轩昂，一身武装打扮让人好奇。

牧原白不习惯这么多人看着自己，便垂眸道："牧原白。"

是个没听过的名字，在场的这些小姐公子说不上都认识交好，但定有互通名姓，随口一说便能认出谁是谁。

卿如安见众人开始交头接耳，莫名烦躁，于是跟傅盈盈拉开距离，站到牧原白身边，笑着说："傅小姐，这是我府上的人，与我青梅竹马。"

滋州城的人都知道，卿府只有一个独生女，并无宗亲姊妹，卿如安这么介绍，就说明他不是哪家公子，却因着一句青梅竹马，故意抬高了他的身份，叫人不好贬低。

傅盈盈笑容一滞，看向牧原白，只见他躬身见过在场的各位公子小姐，又说："夏日炎热，观景阁内备有凉茶消暑，请各位移步阁中，我去取冰来。"

卿如安点头，招呼众人进屋喝茶消暑。

华景泽跟在卿如安身边，好奇道："卿姐姐，原白兄这身武艺师从何人呀？他竟一下就能跳那么高。"

卿如安倒不觉得这是什么稀奇事："府中武教头。去岁山匪猖狂，原白可是苦练许久才有今日这般身手的。"

"啊……"一提到山匪，华景泽就缩脑袋。

傅盈盈奉承道："牧公子往后定大有作为。"

卿如安眉一挑："那要看他造化。不说这个，咱们去喝茶，今日的凉茶乃是我亲手所制，你们一定要尝。"

一行人进了屋。不多时，牧原白和卿赞就端着冰进来了，阿柳一份份安放，燥热褪去一半。

牧原白正要走，华景泽就拉着他，邀他一起玩投壶。

牧原白正要拒绝，就有公子讥讽道："华公子，你脑子没问题吧？一个下人也配跟我们一起玩？"

华景泽看着好欺负，实则嘴巴也厉害："身份有尊卑，人格无贵贱。你若不快，我以滋州钱行嫡子的身份邀请他陪我玩，还要得到你准许吗？"

牧原白心中小小震撼，这跟挂在他身上眼泪汪汪的公子哥完全就是两个人。

那公子哥儿段承一噎，华景泽又崇拜地看向牧原白："原白兄，就让我再见识见识你的身手吧。"

段承又道："要玩你们俩去一边玩，别失了我等身份。"

这话严重，卿如安都听不下去了，茶水一摆，扬声道："前厅议事，后院喧闹，我瞧今日是无聊得很，不如玩个比赛热闹热闹。阿柳，去将我的翡翠玉屏取来，给在座开个好彩头。"

阿柳惊道："小姐，那翡翠玉屏是老爷送给小姐的生辰礼，可是世间稀有的宝贝……"

"无妨，稀有才显得珍贵，去取来。"

她有心点火，要给人下马威，阿柳只好去取。

卿如安笑道："段公子，听闻你精通六艺，不知真假啊？"

这赤裸裸的挑衅，段承很上套："怎么，卿小姐要与我比试？"

卿如安摇头，玩笑道："我一介女子，若是你赢了，岂不要说你胜之不武。若是我赢了，又该说你学艺不精了。"

段承负手而立，轻哼一声，实在轻蔑。

阿柳取了翡翠玉屏展示给众人看，光泽通透温润，玉面雕梁画柱，百鸟朝凤栩栩如生，难怪说世间稀有。众人看呆了眼，私语接耳，不敢想卿府一个比赛的彩头竟如此贵重。

卿如安围着玉屏转了一圈，漫不经心道："这玉屏乃是我父亲远游他国时带回来的珍品，整个大成或许都仅此一件。段公子，你觉得这彩头如何？"

段承自是惊到了，便是锦衣玉食，也没见过这般宝贝。

有人看热闹，很是惊叹："卿小姐大气，这真是个好宝贝。"

"这玉瞧着便极好，我家铺子里从未见过这等成色的。"

"若是仅此一件，便是价值连城，卿小姐不是玩笑我们的吧？"

"是呀是呀，若是被段公子赢走了，你当真舍得？"

卿如安笑："能博大家一笑，有何不舍。"

段承收回目光，仍做高傲姿态，问："卿小姐想怎么比？"

卿如安走到牧原白身边站定，看着牧原白说："就比投壶。"

那眼神太过坚定，牧原白垂眸对上，心口余震不断。

段承笑道："好，本公子就应了你的战书，你派何人与我比？"

"牧原白。"

堂下寂静，牧原白却是坦然。

段承觉得很羞辱："一个低贱下人，也配与我相比？"

卿如安不吃他这一套，摘下腰间玉牌，挂在牧原白身上，道："段公子此言差矣，挂了我卿家的牌子，便是代表我整个卿家，段公子觉得这个身份还不够重吗？"

这滋州若说谁最得罪不起，便是卿府了，卿家手揽多少生意，一句话也能定人生死。卿如安这话一出，就是摆明了给牧原白撑腰，堵段承张口闭口都是尊卑的那张嘴。

段承咬牙愤愤，卿如安温和一笑："段公子莫不是怕了？怕输给一介下人没面子？"

"可笑！"段承强撑面子道，"今日你是主，我是客，你说如何便如何。"

"好。"卿如安使了个眼色，卿赞便带着人去园中布置场地，"简单些，一人十箭，投中多者胜。"

说完，她便引着众人去院内。她气定神闲地坐下，抿了口茶，阿柳在一旁替她摇扇，大小姐做派十足。

她悠悠道："那便开始吧。"

牧原白握着箭，神色凝重，她甚至没有对他叮嘱一句话，似是完全信任他不会输。

段承看向牧原白，牧原白请他先来。

段承便不让了，找准角度一掷就听了声响，旁观的人开始叫好，他扬着笑看牧原白。

牧原白站好，凝神一掷，也听了声响，卿赞喊道："原白好样的！"

牧原白回头看，眼里却只有卿如安嘴角那浅浅一勾的弧度。

段承又是一掷，例无虚发，叫好声连片。轮到牧原白失了一发，段承讥笑道："不入流。"

牧原白还是不说话。"咚"的一声，箭头撞击壶口，旋了一圈，堪堪进了，段承紧张的神色放松。

卿赞在旁边喊道："原白别出神，手不要抖。"

牧原白聚精会神找角度，手中两支竹箭飞了出去，一双双眼睛盯过去，"咚"的一声响，直直入壶。

"这牧原白倒是有两把刷子。"

"段公子切莫轻敌呀。"

卿赞拍手叫好："干得漂亮！"

段承横眼看过来："聒噪。"

卿赞故意大声拍掌，卿如安咳了声，他才收手，回到卿如安身后。

阿柳小声说："别再上前了。"

卿赞嘟囔道："知道知道。"

段承不服气，也捏了两支箭，却不想力度没控制好，箭头撞到壶口，两支箭都没进。

周围人唏嘘，说他冒进了。

段承甩袖不语，牧原白又是一箭入壶。段承不甘落后，还是两箭齐掷，也进了一发。

牧原白这回三箭齐掷，卿如安绷直了背，心提到嗓子眼，却在听到声响后，笑弯了眼，低声道："猖狂。"

身后的卿赞和阿柳更是喜不自胜。

段承倍感压力，掷出一箭，好险进了。

牧原白也抬手一投，"当啷"一声响，场内欢呼，他手中只有一箭了，胜负只能分辨，他看向卿如安，像在求夸奖。

卿如安悠然道："段公子，莫心急。"

她一副胜券在握的样子刺到了段承，还是头一回受到这般羞辱，看向牧原白，只觉得心中的火烧得更旺了，抬手便掷出两箭，进了一发，他的脸色十分难看。

牧原白又一次看向卿如安，她摆出胜利者的姿态朝他点头，于是牧原白喊道："阿柳姐姐。"

阿柳看过去，他微微笑着："请帮我蒙眼。"

他这一开口，让众人都惊诧，阿柳便帮他蒙眼，轻嗔道："你这般可叫人怎么下台？"

牧原白也低声回："小姐开心便好。"

众人屏气等待，有人盼他失手，有人只看热闹，其实无论他这一发中不中，卿如安的彩头都是他的。但牧原白就是为了博她一笑，他喜欢看卿如安趾高气扬的模样，那是旁人学不来的。

牧原白凝神，额间已布满薄汗，手在空中扬了扬，竹箭飞出去，那不过是眨眼的时间，却让人连呼吸都放慢了，好似风停了，酷暑难耐的

夏日让人心燥。

"咚"的一声，竹箭撞在壶口旋转着。一群人连动都不敢动，倒是牧原白，悠然摘下蒙眼布，竹箭正好进壶，周围响起了叫好声。

牧原白拱手朝段承道："段公子，承让。"

段承的脸红一块白一块，现场多少人拍手叫好，他就有多丢脸，袖子一甩，走了。

卿如安心情大好："赏。"

阿柳将翡翠玉屏捧给牧原白，牧原白不敢接，却不得不接，说："多谢小姐。"

"退下吧。"

牧原白告退，又听卿如安扬声道："宴席即将开始，诸位请随我来。"

那日，卿府里的人川流不息，熙攘欢呼，府内荷花婀娜多姿，香气漫过肺腑，蝴蝶起舞，日光下，梧桐树投下斑驳碎影，随风摇动。牧原白却只记得卿如安离去时，回首冲他一笑。

她说："不愧是我的人，真长脸。"

（四）

牧原白出了回风头，算是小有名声，常荷宴之后，人人都知卿如安有个了不得的竹马。

王懿了解完观景阁的来龙去脉后，也没怪罪牧原白，反而把卿如安说了一顿，要她多收收那较真的脾气。

卿如安不高兴，隔着一个庭院都能听见她的声音。她气冲冲地跑出来，牧原白跟卿赞在一旁缩脑袋，她明明已经走过了，又走回来，生气地说："男子汉就要抬头挺胸，下回看到我，把背挺直了！"

两人立刻挺直腰板，她这才继续气冲冲往屋里走。

卿赞无奈地笑着："小姐就是太维护我们了，也不知道这究竟是好事还是坏事。"

牧原白不解:"难道不是好事?"

卿赞点头:"对我们来说当然是好事,毕竟打狗还得看主人,但如果换个人当主子,像你这样出风头的样子,迟早给你吊起来打。"

牧原白垂眸,到底还是因为他,让卿如安挨训了。

好几个晚上,他都无法安睡。借着月色,他捧着翡翠玉屏看了又看,还是觉得该还给卿如安,毕竟这是卿永送给她的生辰礼。结果一早过去,就被她骂了回来,那时卿赞抓着一把瓜子在廊下看热闹,笑他得了便宜还卖乖。

牧原白皱着眉头说:"我没有。这本就是小姐的东西。"

卿赞分了他一把瓜子,笑说:"听没听见小姐说啊,一诺千金,送出去的东西,就没有收回来的道理,她是那小心眼……不,小气的人吗?"

牧原白摇头,他知道卿如安不在乎这些钱财之物。她要什么没有?什么没见过?可牧原白也知道,这翡翠玉屏能落到他手里,都是因为卿如安为他撑腰才得来的,他实在受之有愧。

牧原白满心郁闷,只能靠打拳发泄。卿赞吃不了这个苦,早就没了练武的心思,他找到新的志趣,开始整日拨弄算盘。

卿如安近来瞧牧原白总是闷闷不乐,自己也跟着不爽快了,路过牧原白时没忍住,双手扯着他的脸,硬扯了个笑脸来,说:"我让你不快了吗?"

牧原白摇头。她没用力,无理取闹道:"那你整日见我没个笑脸。"

他性子含蓄,却常爱在她面前笑,不管是讨好还是真心,总之不像这几日的苦瓜脸。

牧原白扮笑脸,卿如安更气了,转身就走,说:"你这般不情愿,就别出现在我眼前了。"

完了,牧原白心想,这下是真的惹她生气了。

"你要赶我走吗?"他急急问。

卿如安脚步一顿，留给他一个没有答案的背影。牧原白在那一刻感到前所未有的慌乱，那之后，卿如安果然不见他，也不来抽查课业了。

有日，他路过沁书轩，卿如安在里面弹琴，他在廊下装模作样，故意背错诗文，却没得来卿如安半个眼神，倒是阿柳朝他轻轻摇头。

他半夜睡不着，爬起来到槐树下练字，尘土之上，尽是"我错了"三个字。

是啊，站在卿如安的角度来看，的确是他不识好歹了。

府内灯火通明，仍有家丁巡院，他仰天长叹，心中的郁结不知如何化解。

卿如安也睡不着，反省自己是不是做得太过了，无视牧原白只痛快了那一下，回想起来就觉得哪儿都不痛快了。

她自己有一个小院，平日宿在楼上，这会儿起身推窗，正巧就瞧见了远处槐树下转悠的人影。那人叉腰望天，朦胧灯火里，依然可辨他容颜。这夜无星无月，也不知道牧原白在看什么。

卿如安转身下楼，刚过小径要喊他，牧原白就低着脑袋走了。

卿如安走到他站的地方，学他的样子抬头看天，什么也没有，却在低头的时候，整个人愣住了。木枝插在土里，那块地方赫然写着几个字，走近一看，在微弱灯火的照耀下，还是看清了。

万千心事被这句"我错了"给化解，卿如安觉得牧原白这人果真无趣至极。

可是为什么呢？

她忍不住笑，心也软得不行。

"小姐？"

牧原白是没有想到卿如安会出现在这里的，他方才垂着脑袋回去，走到一半，才想起来地上的字迹还没擦掉，加快脚步往这边赶，却没想到还是慢了一步。

卿如安拔出一旁的木枝，在浓重的夜色里，眼中带笑地问他："你写的？"

牧原白点头，卿如安抿嘴压住笑容："错哪儿了？"

"辜负了你的好意。"

这个时候的卿如安又恢复了往日的高傲，木枝在手上一下一下地砸着，小大人一样绕着他道："你多厉害，敢下盐商段公子的脸，还敢拂我卿如安的意，赏不得，罚不得，你想我怎么做？"

牧原白一只手捏紧了衣裳，开口道："你不要生气。"

她脾气来得快去得也快，早就不气了。卿如安瞧他，挑眉道："那你可想好法子让我消气了？"

牧原白摇头，望向她的眸光在夜色下晶莹透亮，说："但我想和你换个东西。"

"什么？"

"翡翠玉屏并非我所想，我要……"他犹豫着，不知道该不该说。

卿如安喜欢逗他，装成没耐心的样子要走，道："你没想好，那就再说。"

牧原白忙拉住她，身体比大脑先做出反应，意识到时赶紧松手，往后退了两步，气息不稳道："我想要小姐……小姐为我画一张像。"

"翡翠玉屏换一幅画像？"

牧原白点头："后日是我生辰，我听小虎子哥说，他十三岁时，你送了他一身衣裳，我……我想要你送我一幅画像。"

卿如安爽快应下，牧原白喜笑颜开，好似终于拨开阴霾。

卿如安又道："不过我画技不精，画丑了可别怪我。"

"不会。"

两人往回走。卿如安想了想，还是决定跟他解开心结："原白，你虽是我买回来的人，但你不必看外人脸色。华景泽说得不错，身份有尊卑，人格无贵贱。你要明白，主子有主子的傲气，奴才有奴才的骨气，在我这里，你不必小心翼翼，看低自己。"

她与他推心置腹，要他抬头挺胸，做好本分，不必低声下气看人脸色。她在一众贵客面前，决心为他撑脸面，壮腰骨。如此珍重，牧原白岂会不心生贪念？有些事明知不可为，可再三约束，也敌不过卿如安一句话。

　　牧原白心中悸动，不知该如何向她坦白，只是觉得这一夜离奇似梦，偏偏她在他身侧，抓着他的手，笑得明朗。

　　牧原白犹豫再三，哑声道："为什么要待我这么好？"

　　卿如安从不觉得待人好是需要考虑的问题，也不觉得自己待他有多好，说："你跟小虎子还有阿柳也待我好，若褪去一众身份，我还得叫你们一声哥哥姐姐呢。"

　　牧原白几乎泪湿眼眶。高门大户里的规矩很多，偏偏卿如安是个不讲规矩的人。

　　"谢小姐厚爱。"

　　卿如安扁嘴："这个时候你该唤我卿卿。"

　　牧原白抿嘴，不知是不敢还是不愿。

　　卿如安也不勉强他，只是想起第一次听牧原白唤自己小名时的反应，只觉得有趣。

　　"木头。"她感叹着。

　　"嗯。"他应着。

　　卿如安笑了起来，朦胧灯火下，照得她眼睛亮晶晶的，牧原白失神片刻。他果然，还是喜欢看她开怀的样子，心里有块地方，被她的笑容填满了。如果可以，他希望卿如安永远不要赶他走，他会将心事守口如瓶，不给她一丝困扰和犹豫。

　　牧原白生辰那日和往常并无不同，早上去偏院打拳耍刀，下午做洒扫，顺便把卿如安交代的诗文背了，唯一的特例是他午间去马厩牵了马往郊区奔。

到了晚上，牧原白就满心期待地在廊下栏台上坐着，看院门口是否有卿如安的身影。他等了许久，卿赞见他一动不动，好奇道："你做什么呢？"

牧原白有些失落地道："没事。"

卿赞端着一碗长寿面给他，笑着说："长寿长寿，长命百岁。木头，生辰喜乐啊。"

牧原白有些惊讶，卿赞一眼看穿，说："我去厨房找吃的，正好就看见阿柳端了这碗面，我顺路给你带过来了。"

牧原白头一回想骂一句多管闲事，不过眨眼工夫，低落的心情又升起了雀跃，甚至是不敢相信："是小姐她……"

"啊，是是是。"卿赞朝他投来同情的目光，好似这碗面有毒一般，他又解下腰间绳索，将东西交到牧原白手里，"还有，也不知里面是什么，小姐让我一并带给你。"

长长的圆筒，里面装的是他的画像。牧原白心口处的柔软被卿如安狠狠捏着，这种被记挂的感觉，实在令人欢喜。

卿赞好奇道："你打开看看？"

牧原白却是不肯，吃着面，含糊地开口："不给你看。"

卿赞看他呛得眼眶泛红，倒吸一口凉气，问："味道如何？"

牧原白口腔发苦，不晓得卿如安加了什么进去，可他嘴硬道："好吃，帮我倒碗水来。"

"给你砒霜你都当白糖是吧。"卿赞撸起袖子，恨铁不成钢，"做人能不能诚实点？"

牧原白三两口吃完，艰难点头："我说实话，你只是吃不惯罢了。"

卿赞讨了个没趣，转身回屋了。

弯月悄然拨云而出，牧原白拆了画筒。精雕细纹的筒盖一打开，先闻到了一股清淡的墨香，他小心翼翼地抽出来展开，细腻勾勒的线条便缓缓展现。长发飞扬，黑布蒙眼，手挽大弓向天，三箭蓄势待发，看着

气势磅礴,翩翩衣袂又衬得贵气十足。

这不像十三岁的牧原白。

"嚯!"卿赞不知何时出现的,撑着他的肩膀,指着画说,"这不就是你投壶那日的模样吗?小姐给你画的啊?"

牧原白怔愣,看看画,又看看卿赞,问:"你确定这是我?"

"那还能有假?"卿赞咂嘴道,"你那日三箭齐发,搞得人可紧张了,我都听到小姐骂你猖狂。"他抢过画像,笑说,"快让我仔细瞧瞧,好威风哪。"他翻来覆去地看,也不知是无心还是故意,"原来你在小姐心中竟是如此模样,早知道我当年也不要什么衣裳了。"

这画是卿如安想着牧原白的样子画的,许是想让他看起来威风,便下笔凌厉了些。

牧原白低头笑了起来:"那你想要什么?"

"要个能经常用的东西就行,多有纪念意义啊。"卿赞思索着说,"明年我求小姐送我个钱袋儿?之后我辞行闯荡,必把那钱袋装满回来谢她。"

牧原白喜欢跟卿赞之间无话不谈,在他心里,卿赞虽然年长,可心性童真,没有半点大哥的架子,倒是他常被人说有点少年老成。

"啊,木头,这处有字!"卿赞突然拍着他肩膀。

牧原白也顺着看过去,一字一句念道:"一岁一喜,天从人愿。"

一岁一喜,天从人愿。

岁岁欢喜,万事顺意。

卿赞把画拍在他胸前,笑说:"小姐祝你岁岁无忧呢,还不笑一笑。"

牧原白咧开一嘴牙,往日里的沉闷都不见了。他折了画像就跑,卿赞在后边喊:"去哪儿呢?"

"我去谢谢小姐!"

"哎,她今日歇得早……"

牧原白跑得快，根本来不及听完卿赞的话。夜风拂过薄汗，有片刻凉意，可心上快意，却让他越来越燥。想见她，想和她说话，想站到她面前。这欲望快将他的理智吞噬了，直到在阁楼之下，瞧见关窗的卿如安，他扬着手中的画像，兴奋得像个垂髫稚童，可惜卿如安没看见。

屋内灯影绰绰，是她跟阿柳在走动，没一会儿灯灭了，只有今晚的月色知他心中汹涌如浪潮袭来。回过神来时，只道她幸好睡得早，否则他又要支吾半天了。

（五）

卿永回滋州那日，阵仗很大，及至家门，人群泱泱。王懿领着卿如安在门口候着，卿永一下马车便抱起了卿如安，问她这些日子可有好好听话。

卿如安开心得很，把自己学了什么都说了个遍。卿永放她下来，说要给她奖励，从胸口摸出一把福禄锁给她戴上。卿如安喜不自胜："谢谢爹爹。"

卿永牵着王懿的手，道了声辛苦，朝卿管家使了个眼色，不一会儿，就有下人端着一捆捆铜钱出来抛撒，路边候着的人开始纷纷道喜捡钱。

这是滋州城里卿府不成文的规矩，每当卿永做成一笔大生意，就会以这种方式告诉大家，这也为他的生意打响了招牌，因为舍得，所以跟着他的人也越来越多。

卿如安在人群之后看到了傅盈盈，与前些日的奢华相比，今日她看着格外朴素。她一身青衣站在墙角处，与卿如安远远相望，那眼神莫名令卿如安心中一震，正想开口，傅盈盈便朝她福身走了。

那几日，卿府来往的客人众多，都是来找卿永牵线铺路做生意的。卿如安很少去前院，就在观景阁制茶，热水一滚，茶香四溢，老远就听见有人喊"卿姐姐"，抬头看去，华景泽一路小跑过来，下人也跟着一路跑。

卿如安好奇："你怎么来了？"

华景泽笑盈盈地落座，说："闻着姐姐的茶香就来了。"

卿如安给他倒了一杯，把他的恭维话都当耳边风。华景泽左右看了看，问："咦，原白兄怎么不在？"

卿如安摇着扇子道："这个时候，该在偏院练功呢。"

华景泽来了兴致："是吗？我可以去看看吗？"

卿如安点头，让阿柳给他带路。华景泽喜滋滋地起身走了两步，又折回来请她："姐姐还是同我一道吧。"

卿如安懒懒地起身，说他也不像个脸皮薄的人啊。华景泽笑说："我忘了自己是客。"

卿如安其实挺喜欢他的性格，虽然聒噪但纯粹，不拘小节却明事理。赏荷宴之后，他来过卿府数次，都是求牧原白教他打拳的。

几个人往偏院去，天热，走几步就出汗，华景泽跟在后边气喘吁吁："卿姐姐，你家院子也太大了。"

卿如安习以为常："这条路原白一日要走上几十遍，你这就累了？"

华景泽眼底崇拜更甚："原白兄好体力啊。"

"他拎你跟拎水桶一样。"

"哦，是！那日挂在树上，他一只手就将我拉上来了。"

卿如安笑出声，指着前面的木门说："到了。"

说是偏院，其实是一个小型的练武场。在青岩山山匪一事之前，这里是卿府门下镖局议事的地方，后来改成练武场。卿永收留了些难民，让余领头调教好了，安排到门下各个生意处，如今太平，这练武场就成了牧原白一个人的地盘了，余领头得闲就会来检查牧原白的武艺。

今日也是巧，余领头正在教原白耍刀招式。

阿柳一推门，卿如安就看到牧原白握着大刀跟余领头过招，兵器碰撞的声音倒是头一回如此清晰地听到。

三人在门口愣住，华景泽"哇"声一片。

牧原白被余领头一招挑飞了大刀，"嘭"的一声，插进旁边的沙地里，埋进半截。

"还不够火候。"余领头收起长刀，一脸欣慰，"不过能接我两招也是不错的了。"

牧原白精疲力竭，眼中不甘却又不得不服，他确实还是有很多要学的，拱手一礼："谢师父教导。"

他转身去拔刀，用衣角擦刀身。这是一把没开刃的刀，余领头说，刀剑一旦开刃就会有背负人命的一天，牧原白还小，不必背负这些东西。

可牧原白心里早就做好了准备。他的刀，不会滥杀，只会守护。

"小姐。"余领头扔了长枪，忙过来迎人。

卿如安笑道："余领头，今日钱行的华公子来访，我带他四处逛逛就走到了这里，没妨碍你们吧？"

牧原白突然僵住，慢慢转过身。对上卿如安的视线后，他又立刻撇过头，握着大刀一言不发地走了。

卿如安觉得莫名其妙，余领头"哎哎"了两声，笑道："这小子今日输我几招气上了。"

"他本来就是闷葫芦性子，气一气才有长进。"卿如安抬眼寻过去，牧原白放了刀就去倒立，不一会儿就满脸通红。

卿如安站了会儿，又领着人告辞。牧原白早就把眼睛闭上了，余领头过来说他，他也都没听进去，满心满脑都是华景泽怎么总跟在卿如安身边。

华景泽今日是长见识了，开口闭口从牧原白变成了余领头，卿如安算是发现了，他这人变心也挺快。

"华景泽，你这般见异思迁，往后哪家女子敢嫁你。"卿如安开玩笑道。

华景泽心直口快道："那我便要卿姐姐，过几天我就来提亲。"

卿如安差点一趔趄，华景泽吓一跳，又道："哦，对了，听闻你与

傅盈盈交好？"

卿如安想了会儿才对上这个人，摇头道："不熟。怎么了？"

"奇了，我近来总听人说你俩交好，傅小姐打着你的名号，交了不少朋友。"

卿如安皱眉，她甚至话都没跟傅盈盈说过几句。

华景泽接着说："她家是做木工的，在卿家未发达之前，也算是滋州城里数一数二的人物，只是卿老爷生来一颗生意头脑，短短几年就吞并了不少生意……"华景泽瞧她脸色，轻声道，"傅家如今生意困难，傅小姐此般作为，你要管吗？"

那天卿如安又在沁书轩坐了一下午，工整隽秀的字迹铺满了一张张宣纸。就在这时，傅盈盈的帖子送来了，约她明日去万青湖游船。

阿柳不懂："这傅小姐怎么回事？"

卿如安合上帖子，平静道："应了。我倒要看看她耍什么把戏。"

（六）

万青湖是滋州本地夏日消暑游玩的好去处，卿如安如约而至，互赠见面礼，傅盈盈客客气气的，尽心作陪，卿如安便陪她入戏。也不知是有心还是无意，傅盈盈向她打探起了卿永在长安的生意，卿如安不动声色道："我也不知，父亲从不会与我说起这些。"

"也是，卿府生意遍布全国，我要是你，听着都觉得脑袋晕。"

卿如安笑了笑，傅盈盈又说："滋州商户三百多户，其中一半都挂在你家名下，全天下的生意好似没有你家不做的。"

"也有不做的。"

傅盈盈看她，她咬着糖人笑："杀人越货不做，伤风败俗不做，玩物丧志不做，拐卖盗贩也不做。"

傅盈盈愣了下，卿如安并没有表面看起来那么好糊弄。

"钱利之诱没有人不动心，只要不贪心就好。"卿如安说完这句便起身道,"傅小姐莫怪,实在太热,我乏了,就先告辞。"

傅盈盈想留但没留住,卿如安嘴严,她什么话也没套出来。

等马车行了一路,卿如安才发现傅盈盈的手帕还在她手里,方才出汗,傅盈盈掏出帕子就往她脸上招呼,忘记还了。

"掉头,去傅小姐家。"

阿柳给她扇风,马车里的凉茶已经见底,劝道:"小姐,天太热了,下次再送也可以的。"

卿如安想了想也是,掀开帘子看到哪儿了,正想改口说回府,就看到了前方的成衣铺子,傅盈盈从里面走出来,她已经褪去一身华服,穿着一身灰布衣,比上次在人群中遥遥相望的那一眼还要朴素。

"停下。"卿如安看傅盈盈走远,这才下车往铺子里走去,她今日穿的衣裳就挂在上面。

"掌柜,这衣裳裙摆处已经脏了,还能卖?"

掌柜的赶紧过来检查,赔笑道:"这位小姐,真的不好意思,本店衣裙除了出售还可租赁,你若喜欢这套想买,我去寻人找套新的来给你?"

"不用了。"卿如安上了马车,平静道,"回府。"

卿如安出了一身汗,沐浴过后,见到一旁的帕子,心里有些闷堵,说:"原白,叫人把这帕子还给傅小姐。"

牧原白察觉到她不开心,看她往沁书轩去,也不敢说话,拿着东西就往城东去。

在傅家院门口,傅盈盈见到他很是惊讶,还有点局促,一身粗布衣上还有沾着木屑,她拍了拍,笑问他有何事。

牧原白板着一张脸,把方帕还给她,说:"傅小姐,以后不要再递帖子过来了。"

"什么?"傅盈盈不解。

牧原白看着她,无心周旋:"傅小姐心里应该最清楚为何。"

傅盈盈神色一顿，心虚渐渐浮上来，却还不死心："我不知，明明今日还笑脸相对，怎么现在……"

牧原白也不装蒜了："今日回府时，你的帕子落在我家小姐的马车上，她专程找回来还你，就看见你进了成衣铺子，出来时你就是现在这身衣裳；后又见你去了当铺，出来时，腕间的银钏便不见了；跟你一路至家门口，听到你跟你的朋友说，卿如安当真好哄，两句好话就能换一把银钏，就是可惜嘴巴太严。"牧原白本不是话多的人，但今日也替卿如安感到愤怒，"傅小姐，与人相交本应重情不重利，我家小姐确实好哄，但不代表她好骗。"

傅盈盈冷笑，伸出双手给他瞧："重情不重利？那我手上的是什么？我家世代做木工，滋州城里哪家衣柜床榻不是出自我家，她一句'粗制滥造，不够精巧美观'，就断了我家大半生意，我不过是从她身上拿回些罢了！"

牧原白不欲久留："傅小姐该明白，天外有天，人外有人，自然法则便是如此。

"告辞。"

他一走，傅盈盈就把帕子扔了，气道："她生来高高在上，自然什么都不缺！"

两行泪流下。

傅盈盈冷静片刻，又将帕子拾起，想起与卿如安初见那日，出了神。

比赏荷宴更早，卿如安十岁那年摆生辰酒，卿永寻人来傅家打一个妆奁，傅盈盈跟在父亲身边忙前忙后，最后去府上送礼，却得来卿如安一句"粗糙之物"的评价，那之后，卿永便做起了木工生意，傅家手艺几乎无用武之地。傅家生意一落千丈，她早没了小姐派头，受邀去赏荷宴的行头都是借的，就是想借此与一些贵人结交，好让傅家起死回生。

傅盈盈蹲在地上，心里又气又恨。

"盈盈，你怎么蹲在门口？"傅夫人端着一盘桃酥招她过去吃，"看来你近来造的那些小玩意儿卖得不错啊,我都许久没吃到田源坊的桃酥了。"

傅盈盈赶紧擦干泪,回身露出一张笑脸:"是了,这说明我手艺好。"

她看着盘子里的桃酥,心里五味杂陈。这种对生活的愁绪,卿如安是不会懂的。卿如安什么都有,有什么事,父母自会为其操心,不像她,想过好一点的日子,就得自己想办法。

傅盈盈不觉得自己做错了,虽然卑鄙,但在温饱面前,实在不值一提。

卿如安闷了数天,华景泽来访,没见到卿如安,却见到了牧原白。

华景泽跟在他身边问:"卿姐姐今日也忙?怎么不见我?"

牧原白撒谎也不脸红:"嗯,没空。"

其实卿如安空得很,但他不太喜欢华景泽跟卿如安走得近。

"我思来想去,也不知道我哪里得罪她了,以往她不会这样啊。"他自言自语,牧原白也不知道怎么接话。

他突然一拍手,道:"坏了!不会是我说要娶她的话得罪她了吧?"

话一落音,牧原白差点腿软,不可置信地瞧着他。

华景泽摸着脑袋说:"虽然卿姐姐确实很好,但婚姻大事,也不能我一个人说了算。哎,你怎么跟卿姐姐一样,听了这话走不动路啊?"

牧原白:"她有说心仪你?"

华景泽摇头。

"她同意嫁你?"

华景泽摇头。

"你喜欢我家小姐?"

"我……"

"没关系。"他说完这句,好像也不需要得到答案似的,自顾自走了。

华景泽蒙在原地,半响才道:"这是……生气?"

华景泽最终还是在沁书轩找到了卿如安，他轻手轻脚地坐到一边，屋子里气压低沉，他都不敢说话。他与卿如安说不上有多要好，可接触下来，也摸准了卿如安的脾气，每当她一言不发时，那张脸越平静，内心就越暴怒。

卿如安写完一幅字，终于抬眸问他："有话要同我说？"

华景泽正喝茶，差点洒了，说："没……我，我就是听说你与傅小姐断交了，想来看看你。"

卿如安笑得有些嘲讽："我从未与傅小姐结交，又哪儿来的断交。"

华景泽立刻走过来道歉，为她研墨，卿如安哼了声："又没怪你，还得谢你提醒我。"

卿如安只是不痛快，她最讨厌有人狐假虎威，明知故犯。她重新提起笔，边写边问："华景泽，我当你是朋友，你如何待我？"

"自然待你好。"他笑得没心没肺，卿如安也跟着笑了。

牧原白端着一盘点心来，正撞见他俩说笑，停了片刻，才敲响窗沿，端着点心从门口进，放下就走。

——自然待你好。

小小年纪，怎么就会花言巧语了。

牧原白从此没给过华景泽好脸色看。

（七）

华景泽最近来卿府勤快，外边就有了传言，说卿府相中了华府的小公子，只等卿如安及笄便商谈亲事。

这种话也不知是谁先放出去的，卿赞下学回来后，直接跑到卿如安面前嚷嚷："这不是真的吧？那小公子的身板风吹就要倒，他还比你小一岁，你平素与他交集也不多，到底哪里来的情投意合？"

卿如安被他吵得头疼，不急不慌地给他倒了杯水，问："外头还说什么？"

卿赞哇啦啦能说一堆，越说越气愤："你是不知道，那话传得有多离谱，要是木头在，我估计那些人都得挨拳头。"

卿如安笑了起来，他不可思议道："你竟还笑得出！"

阿柳在一旁，也摸不准卿如安在想什么，只能拉卿赞，说："小虎子，你放肆了。"

"我……"卿赞忍了忍，甩手道，"气死我了，明天我就去撕烂那些人的嘴。"

卿如安不急不躁道："我与华景泽只是朋友。"

她虽是这么说，可心里也在计较，王懿和卿永定然也听说了这些传闻，他们没说话，或许就是默认。

果不其然，没几天，华景泽再次来访时，王懿来探她口风。卿如安想了想，反问道："母亲想我怎么回答？"

王懿愣住："自是要你心里话。"

"不愿意。"她说，"若是你和爹爹觉得这是为我好，我愿意听从安排。反正从小到大，我要做什么，你们都替我安排好了。"

她这话说得平静，却杀伤力强大。

王懿有些难过，好像在这一刻才明白，卿如安是真的长大了，有了自己的主意，可她明明才十三岁，还是需要人呵护的年纪。

卿如安也很难过，说不上来为什么，就是觉得胸口堵着一口气。她坐在观景阁，将手中的书扔出去，吓得阿柳忙上前，却见卿如安回头望着沁书轩，落下两行泪。

"小姐……"阿柳愣住了。

琴棋书画，刺绣女红，读这么多书，学这么多东西，卿如安却糊涂了。即使她没有抱负，没有志向，难道就要在父母的安排下过活吗？自己的人生，一辈子都要听父母做主吗？

当晚，她红着眼睛去书房找卿永。卿永正在看账本，见她一声不响地站在门口，委屈巴巴地流眼泪，忙起身问她怎么了。

085

卿如安瘪着嘴,把白天的事都说了一遍。卿永听了发笑:"你既知说错了话,为何不去找娘亲道歉?"

卿如安:"爹爹,可是我真的做错了吗?"

卿永敛了笑,给她擦泪,好不心疼。

卿如安又委屈上了:"从小到大,要做什么,不能做什么,我都听你们的,可是这一回,我只要一想到,若是你们都属意华景泽,而不管我愿不愿意,我就很难过。娘亲说都是为我好,可我不愿意,也是为我好吗?"

这么说起来,她其实有很多不愿意的瞬间。

府里的合欢树砍了,她不愿意,没有人在乎;池塘边加了道护栏,她不愿意,没有人在乎;冬日雪厚不准玩闹,她不愿意,没有人在乎。

…………

到今天,要为她择郎婿,她不愿意,好像也没人在乎。

她要问,为什么呢?

卿永见她泪眼汪汪,心上柔软,竟不知这么多年来,她心里有这么多不满。

"好,卿卿不愿意,我当然要听,我卿永的女儿要什么没有,凭什么要在这件事上受委屈呢?"卿永牵着她到身边坐下,"天下之大,挑你喜欢的便好,若是挑不到,这偌大家产,够你丰衣足食到下辈子,有什么好委屈的呢?"

卿如安被他逗笑,看见案几上铺着满满当当的账本,那都是卿如安的底气。

"爹爹,这是什么?"

卿如安从一沓账本中抽出一张信纸,上面拓了私印,她正要看个仔细,卿永便抽走,笑说:"这是你未来的嫁妆。"

卿如安是后来才意识到,这哪是什么嫁妆,分明是索命的魂钩。可她此时定下来的心满是雀跃,说:"谢爹爹成全。"

不日就听阿柳说，王懿回避了华夫人议亲一事，华景泽也不经常来府上溜达了，她的身边热闹过后，又回到旧时的样子。

牧原白的一颗心也好似定了下来，他远远看着卿如安出神，一阵冷风吹来，掀翻了卿如安的书页，梧桐叶缓缓飘落，秋天来了。

卿赞不知何时出现在他身边，甩着算盘叉腰道："时间真快啊，明年开春我也该走了。"

牧原白仍旧要抬头看他，他乐呵呵地说："老爷说，在长安的生意要有人看着，许我在里头学两年再重起炉灶。"

牧原白替他开心："恭喜大哥。"

卿赞抬手搓牧原白的脑袋，骂了他一句"臭小子"，可牧原白听出了这句话后有许多不舍。他知道卿赞要离开滋州并非只是说说，只是真的到了这种时刻，孤身一人，背井离乡，要舍下的东西实在太多了。

牧原白在心里说，换作自己，是舍不下的。他抬眼看着这座宅院，又想起了郊区的坟茔，注定他是要孤守的。

"小虎子，原白，快过来。"阿柳在远处的观景阁招手，"今日得闲，小姐让你们进来饮茶。"

卿如安煮了新茶，一把绢扇缓缓摇着，对着卿赞皱眉头。

卿赞喝完又续了一杯，瞪着眼睛问："怎么了？不是你叫我过来饮茶？"

卿如安闷声道："我昨日听爹爹说，明年开春你要辞家赴京了。"

卿赞笑了，没心没肺地说："是老爷抬爱，许我学些真本事。"

"这么说来，是真的了？"

卿如安说着说着就要哭了，几个人吓得束手无策，卿赞差点跪下："小姐，祖宗，我又不是一去不回了。"

"可是你从来没有离开过这里，要是在外面被人欺负了，我可护不住你。"卿如安的眼泪跟不要钱似的落下，卿赞只觉得心口暖暖的。

从小到大,他最怕卿如安哭。小时候,卿如安一哭,卿管家就会挥着扫帚追着他跑,既要他把卿如安当主子,又要他把卿如安当妹妹。别看卿如安性格如此娇纵,她就是个直性子,有点事情全写脸上了。

卿赞揪着衣袖给她擦眼泪,好笑地说:"哎哟,祖宗,别给我阿公招来了。你本事这么大,我出门在外绝不给你丢脸。别哭了别哭了,眼睛肿了就不好看了。"

卿如安立刻收声,她还是爱美的。

卿赞哄着:"做得好。我们小姐果然善解人意。"

"兄长。"

卿赞愣住,好多年没听她这么叫自己了。

卿如安说:"那你记得,以后要常给我写信。"

她就像一个小孩子,学不来什么弯弯绕绕,直言不讳地表达着不舍。

卿如安从未想过身边的人会离开自己,生老病死,最苦离别。

卿赞也不禁动容,鼻子一酸,像小时候一样没个规矩,捏着她的鼻子说:"自然,兄长会牵挂你的。"

他转身看了眼对牧原白,对卿如安说:"我不在家,木头会替我,有什么事你尽管使唤他,这小子现在一身牛劲,我都打不过了。"

牧原白站直了身子,说:"我可以让你的。"

卿如安笑了出来,卿赞说:"哎呀,怎么还吹鼻涕泡。"

卿如安上去就是一通捶打,卿赞躲开,边跑边说:"你们慢坐,我去找阿公了。"

卿如安气得跺脚:"他又消遣我!"

气归气,闹归闹,过了一段日子,她还是亲自去找卿赞,把他心心念念想要的钱袋做给他了。

卿赞十分感动,说这饯行礼物非常好。

卿如安见他满意,也开心:"早知道你那么爱钱,我就给你做个大

088

点儿的钱袋了。"

卿赞说:"够了够了,谢谢卿卿。"

卿如安笑容更甚,比起"小姐"这个称呼,她其实更乐意听大家叫她"卿卿",显得亲昵深厚。只是后来卿如安总是会想,如果早有预见,她宁愿卿赞早点离开卿府。

第四章：血色残阳

比地狱还要残酷的人间里，
她看到了牧原白。

（一）

如果真的要回忆卿如安的十三岁，那是一片繁华过后的废墟。十三岁之前，她是高不可攀的枝头凤；十三岁之后，她是跌入深渊的雪中花。

牧原白曾发誓，手里的刀只为卿如安冲锋陷阵，可真到了那个时候，才发现自己实在渺小脆弱。他想守护的东西在慢慢剥离，卿如安也是。

牧原白记得，卿赞拿着钱袋在他面前炫耀时，卿如安有问过，他会不会有一天也要离开这里。

他摇头说不会，卿如安只是笑了笑，又问他："难道你就没有什么想做的事吗？"

"有的。"牧原白说，"保护好你。"

他食言了。

那年冬天，卿家这座大山轰然倒塌，有人叫好，有人唏嘘，只有牧原白在一片废墟里寻找着卿如安。

那年发生什么事了？

牧原白细细回忆着，突然因为刘元一声叫唤回了神。刘元一身臭汗地往他面前站，说："你小子平日里不声不响，原来还是个练家子，从军之前是做什么的？"

刘元是个直爽好相处的人，力气很大，最开始对牧原白这瘦弱身板不以为意，哪晓得对打过招时，自己输得一塌糊涂，自此很是欣赏他，是以常常跟在牧原白身边，得闲就让他跟自己再过两招。

牧原白今日休沐，脱了军装，换上便衣，就要走，回答："没什么，多练就好。"

刘元"嘿"了声，见他脚步匆匆，也不再拦着。

牧原白牵了马往城里去，站在花楼之下，出神了很久。门口站着几个女人，十分热情，来问他找谁，有没有熟人，他连连摆手，一脚踏进了门。

来找谁？

找卿如安的。

卿如安隔着一道水晶帘，蒙着薄纱低头抚琴，十八岁，已经出落得十分美丽。牧原白看着看着，眼眶有些刺痛，一低头便往楼上走，在她房门口等着。

卿如安抱琴上来时，引得不少人侧目，见到牧原白，她露出一抹笑容，让他进屋坐。

牧原白给她倒茶，问她近来可好。

卿如安静静道："都好，你呢？在营中可有受伤？"

牧原白摇头，卿如安不信，扒开他袖子一看，果然有不少淤青。

牧原白收回手，说："不碍事的，不疼。"

卿如安寻来药膏为他抹上，鼻头一酸。牧原白觉得不对劲，一抬头，她果然满眼泪花。

"小姐，我真的没事。等我闯出名堂来，我一定会接你出去的。"

卿如安确实很感动，但感动之余，还有自责和悔恨。她把牧原白也拉进深渊了，用自己的命来逼他，确实不该。这也是卿如安这辈子最后悔的一件事。

牧原白留下钱袋就走了，卿如安一个人发呆了许久。

自卿府被屠门之后，一直留在她身边的人就只有牧原白。想起他说，上刀山下火海也要报答她的时候，卿如安就觉得心如刀绞。一眨眼，他们都不似当年了。

卿如安记得，牧原白入军营第一年，一有空闲就带着钱来见自己，满心欢喜地说："小姐，你再等等，我很快就能凑齐赎金了。"

那时她坐在香雾缭绕的屋子里，打扮得花枝招展，却神情恹恹地说："你回去吧。"

牧原白放下银子走了。

他入军营第二年，当了个小领头，俸禄涨了一番，还是悉数留给了卿如安。

可她的房门一直对他紧闭，隔着一扇门，暴怒地让他滚。于是他在的那几日，她的门前无客，她也不见他。

他入军营第三年，凭着一身本事，又上了一个台阶，同期见他都要行礼，称一声牧校尉。

可牧原白实在年轻，多的是人不服，营中有好事的人听闻他流连烟花柳巷，摆在台面上来消遣他。牧原白也不解释，倒是刘元听不惯，跟人干了一架，越打越凶。眼看刘元要打不赢了，牧原白只好出手，最后他俩一起受罚，倒了一个多月的夜壶。

牧原白为此感到抱歉，刘元却气势汹汹地说："明明是他们先开始的，我看他们就是看你功夫好打不过，只好仗着年纪资历欺负你。我说你就该还回去，次次都忍，你都快成受气包了！"

他叨叨地说着，牧原白却久违地觉得安心："多谢了。"

"嗐，都是兄弟，你跟我客气什么。"

牧原白是真的感谢刘元，从军三年，刘元总是站在他这边，什么都不问。

牧原白再去找卿如安的时候，她似乎心情很好，问他下个月是不是还是月初休沐。牧原白点头，她笑说："那当真好，你陪我去庙里祈福

吧，我想为你求个平安。"

那个时候，牧原白恍惚间以为她还是原来那个十二三岁的无忧少女，想对一个人好，就捧出自己的真心。

牧原白满心欢喜地点头："好。"

他早早准备妥当，可出城那天，还是出意外了。一帮蒙面人从天而降，庙里一片血光。

卿如安与他分散，等他再找到她时，只见她握着一把滴血的短刀，神情冷漠地看着他。她脚下躺着一个妙龄女子，面容与她有三分像，胸前淌着血，染湿黄土，已经没了气息。

牧原白立即反应过来，拿走她的短刀，替她擦去血迹，粗糙的手抖个不停，犹如他在战场第一次杀人，温热的血液溅他一脸，心里一阵湿黏。

他很冷静地说："不要怕，有我在。"

他要带她走，卿如安却拉住他，指着地上的尸体，说："不能把她留在这里。"

牧原白找了个荒地，将死去的女子埋了。卿如安捧了一抔土撒下，没再说一句话。

那天牧原白没送她回花楼，而是在城郊与她扮作寻亲的兄妹宿在驿站，又替她买了身衣裳换下。

隔着一道屏风，映出她曼妙的身姿，他立即转身低头，心头狂跳，觉得脸有些热。

牧原白是这个时候才肯承认，她已亭亭玉立，无所畏惧了。

卿如安将衣服挂在屏风上，窸窸窣窣的声音传来，牧原白艰难地攥紧手掌，哑着嗓子问："为什么要杀她？"

卿如安换好衣服出来，脸上没有一丝血色，说："你知道她是谁吗？"

牧原白摇头，她说："户部尚书张元慎的女儿。"

卿家生意众多，卿如安记得，出事那年，卿家最后一笔生意是经张元慎之手的。她在求卿永不要给自己说亲的那个晚上，看到了茶叶和铁器的货单，以及一张拓了张府私印的文书。

卿如安面色苍白地坐下来，冷静道："当年青岩山剿匪漏掉一个余孽，刺史吴承泽递来一封秘密书信，诚邀卿家详聊茶叶和铁器出口大月，其中诸多细节我并不知晓，只知道货被劫了。"她看向牧原白，眼中已经蓄了泪，语气冰冷，"你知道谁劫的吗？"

牧原白哑然，听她一字一句道："张元慎。"

卿如安就这么看着他，却又像透过他，看到了那段惨绝人寰的时光，令她恨意滚滚，每回忆一刻都如踩刀尖，可她不能忘，死也不能忘。

那时的卿家在滋州独大太久了，张元慎身为户部尚书，管全国财政，其中贪墨不知多少，却仍旧贪得无厌，将手伸到了卿府。

当年卿永在吴承泽的劝说下，接了这笔生意，却不想半路被劫，大月没能如期拿到货，直接兴兵闯关，骚扰边防，使得边关百姓民怨沸腾，一纸状书送达天听，卿永就被下了狱。王懿苦撑，生意、牢房两边奔走，无望之际，正要将卿如安送走，那一夜便是血光漫天，逃窜的青岩山余党带着一伙人如鬼魅般出现在卿府，手起刀落，人命就似鸿毛般轻贱。

王懿性格刚烈，拼死抵抗，护着卿如安一路逃，阿柳挺身而出，替她挡住背后的刀子，当即毙命。

那时，王懿哪还有一点端庄夫人的模样，披头散发像个落水鬼，可她又从容，推着卿如安往偏院跑，不顾卿如安的拉扯，将卿如安推了出去，要女儿活命。

王懿往另一头跑，被人绑住，说要卖去青楼换银子，王懿转身便撞柱，一点声响也没有，人就去了。

卿如安躲在石缝之中，目睹这一切，终于哭出了声，而后一张染血如鬼魅的丑陋嘴脸就出现在她面前，狰狞道："在这儿呢！"

卿如安被绑了起来。

刀疤眼扛着她，边走边笑，要她莫怪，要怪就怪当年卿永树大招风，绝人后路。

卿如安一口咬在他脖颈，立时留下了一道血牙印。她被扔了出去，撞在石头上，磕破了头，热滚滚的血顿时遮住了她的眼帘。她愤愤道："活该！是你们活该！"

"女娃子脾气倒是不小，不愧是卿永的血脉，有血性。那我就来跟你算一笔账，青岩山一百五十名弟兄，吃不饱穿不暖，被你爹一句话就斩杀于钦差刀下，我今日来讨债，卿府上下三十二条人命都不够还！"说完他也不顾卿如安挣扎，扛着人就走，"念你有几分姿色，我留你一条命，你该谢我。"

"呸！你放开我！"卿如安的捶打根本无济于事，血泪糊眼，所见之处一片血色。

不过是一夜之间，卿府如山倒，当年跟在卿府后面的人，没有一个敢站出来，就这么眼睁睁看着一把大火越烧越旺。

卿永得知消息后，悲痛欲绝，竟气绝于狱中。

那时的牧原白重伤昏死在死人堆，一把火将他烧醒，侥幸逃过一劫。入目看到遍地的尸体在烈火中烧得"啪啪"作响，他爬起身，一一翻看查找，先找到死不瞑目的卿赞，再看到被踩得稀烂的卿管家，又看到身中数刀的阿柳，最后是撞柱而死的王懿。

牧原白一时间只觉得胃里翻涌，鼻间萦绕着浓烈的血腥味，混着清冽的冬风直冲脑门，他立刻清醒，拖着半边没了知觉的身子继续翻找。

"小姐，小姐。

"应我一声，小姐。

"卿卿！卿卿！不会的……没有……没有……不是这个……也不是这个……"

他怎么也找不到卿如安，一时间，他像个游荡的孤魂野鬼静立池边，回望整座被大火正在吞噬的宅院，细碎白雪落下，又如烟消散，却让他凉彻心骨。

牧原白在那一天想要跳下去把自己淹死，却因为撇头见到一株出墙而过的寒梅，突然撒腿往外面跑，一身血污人见人怕，他发了疯似的问人有没有见到卿如安，众人都当他是疯子，避之不及。

华景泽从人群中站了出来，身后小厮忙拉开牧原白。他递上包裹，似是无颜面对牧原白，一直侧着身子，道："我刚刚看着有一群人快马出城了，我不知道……。"

牧原白冲上来揪住华景泽的衣领，死死瞪着华景泽："你为何见死不救？小姐待你那么好！"

华景泽泪眼汪汪，任牧原白发泄。

说起来，他与卿如安的交情算不错，但他实在年幼，哪有这通天的能力，他能做的不过是多长一双眼。

华景泽急匆匆道："城门口，城门口有我府上的马车，你拿着我牌子赶紧去，虽然不知道来不来得及，但……你多保重。"

牧原白提着一口气，深深看着他，还是道了句"多谢"。

卿府自出事起，许多人就绕着走，生怕沾上，惹来血光之灾，只有华景泽留有一点纯真。可当他看见牧原白从尸山血海、熊熊大火中冲了出来，撞在他面前时，那一刻，他无地自容，愧疚难当。

他喊："原白兄，是我没用。此后遥遥千里，有缘再会，你一定多保重。"

牧原白紧赶慢赶，追到青州时，卿如安已入了花楼。

花楼的妈妈是个见钱眼开的势利眼，一身手段都用在女子调教上，卿如安在这里吃了不少苦。

她那骄傲高贵的性子一时掰不过来，没少听妈妈言语讽刺。

"还当自己是大小姐呢？我告诉你，甭管你前世今生是何人物，入了我这花楼，就一切都要听我的！

"我花那么多钱买下你,给你吃喝用穿,你就该还债!

"男人是什么,不过是乐子,你说两句笑一笑,就能拿到大把的银子,攒够赎金你想怎么清高怎么清高,我一概不拦。

"女儿呀,你从前再金贵,今朝落魄也无人搭理,不如想通点,我这花楼哪里不好,只要你听话,什么没有?

"还是这副死样子是吧,来人,给我马鞭伺候!"

卿如安身上总是带伤。她从未想过,从前学的那些东西,有一天竟然要用来取悦男人,这对她来说,简直比让她死还难受。

是了,她活着还有什么意义呢?都死了,她活着干什么?

她第一次寻死,发簪划破手腕时,很疼,疼得她头脑发昏,可她看着那鲜红的血一点点往下滴,往下淌,往下流,她心里非常痛快,烛火跳动间,好像看到卿永和王懿站在院子里朝她挥手。

泪从眼眶中掉落,砸出满屋子的委屈,她无力地喊着:"娘亲,爹爹……"

她醒来并未在地狱,而是比地狱还要残酷的人间。

而在这人间里,她看到了牧原白,一时以为是自己的错觉,泪却先溢满眼眶,哑声喊:"原白。"

牧原白喜极而泣,跪在她床边不断点头:"是我,小姐,我终于找到你了。"

那天对卿如安来说,是属于人间的重逢。

她听牧原白娓娓道来这一路的经历,心中酸涩肿胀,整个人像被风浪掀翻的扁舟,就连哭也没有力气了。

牧原白保证:"我会守着你的,小姐。"

卿如安没说话,看着屋顶房梁出神,竟在想,下一次,吊死在这儿吧。

牧原白心里很不安,想尽办法求来花楼打杂的差事,得知卿如安寻死,一颗心都快碎了,悄悄摸进来看她,见她如今毫无生气,更自责了。

卿如安:"原白,你走吧。"两行泪落得无声无息,她撩起衣袖给他看,青灰色的刺字像利剑一样刺在牧原白心中,"我已经不是什么小姐了,你也没有留在我身边的必要,天地之大,我逃不出这个地方,但你可以。"

"我不走的,你在哪里,我就在哪里。"

"走吧。"她似乎在祈求。

"我不走。卿卿……"他是真的慌了,攥着她的袖子,声音越来越低,像是害怕她听见,"都没了,我只有你了,别赶我走。"

卿如安失焦的眼神因他这句话而重新聚焦,定定地看向他:"你叫我什么?"

牧原白立刻改口:"小姐。"

卿如安笑出声,抬手擦掉泪,说:"哪有什么小姐。"

牧原白不断摇头。

"就叫'卿卿'吧。"她坐起身,微微笑着,声音带哭腔,"兄长。"

卿如安曾在夜深时,与他相伴同行。高墙大院里,她不讲规矩,捉着他的手与他玩笑,要他唤自己小名。他不肯,她却总有办法卸去他心中尊卑大防。

她说:"抛去一众身份,我还要唤你一声'兄长'呢。"

不过半年,这一句"兄长",牵起他们之间碎裂的缘分,又斩断了他心中难以启齿的欲求。他不敢应下这句"兄长",却明白,从今往后,卿如安能依赖的人只有他了。

牧原白伏身磕头:"我发誓,从今往后,我一定会护你周全,决不让你再受委屈。"

卿如安就如过去一般,不应这句话,指着桌上的汤药,说:"把药端来。"

牧原白立刻起身,她的手不能受力,他便一勺一勺地喂,总算有些心安。

那之后,他在花楼跑堂打杂,卿如安逐渐接受现状,骨子里却依然

傲气。

　　过了两年，她凭着一手卓绝的琴艺，在花楼立稳脚跟，多的是人想来见识，一掷千金的有、挥金如土的也有，她蒙着面纱，隔着一道纱帘，在这里听到了张元慎的名字。一直埋藏在她身体里的疯狂开始不断颤动，卿如安头一回觉得花楼是个好地方。

　　花楼妈妈见卿如安上道，终于有了好脸色。

　　卿如安拿出一个匣子推给她，笑得乖巧："妈妈，花楼有花楼的规矩，我也有我的底线，从今往后，要进这间房的客人，我来挑。"

　　"好说，我这花楼从来卖艺不卖身，只要你能挣钱，妈妈一切好说。"匣子里是卿如安收到的赏钱，数数看也算不菲。花楼妈妈收了钱，又多看了卿如安两眼，"不愧是大户人家的千金，这满身才情确实招人，我这花楼来往豪客不知多少，只要略施小计，他们都是你的囊中之物。"

　　卿如安不作声，捏着茶杯静静饮茶。

　　花楼妈妈一走，牧原白就进来了，摸出一盒糖糕给她，说："我从外头买的，很甜很香，你尝尝。"

　　卿如安没有动："原白，你记错了，我不喜甜口。"

　　这点甜头，根本压不住她心里的苦。

　　牧原白心口一痛，她明明在笑，看他的眼神也温柔，可他只觉得遍体生寒。那个高高在上的娇小姐，如今跌进尘泥，没有半点生气了。

　　牧原白把糖糕放在桌上，坐在她面前，认真道："我要去参军了。"说完，他又摸出一个荷包，里面是些许碎银和铜板，有他跑堂的工钱，也有他参军的安置费，他都给了卿如安，"我知道这些远远不够，你再等等我。"

　　牧原白知道这个选择是孤注一掷的，可只有拿命搏来的功名，才能带卿如安出泥潭，给她依靠。十五岁的牧原白从来不后悔做这个决定。

　　关门声响，卿如安看着桌上的钱袋，平静无澜的眸子里终于有了些许波动。

"原白,你不要管我才好。"

她嘴上说着要他别管自己,却在每个夜晚抄经祈祷他平安。

她不知道军营生活是怎样的,可她一直记得,卿府被屠的那个夜晚有多惨烈,他们死里逃生,苟活于世,虽是无望,但心还是热的。

谁都该死,牧原白不能死。

他多无辜。

新兵入营训练半年,牧原白每月拿着俸禄,都给了花楼妈妈,所有人都当他也是卿如安的爱慕者之一,可他从不会去敲她的房门。

几次下来,花楼妈妈都要不好意思了,指着卿如安的房间,问他要不要进去。

他看过去,热闹非凡的花楼里,只有那扇门前清清冷冷。他说:"不用了,等我功名在身,我再来见她。"

花楼妈妈笑了声,说他好志气,却并未将他这话放在心上。

后来,他当了个小官,兴冲冲跑到卿如安面前,以为一切皆有希望,却看她放下身段在男人之间迎来送往,媚眼之下,是散不尽的哀伤与麻木,牧原白心更痛了。

他又求她:"别这样,你不要这样。"

卿如安撩起袖子,再次露出那抹青灰的刺字,笑意泛冷:"你连看都不敢看,还敢说心疼我?"

这是什么?

这是屈辱,洗不掉的屈辱。

牧原白手掌盖住那抹青灰,十分痛恨自己:"到底要怎么做才好?"

"我要报仇。"

她用最平静的口吻说了最狠毒的话,她甚至在笑:"原白,你知道吗?我每晚都会梦见爹娘、阿柳还有卿赞,你忘记他们是怎么死的了吗?要我帮你回忆吗?"

牧原白低着头，痛苦不堪。

没忘，忘不了的。他只要一闭眼，就会想起他们惨死的样子。

"我真的恨，我要是死了就不会这么恨，可你偏偏要我活。好，那就活下去，活下去总要个盼头吧？"卿如安泪眼轻语，"原白，我不会回头的。"

牧原白才看明白，自入花楼那日起，卿如安就好似活在了地狱里。

他紧紧拽着她，试图将她捧在手心，想要为她扫去一切尘埃泥泞，想她永远都是那个高高在上的大小姐。所以，他入军营，拿命博功名，以己之命还她之恩。可卿如安自从听到了"张元慎"的名字后，"报仇"两个字就像藤蔓一样疯长，缠得她浑身疼，快要不能呼吸了。

那时牧原白仅仅以为她是在发泄，可到今天，看她面无表情地杀人，听她一字一句提及过去，说出心中所恨，他只觉得，自己的心也跟着她的心一道疼着、一道死了。

卿如安突然抢过他腰间的匕首，发狠似的，撩起自己的衣袖，将手臂上那抹青灰刺字划得血肉模糊。

牧原白根本来不及反应，又或许是被她的疯狂吓到了，就这么眼睁睁看着血滴落，连呼吸都停止了，不可置信地看着卿如安。

卿如安笑了起来，很癫狂，举着刀在他眼前落下，慢慢剐开皮肤，好像感觉不到痛。

"青州离长安不过五日路程，当今天子亲政如猛虎，后宫空虚，太后似乎有意张元慎的女儿入宫。"

牧原白木然地问："你如何得知这些？"

卿如安又划了一道，抬手给他看，鲜血蜿蜒而下，滴落在地。她道："花楼是个好地方，美人在怀，男人的嘴里有什么话不敢说？"

牧原白终于反应过来，夺过匕首为她包扎，眼泪砸在她的伤口上，与血混为一体。

卿如安任他动作，声音突然狠厉了起来："张元慎有个女儿，不闻不问被遗弃在青州十八年,张府车驾明日就到青州,我不能让她活。"

牧原白动作一顿,抬眼看她,似乎不敢相信,这场刺杀竟是卿如安安排的。

"卿卿……"

卿如安紧紧握住牧原白的手,脸上终于露出一丝悲戚,恳求着:"原白,你帮我一把。"

他又如何能拒绝呢?

那日起,他再也没去过花楼。

有人说,花楼弹琴的那个姑娘死了。

(二)

卿如安浑身是血地倒在张府门口,气若游丝地喊:"爹……娘……开门……"

门口的小厮见状,赶紧回屋通报。

张元慎心口一跳,夫人林秋书已经跑出去了,见到遍体鳞伤的卿如安,立刻叫人去请大夫,慌慌张张地扶着卿如安,生怕碰碎了她:"女儿啊,我的倩倩啊!"

张元慎心头疑惑不解,拦着她,道:"夫人莫急,此事突然,还需查证。"

"老爷,她是我身上掉下来的一块肉,就是化成灰我也认得!"林秋书心急如焚,根本顾不得搭理张元慎了。

张元慎直叹气,扭头跟身边的管家说:"昨日不是说没找到小姐吗?"

管家点头称是:"半月前就给了青州书信,我们的人还在路上,小姐出门祈福,遇上一场刺杀,不见尸首,下落不明。"

张元慎:"那你看,今日这府上的,是谁?"

管家不敢答。这怎么答?

张元慎向来重男轻女,认为女子只会坏气运,女儿才断奶便被他强行送了出去,让奶妈养在青州乡下,逢年过节也不曾带回来过。若非太后有心拉拢,世人都快忘了张府还有个养在外面的女儿。

张元慎向来谨慎,细细咂摸,只觉得其中巧合令人深思,便吩咐管家派人去查清整件事。

他抬脚往屋里去,只听见林秋书哭声不断,大夫忙前忙后,见他来了,恭恭敬敬地说明情况。

卿如安伤得太重,浑身是刀伤,真是死里逃生,大夫看着都觉得心慌。

张元慎不辨喜怒地道:"多谢,劳烦了。"

"不敢,应当的。这几日伤口切勿沾水,按照这个方子抓药,每日一换,修养些时日便能痊愈。"

张元慎点头,大夫这才告退。

林秋书悲伤过度,一张脸被泪水浸湿,张元慎不满道:"有什么好哭的,不是没死吗?"

林秋书怒道:"是没死,差那么点。早知今日,你当初何苦让我将她送出去,断我母女情分十八年!她是我的女儿啊!若是从小养在我身边,怎会有今日?"

"你!"

"张元慎,我告诉你,若是倩倩过不了这一遭,我明日就去御龙台撞柱,你我夫妻情分由此尽!"

她说完便将人推了出去。张元慎更是不可置信,当初送走张倩时,她都不曾这般红眼,今日却说出了这样一番话。

次日,管家低声来向他汇报:"青州之事,确实是几个亡命徒所为,已经收押,承认是看准了小姐才动手的,本想以此为要挟让我们赎人,却不想小姐逃脱,徐嬷嬷护主而死。"

"那就是死无对证了。"张元慎沉声道。

管家低着头，半晌又道："老奴记得，小姐出生时左手臂内侧有块月牙胎记，可以查看一下。"

"如今浑身是刀伤，怕是也看不出什么了。"张元慎叹气，"去问问，青州谁与徐嬷嬷走得近，带来认认。"

"是。"

张元慎起身又往内院走，林秋书亲自为卿如安换药，他隔着一道屏风坐下，缓声问："今日如何了？醒来了吗？"

林秋书没说话，倒是婢女出来答："回老爷，姑娘今日未醒。"

张元慎抬眼瞧她，又望望林秋书，轻声问："小姐左手臂内侧有块月牙胎记，你可见过？"

婢女点头答："见过，上药时夫人亲手查看的，只是小姐手上、背上、腿上、腰上都有刀伤，不甚明显了。"

张元慎点点头，起身往里面走，见林秋书又在抹眼泪，心中虽烦，却也耐着性子安慰道："别担心，会没事的。"

林秋书捂着帕子，哭道："这浑身没一块好肉，真是苦了她。"

张元慎："伤倩倩的人已经下狱，择日处决，往后我不会再让这种事发生了。"

林秋书无言点头，眼泪怎么都流不完。

张元慎瞧着榻上还在昏睡的人，纱布之下渗着血，瞧着确实令人心惊，可他心中疑虑未消，怜悯都要淡三分。

卿如安醒来时，只觉得浑身的骨头像是一根根被蛮横折断，疼得她连叫唤的力气都没有，余光扫见人影，大夫在一旁为她号脉。

她突然坐起来，拿起一旁的剪刀对准众人，发疯似的喊："别过来，我是张尚书的千金，你们只要放了我，要多少钱我都可以给你们！别过来。"

她用力地喊着，声音却嘶哑无力。

张元慎吓一跳，林秋书更是心疼得直落泪，颤抖着双手说："倩倩，是娘啊！你看清楚，是娘啊！"

卿如安失焦地看着林秋书，反应了好一会儿，剪刀落在地上，发出清脆的响声，她泣不成声地喊了句："娘，我好疼。"

这一喊，揪疼了一个母亲的心。

那几日，卿如安都待在房里养伤，进出除了婢女就是林秋书。

有日卿如安要照镜子，看到自己的脸被划伤，结着丑陋的血痂就要哭，林秋书见了忙过来哄她，说过几日就好了。

卿如安却将镜子砸了，将众人都轰了出去。

林秋书急得砸门，卿如安卸去悲伤，嘴角勾着一抹冷笑，心里一阵痛快，却道只是刚刚开始。

张元慎旁敲侧击地问过几次，她出事那天到底发生了什么，她像受了莫大的刺激，讲话颠三倒四，张元慎只得作罢，喊来大夫又是开药又是扎针。林秋书心疼得很，问他到底是女儿重要还是荣耀重要。

张元慎听得心烦，骂她妇人之仁。

半个月之后，卿如安好得差不多了，开始认真扮演着尚书千金。

林秋书带来一位老妇人，听闻是太后身边的人，叫吴姑姑，特意被差来教卿如安宫中规矩。

卿如安认真学了几日，吴姑姑对此赞不绝口。与此同时，张元慎也找到了与徐嬷嬷相熟的人，现在就在正厅候着。

卿如安刚谢过吴姑姑，就有人来传话让她去正厅。

吴姑姑笑道："今日教习结束，小姐且去吧。"

卿如安叩礼，边走边询问："何事寻我？"

婢女答："说是小姐在青州时的熟人。徐嬷嬷身死，她知晓小姐死里逃生后，便来长安城寻小姐，一定要见到小姐才肯走。"

卿如安心上一颤，一双手在袖间紧紧绞着。

到了正厅，满屋子人，就连平时很少见到人影的便宜弟弟张绪也在。

卿如安稳了心神，缓缓行礼："爹，娘，女儿来了。"

张元慎点头道："今日规矩学得如何？"

"吴姑姑悉心教导，女儿不敢怠慢。"

林秋书拉着她的手道："来，这位说是看你自小长大的邻居，得知你已回到张府，特来看望你的。"

卿如安转头看去，微微笑着，心里却已经在计较。不管是张元慎还是林秋书，对她的身份都没有十足的把握——林秋书嘴上说得那般认定，可还是会抬手将她手上的胎记来来回回地看；张元慎嘴上不提，背地里却没少调查。

如今这场面，她确实有些心慌。

卿如安伸手去扶妇人的手，眼眶盈盈水光，眨眼泪就如断线的珠子，抽泣不止。

那妇人忙捧着她的脸，十分慈爱地为她擦泪，哄道："不哭不哭，彭嫂见你无恙便好了。"

卿如安顿时扑在那妇人怀里，放声哭了起来。

彭嫂拍着她的背轻哄，看着屋子里的人，赔着笑道："这丫头平素不这样的，这回定是吓坏了。不哭了，没事了。"

卿如安红着鼻子，轻声说："彭嫂，让你担心了。"

"没事就好。"彭嫂扯着袖子往卿如安脸上擦，笑道，"我与徐嬷嬷相识已久，平素串门就喜欢听你乐呵呵地唤我'彭嫂'，今日见到了，我也算放了心，往后有尚书府为你撑腰，再不用受苦了，你好好的。"

卿如安点头，转身对张元慎道："爹，我与彭嫂许久未见，可不可以留她与我一同用饭？我有好多话想与彭嫂说。"

"哎，使不得，我怎好叨扰。"彭嫂连忙拉卿如安。

卿如安见张元慎不应，又看向林秋书，恳求道："娘，女儿在青州，除了徐嬷嬷，就是彭嫂待我最好了。"

林秋书默了默，笑道："好。"

"谢谢娘。"卿如安激动地拉着彭嫂往自己屋子走，欢喜道，"彭嫂，我带你去看看我住的屋子。"

林秋书瞧着她那雀跃的身影，满脸愧疚："人也见了，疤也看了，她就是我女儿。"

张元慎还想再说什么，对上林秋书那双水波盈盈的眼，又没了话语。这一切实在天衣无缝，管她是人是鬼，入了这府上，她都是太后亲自选的人。

张元慎扶着林秋书，道："此事我以后不会再提了。"

卿如安一进屋就屏退了下人，不许人打扰。待门一关，那张高高兴兴的脸立刻淡了颜色，强稳心神试探道："你知道我是谁？"

彭嫂也没了一开始的欢喜模样，此刻还有些畏缩："尚书府千金，张倩。"

卿如安愣住，彭嫂道："我家男人久病不起，如今卧病在床，多亏牧大人出手相救，救命之恩，涌泉相报，我不过是替你说两句话罢了。"

原来牧原白早就替她想周全了，办事滴水不漏。

卿如安这才安了心，摸出一个荷包递给彭嫂，说："多谢了。"

彭嫂却不肯要，泪眼蒙眬道："报酬已经给过。牧大人托我带句话给你，他要你保重身体，有时间会来寻你的。"

卿如安笑道："往后要劳烦彭嫂了。"

留了彭嫂两日才让人走，临别时，卿如安跟林秋书讨了个人情，求他把彭嫂的女儿接回来陪自己。

林秋书正犹豫，卿如安便道："云蝉是我在青州最要好的朋友，求求您了。"

一句话惹得人心生可怜，林秋书应了："也罢，你刚回来，身边是要个知心人。彭嫂，若是你真舍得，稍候我便派人同你一道回去。"

"这是云蝉的福气，谢老爷，谢夫人，谢小姐。"彭嫂连连道谢。

卿如安送彭嫂上马车，安抚道："回去吧，云蝉跟在我身边会没事的。"

彭嫂紧紧握着她的手，神情复杂："谢小姐。"

卿如安拉下帘子，扬声道："彭嫂，一路平安。"

马车渐远，卿如安抬头看天，艳阳高照，晴空万里，好像一切都在好起来。

（三）

从滋州到青州，快马五日，从青州到京城，也是五日，卿如安却用了五年。

这五年里，牧原白用自己的方式给她一隅安心，从戎舞剑，争名夺利。他几乎想尽了办法，却在最后发现，卿如安要的不是安心，而是痛快。

当她一刀刀剐在手臂上时，当她脸上的纯真被疯魔取代时，当她紧紧拽着自己求救时，牧原白就会从梦中惊醒，掌心冷汗让他一颗心如坠深渊，就快要窒息一般，大口呼吸。

缓过神来，他已经撑着身子下床，军营灯火通明，篝火"噼啪"炸响，有值岗的哨兵向他问好，他也只是点点头，往练兵场走去。

大刀架在兵器架上，他抬手一拍，大刀旋转向上，稳稳落在他手中，而后便是气吞山河地挥舞了起来。

刘元起夜，睡眼蒙眬地往茅房走，远远瞧着练兵场的人影，只觉得疯。一泡尿后，人也清醒了，抬脚往练兵场走，二话不说，提起长枪就去挡牧原白的大刀。

两人一来一回，狠劲十足，刘元的手臂都震麻了，牧原白卸掉他的枪，大刀直直架在他脖子处，一股劲风让刘元心里直打颤。

牧原白神色平静，收了大刀问："你怎么一点长进也没有？"

刘元嬉笑着道："我哪能跟你比，本想来个偷袭，哪晓得你后背也长眼睛啊。"

牧原白不说话,刘元好奇道:"大军即将北上,你不好好休整,总往这儿跑做什么"

"睡不着。"

"怎么,心里难受?"

"什么?"

刘元见他神色平静,也吃不准,轻声道:"都说你外边有个女人,这一走可不知何时再会。"

牧原白差点跳起来:"别胡说,我哪儿来的女人?"

刘元被他的反应逗笑,勾着他的脖子道:"都是男人,你跟我装什么呢。"

牧原白抬手就将刘元掀翻在地,警告他不许再胡言乱语。

刘元不知道,自己这几句插科打诨的话,对牧原白来说就是亵渎,卿如安在他心里实在太高洁,所以他受不了一点点污言秽语。

刘元一张脸被牧原白锁得通红,忙去掰他的手,说:"要死了,要死了……"

牧原白这才放开他,拉刘元起身。刘元大口吸气:"没有就没有,你气什么!"

牧原白一哽,刘元笑了:"倒是纯情得很。好了,这玩笑以后不同你开了。"

牧原白的脸色这才有些缓和,走到兵器架边擦大刀,火把携着寒光,映照出他那双凉薄的眼,若是往深里看,还能看到绵绵不绝、在挣扎的情意。

他在心里挂念卿如安,只要她平安,他什么都愿意为她做。

这么多年来,只是守在她身边,并不能让她得到解脱。从卿如安拽着他的手,说要报仇时,牧原白就知道这是一条回不了头的路。可就算是这样,他也不忍心让卿如安手染鲜血。

他看着自己的手掌,好像看到滚烫的血液在缓缓流淌,令人眩晕。

110

牧原白问:"你还记得第一次杀人时是什么感觉吗?"

刘元答:"痛快!犯我大成者,死不足惜。"

牧原白收紧拳头,深深吸一口气,说:"我以前有个师父,说刀开了刃就要喝血,不可滥杀,不可枉杀,否则人心就会变肮脏。我第一次杀人时,很害怕,可我现在没感觉了。"

刘元道:"杀该杀之人,这就是我们该做的,无须愧疚。"说完,抬脚踢起长枪,一个翻身落在他身后,枪头直指他的背,"今夜哥哥陪你消遣,再来!"

牧原白愣愣地瞧着刘元,硬朗的面容上漾开意气风发的笑,他也是个自来熟,见谁都是一张笑脸。那一瞬间,牧原白突然想起了卿赞。十七岁风华正茂,满腔志气的卿赞是令他羡慕的,可是……

"咣当"一声响,牧原白手里的大刀被打掉,直直戳在沙坑里。

刘元大笑:"牧校尉,两军交战可不容你走神,看招!"

牧原白连忙闪躲,堪堪站稳,这才见了笑脸。

那夜长枪破风,大刀如雷,铿锵相撞,撞得人热血偾张,什么好与不好都被挥霍完了。

精疲力竭时,两个少年躺在沙土上喘气,刘元一掌拍在他胸口,问他这般拼命,有朝一日功成名就时要什么?

牧原白不假思索道:"我要大成再无匪寇之患。"

后来他很认真地想了想,他没有这么大的抱负,只要卿如安好。他会为她撑起一片天,她要什么都可以,只要她开心就好。

(四)

夏日一过,朝廷抽调青州军队北上待命,随时迎敌羯奴。

大军北上时,牧原白通过彭嫂,再经由云蝉之手,给卿如安送了一封信,要她小心保重,照顾好自己。

卿如安看过便焚烧,一点点灰烬也要全部碾碎,才提笔写下一行字:

安好,保重。

但这封信她并没有送出去,而是一并投入火中化为灰烬。云蝉在一旁看着,疑惑道:"小姐,若是为难,我可以想办法送出去的。"

卿如安摇摇头,眼一闭,什么情绪都被隐藏好了:"云蝉,去问问吴姑姑何时教习?"

"是……"

云蝉知道卿如安是个冒牌货,入府那日她跪在卿如安脚边,谢卿如安搭救之恩。尽管卿如安说自己什么也没做,可她知道,没有卿如安就没有牧原白,没有牧原白也就没了她爹。

云蝉心中有诸多疑惑,也猜测过他二人到底是何目的,可母亲再三嘱咐要少问多做,便也不好多想,只是偶尔看到卿如安凭栏望月时,总觉得她不像世间人,那样清冷的身影,似雪一般薄,让人瞧着竟觉得可怜。

那日天气好,院子里的花开得香,卿如安学规矩挨了吴姑姑的罚,滚水浇过的茶杯捏在手里,指尖如火灼,卿如安生生忍着,最终还是打翻了茶杯,双手哆嗦着搅在一起。

吴姑姑平日里是个和善的人,可只要教卿如安规矩时,就像换了个人,眉头一皱,嘴一张,卿如安就知道自己要讨骂了。以前的卿如安哪里受过这种委屈,可现在她只能低眉顺眼,像个受惊的兔子一般垂头站在一旁。

"张小姐,老身也是受太后之命特来教导,宫中规矩繁杂,你要学的还有很多,若是学得好,那是给尚书府长脸,若是学不好,便是在打太后娘娘的脸,你切莫懈怠。"

卿如安诺诺称是,倒了热茶,重新拿在手里,朝吴姑姑行礼:"姑姑请喝茶。"

吴姑姑视若无睹,坐在椅子上,自顾自倒了杯热茶饮过,半晌才道:"小姐,膝盖要再曲些。"

卿如安依言照做。

"手抬高些,头低点。"

"是。"

"声音也要低些,敬茶便要有恭敬的姿态。"

"是。"

卿如安忍得满头大汗,手指上直接磨起了水泡,后来云蝉去拿药,正好碰上林秋书,便亲自过来为她上药。林秋书现下是见不得她受一点苦,说:"倩倩,娘等下就去找吴姑姑告假,明日不学了,你好好休息,嗯?"

卿如安摇头,一双手被林秋书紧紧握着。

卿如安说:"娘,我知道吴姑姑是为我好,可女儿实在笨拙,给您和父亲丢脸了。"

"哪里话。"林秋书揽着她,轻声道,"你自小长在乡下,哪里懂这些规矩,学不会就不学了。"

"要学的。"

林秋书说:"为娘怎么舍得你受苦呢?"

曾几何时,这样温馨的场面她也有过,也有父母疼爱,视若珍宝,可卿如安现在只觉得恶心。

"你还肯叫我一声'娘',不与我生分,这就让我很满足了。这规矩,你学得进便学,学不了往后娘替你打点。"林秋书满目慈爱,"一切都有娘在。"

卿如安便扑在她怀里,扮作感动模样:"谢谢娘。"

这句话听得林秋书心里很不是滋味。

那晚卿如安又坐在窗边发呆,秋风裹寒意,云蝉为她添衣,猝不及防看到卿如安一滴泪,顿时呆住:"小姐……"

"你怎么醒了?"

云蝉轻声道:"入秋了,怕你蹬被子。"

卿如安笑了笑，院内树梢颤动，枝叶"唰唰"作响，长安城的秋天风很大。她道："曾经有个阿姐也像你这样，换季时很不放心我。"

云蝉头一回听她讲起过去，觉得十分好奇，却又不知如何接话。

卿如安喃喃道："只是可惜了，她命不好。"

"怎么了？"

"家中走水，活活烧死了。"

云蝉心头一惊，卿如安关窗，微微笑着："你为何从来不问我？"

"问什么？"

"你心中疑惑。"

云蝉默了默，道："我娘说了，在外面做事就要少说多做。"

如豆的灯火下，照得卿如安脸上的悲戚越发浓烈："没什么不能告诉你的。牧原白是我兄长，我们两兄妹从小就相依为命，后来他在军营当差，我在外面弹琴卖艺。有日去庙里祈福，遇上几个亡命徒，兄长带着我逃脱，要我去报官，我半路遇到受伤的张小姐，她就剩一口气。"

卿如安倚在床边，摸出一道平安符给云蝉看："兄长因为俘获那几个亡命徒授了军功，第二日张府的车驾便来了青州，那时我们才知道，死掉的人是张小姐。她死前将这道符放在我掌心，求我帮帮她，我于心不忍便来了，无意冒领身份，到如今，看夫人对我这般好，我就不敢说出真相伤她的心。"

云蝉心口"怦怦"直跳，知道她是个冒牌货，却不知道其中冒牌的缘由是这样。

"小姐当真放心告诉我这些吗？"

卿如安收起那道符，笑了笑："这府上只有我们两个是外人，有朝一日真相大白，张大人一狠心，我如何都可以，但你该怎么办呢？你家人又该怎么办呢？"

云蝉突然觉得浑身发凉，言语之下藏着骇人的威胁，她看着卿如安那张素净的脸，纯真又惊恐，真的在为她着想一般，难过得直掉眼泪。

"小姐,我今夜什么也没听见。时候不早了,你早些睡。"她伺候卿如安入睡,"我不懂这些,我只知道,在我家穷途末路时,牧大人于我有恩。你既是牧大人的亲人,这一切便是我该还的恩,小姐不必为此感到自责为难。"

卿如安收起了以往骄纵的性子,扮起了温婉可人的模样。

府里上下似在可怜她,也有人背地里瞧不起她,觉得她生长在乡下,面子上是尚书府千金,骨子里还是个乡野丫头。

卿如安对自己的定位从来都准确,来这里不过是做场戏,谎话也开始越说越真。

见云蝉心里掂量清楚了,卿如安也不再多说,拉着她的手道歉。云蝉心里软软的,道她才是真的不容易。

(五)

后来几日,尚书府接到了宫里的帖子,御花园的月季开得正艳,太后邀了几家夫人千金入宫作陪。

张元慎一整日都笑脸盈盈,找到卿如安,让她好好学规矩,后日入宫不要丢尚书府的脸。

卿如安乖乖应着,吴姑姑也起身告辞:"老身奉命来到尚书府已有月余,张小姐天资聪慧,如今老身该回去复命了。"

林秋书立刻与她客气几句,张元慎也陪在一旁,恭敬道:"这些日子有劳吴姑姑了,小女自小长在乡下,粗野惯了,期间多有得罪,吴姑姑肯耐心指导,我是感激不尽啊。"

吴姑姑看了眼卿如安,笑道:"张大人客气,张小姐是太后亲选的贵人,一切都是老身该做的。"

张元慎喜笑颜开:"都是太后娘娘垂爱。来,吴姑姑,我送你。"他一路相送至门口,好处送了不少,"还请姑姑回宫复命时,多多美言。"

吴姑姑笑道:"尚书大人无须担心,后日入宫,在娘娘面前别出差

错就好。"

"是是，谢姑姑提醒。"

吴姑姑告别尚书府回宫复命，林秋书拉着卿如安的手轻轻拍了拍，要她安心。

卿如安紧张地说："我有些害怕，吴姑姑说是太后娘娘亲自选的我，可我从未见过太后娘娘，万一见到我觉得失望怎么办？"

林秋书笑起来："傻丫头。后日入宫，太后娘娘问什么你便答什么，若实在有为难处，娘会替你说的。"

张元慎一进屋就握着林秋书的双手，狂喜道："夫人，你真是我的好夫人，女儿如祸水全都是狗屁，这明明就是我张府的福报啊！"说着又去抓卿如安的手，"倩倩啊，为父对你多有亏欠，这全是为父的错，从今往后我会加倍补偿你，要什么你尽管说。"

卿如安被他抓得手疼，却还是迎着笑脸，温婉道："父亲言重，女儿今日的锦衣玉食，明朝的荣华富贵都是父亲和母亲给的，您和母亲并不欠我什么。"

张元慎愣了愣，林秋书觉得她太过懂事了："倩倩，委屈你了。"

卿如安摇头。

张元慎好似在这一刻真的感到了一丝愧疚，他向来认为女人无用，保家卫国、建功立业，光宗耀祖那都是男人的事，所以在林秋书生下张倩时，他并不开心。送走张倩后，林秋书再次怀孕，生了个儿子，他喜极而泣，专心培养嫡子，偏偏备受期望的儿子是个不争气的。

十八年匆匆过去，不想正是自己不闻不问的女儿将要给整个张府带来无上荣光。

那一晚，张元慎把卿如安叫来书房，推心置腹地说了很多话，林秋书坐在卿如安身边，笑得慈爱。

卿如安只觉得可笑，替真正的张倩感到可笑。不闻不问十八年，一朝麻雀变凤凰，虚情假意都变得情真意切了，这就是张元慎。一想起当年就是这样的一副嘴脸,害得卿府家破人亡,卿如安就恨不得一刀将他割喉,看他慢慢死去。

"可是,爹,娘,女儿不明白,太后为什么会选中我?"卿如安问。

朝中百官,比她出身高贵的人多了去了,怎么就看上这么一个乡野女子呢?

张元慎眯了眯眼,忽而笑道:"因为钱。"

"什么?"

"近年打仗,又是天灾,又是人祸,各地生意也不好做,百姓钱挣得少,税收自然就缴不上。朝廷养兵,前线征战,兵器、军饷要钱,后方赈灾放粮也要钱,剿匪开路还是钱。"

卿如安听明白了,张元慎坐在户部尚书的位置上,掌管全国财政,怎么来钱他最清楚。如今国库空虚,谁能给钱谁就是大功臣,太后就是这时盯上了张元慎。

"所以爹爹……"卿如安做出恍然大悟的样子,"太后娘娘选中的不是我,而是爹爹?"

张元慎笑而不语。

卿如安忽而觉得后背发凉,问:"爹爹有什么办法?"

张元慎抬眼看她,那眼神充满了轻蔑,说:"你知道大成最有钱的是哪一种人吗?"

"不是天子,不是百官,也不是平民。"张元慎顿了顿,笑道,"是商户。"

卿如安手一顿,心也跟着抖了起来,就像一把火越烧越旺,终于将她的五脏六腑燃烧殆尽。

"女儿不懂。"

张元慎说:"你不用懂,为父已经替你把路铺平,你只管往前走便是。"

林秋书也说:"不用害怕,你虽是初次入宫,但有娘在,别担心。"

卿如安扯出一个笑:"女儿都听爹娘安排。"

张元慎大笑起来,说这才是他的好女儿。

卿如安垂下眼,掩过浓浓恨意。越来越确信,卿府灭门惨案就是张元慎一手策划的。

在府里这些日子,她将整个局势琢磨了个大概。

如今大成外患不断,天子大权在握,却独独握不住兵权,东有贺朗,西有陈世安,北有老将燕震,这都是太后手中的人。

太后垂帘听政时,大肆培养外戚势力,如今天子掌政,却处处受牵制。西关大月扰边,北方羯奴犯境,天子玉玺加印却连人都调不动,人人都看太后脸色,以至于贻误战机。弱冠之年的天子龙颜大怒,斩了两个搅浑水的大臣震慑朝堂,又下去一道圣旨,逼迫燕震立军令状,若羯奴再犯,拿不下羯奴王的人头,就要燕震的人头。

这一举动,不仅让百官惊吓,就连太和宫里的那位也吓得不轻。果然人逼急了,什么都能做得出来,太后不得不松开拳头,却又将手伸到了空荡荡的后宫。

这世上的人总是如此,有了就想要更多,金钱、权势都是欲望之中没有止境的。

卿如安只觉得好笑,她如今也成了局中人,不要钱不要权,只要人命。

那夜,她去信给牧原白,上书就六个字:我要张元慎死。

第五章：墙头初见

墙头马上遥相顾，
一见知君即断肠。

（一）

卿如安入宫那日，紧紧攥住林秋书的手，说自己怕，俨然一副上不得台面的样子。

林秋书安慰她："没事，往后这偌大的皇宫，你走着走着就不会觉得怕了。"

卿如安掀帘看着眼前这座宏伟的宫城，气势磅礴如一条巨龙盘踞，只有进了这里，才是一切计划真正开展的好时机。

马车停下，卿如安一下车就有引路的公公前来迎人，一声声通报，进了门才发现，院中已经闲坐了不少人，欢声笑语停滞，纷纷打量着林秋书身后的卿如安。

林秋书亲切交谈，大大方方地介绍着卿如安。

卿如安以前最不喜这种场合，可如今却能应付自如，将尚书府千金的温婉大气模样展露出来。

不多时就有嬷嬷来报："太后娘娘驾到。"

诸位便立刻福身请安。

"都是自家人，不必多礼了。"柔和却不失威严的嗓音传过来，"秋高气爽，哀家这院子也难得热闹一回，随意坐吧。"

卿如安好奇地抬眼，就看到一身华服的太后缓缓走过，高台入座，雍容华贵。这就是大成最尊贵的女人的模样。

"谢太后。"

众人落座，太后看向卿如安，见她视线好奇又闪躲，笑道："张倩，到哀家眼前来。"

卿如安缓缓上前，又是一礼。

"把头抬起来。"

卿如安依言抬头。太后"嗯"了声后，便笑道："弱柳扶风，楚楚可人。听你父亲说，你自小身子不好养在乡下，吃了不少苦吧？"

"谢太后娘娘关心。臣女得父母牵挂，虽长于乡下，却并未吃过什么苦，又有医师细心调养，如今已无大碍了。"卿如安柔声答着，瞧着是有几分柔弱感。

"那是再好不过。今日之前，哀家还担心你初次进宫会不适应，怕吓着你，便早早备了一份见面礼，望你喜欢。"太后朝卿如安招手，笑容亲切，卿如安又近了几步。

吴姑姑取来一个匣子呈给卿如安，里面是一枚金莲簪，小巧又华贵。卿如安不敢接，太后笑道："无须拘谨，这见面礼堂上千金都有过的。"

卿如安这才跪谢接过，盈盈一笑，十分知分寸。

后来用过茶，一行人才往御花园去赏花。天朗气清，贵妇人在前走，几家千金在后面跟，有的窃窃私语，好奇地看向卿如安。卿如安并不主动交际，脸上的笑谁也瞧不出真假。

御花园很大，月季一簇一簇争奇斗艳。一行人在赏心亭落座，很快就有宫人摆上茶点，太后说："这花一年更比一年盛放，想起与各位同游赏花，还是好些年前的事了。那时滋州各地天灾不断，陛下尚小，国事不通，哀家要一边顾朝堂，一边顾陛下，真是两头心焦。幸得祖宗庇佑，陛下如今已能独当一面，哀家也有空闲可以赏赏花，喂喂鱼了。"

众人附和，互相使眼色，什么福气，什么天命，总之专挑好话。

太后一脸看淡的表情,若真要追究起来,大概是从一片心计中厮杀出来,又尝过至高权力滋味的女人,已经不屑再听人去称颂自己有一个怎样好的夫君、怎样好的儿子了。她更希望有人称颂她的功绩,她的才能。

在她看来,当一个女人可以主宰自己和他人命运的时候,这世间的法则便应该要修改。可是,这千百年来,踏上这巅峰之位的女子寥寥无几,她也无法真的狠下心来去与自己的儿子作对。

奉天承运,一纸诏书,齐修远才是名正言顺的天命。

她即使再不甘,也被自己那点仅存的血脉亲缘束缚,不得不从高位退下。

太后笑说:"哀家也不过是摸着石头过河罢了,如今陛下勤政,大小事务处理得井井有条,哀家也算对得起先帝嘱托。只是犯愁,后宫凋零,中宫空缺,无人协助陛下。"

一众人面面相觑,都有着各自的算盘。中宫之位就像一块大肥肉,抛到面前了,谁都想咬一口,可偏偏不是谁都能咬。

从张元慎接回女儿,吴姑姑出宫入府教习规矩,再到今日这场赏花宴,这偌大的京城就没有不透风的墙,大家已经心知肚明,谁才是太后心中最佳的后位人选。

只是不明白,为什么偏偏是张倩,一个乡野丫头凭什么?明明也有比她更合适的人选。

这时有人道:"陛下勤政爱民,前朝事务繁多,无心顾及后宫也情有可原,太后娘娘如此殚精竭虑,若说协助陛下,怕是无人能及,即便有,太后娘娘伟绩在前,后来者也该羞愧了。"

太后舒展眉头,温煦笑意却叫人摸不清这番马屁到底拍在了哪儿。

"大成建国至今已有百年,经历了多少风雨,陛下天命在身,自是先有百姓,才有自己,儿女情长不过是治国路上最不值一提的一笔。"太后看向林秋书,"林夫人以为呢?"

林秋书陡然被点名，却也淡定："太后娘娘说的是。陛下雄韬伟略，一心为国，儿女情长到最后是天伦之乐，家和便万事兴。"

　　太后勾着笑，又看向卿如安。卿如安低着头，气质文弱，是有些许上不了台面的，但太后很满意，这意味着，人是好拿捏的。

　　话题一转，又是家长里短，净是些开心事。

　　后来晋安公主过来请安，一起陪同用了些茶。卿如安多看了她两眼，那心直口快的直爽模样确实讨人欢喜，几句话就将太后哄得心花怒放，马术课说不去也就不去了。

　　晋安自然也知道，今日太后缘何会在这里设宴，特意过来看看自家未来嫂嫂。要说起来，堂下千金美则美矣，却是无趣，都做温婉模样，像个空壳。她挽着太后的手，轻靠着，眼神一一扫过众人，才发现今日还有个新面孔。

　　卿如安对上晋安的视线，微微低头，并不说话。

　　晋安却道："你便是张倩？"

　　卿如安起身答："回公主，正是。"

　　晋安打量卿如安，身量纤细，安静温和，瞧着文弱但也算大方。她说："青州多山野，风景秀丽，能把人养得像你这般水灵温和，果然是个好地方。"

　　"殿下谬赞了，臣女自小身体多恙，青州风景宜人，适合养病，爹娘忍痛分离我，万般牵挂才有臣女今日的康健。"

　　卿如安的话说得好听，晋安连连称赞，太后便让她领着几位千金一同闲玩赏花。

　　皇宫雄伟，建造非凡，这宫里的一草一木比人命都金贵。

　　几个同行的姑娘得了片刻自由，欲与花比美，却连手都不敢伸，叹这皇宫富丽堂皇，非是寻常人能有的好去处。

　　午后的太阳有些晒，晋安在阴凉处恹恹道："若是看久了也没什么特别。"晋安转头看向卿如安，她的话不多，也不太主动，也不知道皇

兄是不是真的愿意娶一个漂亮的花瓶在后宫摆着。

后来晋安借故离开，一路走到廉政殿，齐修远正在批奏折，听到脚步声，头也没抬地问："怎么这么快就回来了？"

晋安努嘴道："我过去看未来嫂嫂，也不需要什么工夫。"

齐修远笑了声，仍旧没抬头。晋安走到他身边，说："她们好是好，就是我不喜欢，皇兄肯定也不喜欢。"

"怎么说？"

"若说立后，名门千金、将门才女都是够格的，那些个小姐确实瞧着贵气温婉，可我不明白，终身大事为何皇兄不能自己做主？皇兄心里就没有心仪的人吗？"

话问完，晋安就觉得自己最后一句实在多嘴，齐修远自小便修身养性，别说心仪之人，就连女人他都没见几个。

齐修远搁笔，终于抬头，一双皓月般的眸子漾开笑意，温润十足："小幺，婚姻嫁娶自古便是父母之命，媒妁之言，不过皇兄可以应允你，你的婚事你自己说了算。"

晋安眼一亮，又暗了。

齐修远问："怎么，不乐意？"

"不不不！就是替你觉得委屈罢了。"

齐修远起身刮她鼻梁，说："这是皇兄的责任，且于女子来说，跟一个陌生男人成婚何尝不是也委屈？"

晋安到底还是天真心性，换位思考一下，就明白齐修远为何应允她可以婚事自主了，说："是，皇兄心志高洁，自有考量，既如此，为何还叫我去御花园？"

齐修远笑起来："宫里难得热闹，让你去一起玩玩罢了。"

"母后在那里，根本没人放得开，我坐了会儿就只想快些走，也是难为那些贵小姐了。"说着，她突然一惊，"啊，我忘了今日还有徐少师的课，功课还没做完呢。皇兄，我先告退了。"

124

她急急忙忙地走了，齐修远不禁摇头，这个妹妹什么都好，就是不太爱用功。

齐修远重新提笔，喊道："常玉。"

立在一旁的公公上前应答，齐修远说："滋州新奉的云间茶有滋润提神的功效，母后操劳，替朕送过去关心关心。"

常玉立刻就去办了。

御花园内，卿如安跟几位千金坐在一起，她初来乍到，人家有的是话要问她，卿如安也一一答着，赔着笑脸，像个软柿子，谁都想来捏一下。

正好那时，常玉带着人来送茶。众人一听是皇帝赐茶，谢恩不断。

卿如安却在茶香溢出来的瞬间，有些怔愣："此茶好香，敢问公公，这是什么茶？"

常玉笑眯眯道："滋州产的云间茶，有滋润提神的功效，近来新奉入宫，产量不多，外头可是喝不到的，诸位小姐很有口福。"

闻言，众人又是一谢，卿如安心中又开始翻涌着回忆的浪。

滋州盛产茶叶，独这云间茶难产，卿永爱茶，当年费了很大的力气，才种出一个山头的茶叶，产茶量不多，便自己喝着玩。卿如安当年做凉茶，最爱用云间茶打底。

原来当年卿家产业剥皮拆骨后，这个山头的茶叶被送进宫，成了御茶，果真是物以稀为贵。

常玉走后，卿如安捏着杯子慢慢饮，明明喉间开始回甘了，心里却仍在泛苦。

她坐在一旁，身边是其他人的谈话嬉闹，一个不小心，来人撞在她身上，半杯茶全洒在她衣裙上，烫得卿如安立刻捏住裙摆起身。

那女子一愣，很是不安。

卿如安体谅道："婉儿姐姐无心之过，我没事的。"她微微笑着，去牵陈婉儿的手，翻着看，"我听说姐姐的琵琶弹得极好，幸好你手没

伤着。"

若仔细说来，这后位本该落在陈婉儿头上，她与皇帝算是半个青梅竹马，父亲又是当朝太傅，与皇帝有十三载的师生情谊。张元慎曾跟她说过，皇帝还是太子时，太傅陈启便有一女入宫，成了晋安公主的伴读，与齐修远亲近。若非事出突然，皇后之位定然是陈家的。

这么一想，她要往上爬，以后与陈婉儿定是抬头不见低头见，那还是不要树敌为好。

陈婉儿本来是瞧不上她的，先入为主认为她是个乡野丫头，即使包装得再豪华，骨子里也是上不了台面的，结果没想到，她竟然是个如此温良的姑娘，便道："我没事，你没伤着才好。我……"陈婉儿有些别扭，"你衣裙都湿了，我陪你去擦拭一下吧。"

卿如安扬着一张笑脸，抓着陈婉儿的手，说："那便多谢婉儿姐姐了。"

陈婉儿头一次跟陌生人这么亲近，有些不习惯，却又被卿如安那张天真的笑脸给打动了，说："没事，跟我来吧。"

卿如安亦步亦趋跟着，像个话痨一样，问陈婉儿一些无关痛痒的问题，陈婉儿也一一答着。

路上遇到一个小宫女，陈婉儿请对方取些干净的布来，拉着卿如安坐在廊下台阶上，亲自为她擦干湿掉的地方，与先前那副不情愿的样子，简直判若两人。

卿如安笑着道谢，陈婉儿有些结巴："你……你怎么张口闭口就是没事、无妨、多谢、抱歉？"

卿如安轻松道："我自小没有长在爹娘身边，没什么规矩，如今骤然回京，人人都教我要知书达礼，更要懂规矩分寸，我笨嘛，只能先从多谢、抱歉开始学。"

陈婉儿的良心有些过不去了："你……总之，你不要总是这么跟我说话，显得我故意针对你一样。"

卿如安弯着眼睛，真诚道："婉儿姐姐你真好。"

这高帽子一戴，陈婉儿又有些无言，心说这一看就是个没心眼的笨丫头，只会笑脸迎人，惹到她，算惹到棉花。

卿如安突然捂肚子，说："哎哟，婉儿姐姐，我突然有些内急。"

一直陪在旁边的小宫女连忙说："张小姐请跟我来。"

陈婉儿说："去吧，我就在这里等你。"

卿如安跟着宫女走出了御花园，那一路，卿如安忍不住东张西望，忽而腿一软，整个人倒在地上，吓得宫女忙扶她起身，问："张小姐，可有摔着哪里？"

卿如安摸着腿，疼得直吸气，却笑着说："姐姐莫紧张，我只是扭了脚。"

宫女将她的脚检查了一番，担忧地说："张小姐待在这里别动，奴婢去取些药来给你揉揉，很快就回来。"

"好，劳烦姐姐了。"

宫女一走，她便敛了笑，起身快步往回走了一小段，便拐进了另一条路。若是没记错，张元慎曾说过，皇帝有在廉政殿处事的习惯，方才宫女带路，正好就路过了廉政殿。

卿如安往门里瞧了两眼，院内站了几个侍卫，门外有宫女太监们三两个地结伴走过。卿如安怕太引人注目，往前又走了一段路，突然听见头上一声响，抬头看，枝叶被拨开，正对上一双皓月眸，那红墙之上，坐着一个白衣少年，正愣神地看着她。

卿如安一时无言，心跳猛地快了起来，不知他是谁，也不敢贸然开口。

忽然传来一阵急促的脚步声，那少年猛地跳了下来，卿如安差点惊叫出声，被那人立刻捂住嘴，只听他小声道："别喊别喊，我会被发现的。"

卿如安瞪着一双眼不安地点头，那少年这才松开她，又拉着她赶紧

跑离现场。

都说伤筋动骨一百天，卿如安一身伤才刚好，自然是跟不上一个男人的步伐，跑不了几步就跌倒，手掌在石板上擦出一条血印，吓得那人不知所措。

她挥挥手，说："没事，不痛的。"嘴里发出轻轻的呵气声，明明是痛得很。

那人扶起她，在身上摸了半天什么也没有，只好撕下外衣的一块布给她缠上。卿如安立即说："使不得，使不得。"

他没给卿如安拒绝的机会，三两下就缠好了，说："待会儿上点药就没事了。"

"多谢大人。"

"我从没见过你，你是谁？怎会在这里？"

卿如安诺诺地答："小女乃张尚书之女，随母亲来宫赴宴，因内急离席，不想与带路的宫女走散了。"

她说得有些委屈，也不知是装的还是疼的。

他抬眼打量卿如安："你就是张倩？"

卿如安点头："大人知晓御花园怎么走吗？我不记得路了。"

她露出少女的娇憨，显得纯真可爱。少年被风迷了眼，拉着她的手笑道："当然，我熟得很，我带你去。"

卿如安发现他带自己走的并不是来时的路，这路上连个扫地的宫人都没有，她刻意放慢了脚步，"怎么感觉越走越不像了？"

少年回头看了她一眼，笑道："这是近路。"

"翻墙也是近路吗？"

少年一哽："我只是不想走正门被人发现了。"

"为什么？噢，你是在偷懒。"

少年好笑道："对，也不对。"

卿如安等他下文。

"我确实是在廉政殿当值,刚下值,怕有人来寻我碎碎念,只好不走寻常路了。"

"原来如此。"卿如安想,他一身便衣看不出身份,却对宫里十分熟悉,想来身份不一般。

卿如安有些不好意思地笑:"其实我也是出来偷懒的,我第一次入宫,实在有些上不得台面,只好借口出来透透气。"她顿了顿,又道,"不过幸好遇到你了,否则我都不知道该怎么办。"

少年多瞧了她两眼,带了些趣味:"你怎么这么胆小?"

卿如安抿嘴,说得很小声:"这又不是我家,不然我也横着走。"

他的笑意越来越深:"也爱撒娇玩闹,不喜读书吗?"

卿如安被他的笑意感染,点头:"嗯,但我现在不会了。"

她说:"撒娇是小孩子的特权。"

卿如安抬头看他:"我该怎么称呼大人呢?"

"齐老二,我在家中排名老二,下面还有个妹妹叫小幺。"

这一听就是诓人的话,卿如安也不追问,从钱袋里摸出几颗生板栗给他,说:"谢谢齐大人为我带路,虽说这点东西寒酸了点,但我现下也没别的可以给你了。下回若有缘,我再请你吃栗子糕。"

齐修远有些意外,瞧着她纯真无害的模样,心里的城墙产生裂痕。

卿如安用力捏开板栗壳,把栗子肉给他,说:"这是我自家板栗树上的,很甜,做的栗子糕也很好吃。"

她好像很骄傲,齐修远道了声多谢,又开玩笑:"那下回见到我,可不要当作不认识我才好。"

"不会。"她扬着笑脸直直盯着他看。

齐修远一下子有些不自在,眼神闪躲,走快了些,问:"我脸上有东西吗?"

卿如安跟上来,歪着头看他,认真地说:"我记住大人的脸了,不会忘的。"

齐修远又感受到了一阵轻缓的敲击声,就像一只春莺落在他肩头,令人愉悦。他说:"好。"

后来他有想过,在这个普通的下午,好像冥冥之中自有牵引,就像他命中注定要爱上卿如安一般。她一笑,少年便春心萌动。

走过一扇门,又拐进一条小径,一路的宫女太监都对他们低头行礼,卿如安忐忑,拉着齐修远的衣袖问:"大人,他们好像很怕你。"

齐修远笑说:"自然,我可是管着他们生死的人。"

卿如安咋舌,齐修远大笑了起来:"你可真不经逗。"他说,"我在陛下面前当值,他们见了我,自然也要行礼的。"

卿如安问:"我听说陛下是个很重民生的人,那他平日里是不是忧心忡忡的?"

"嗯?"

"民生大计便是国家大计,一国之主掌管万人生死,一个小小的错误,或许就是一条条鲜活的生命。陛下爱民,自然是千方百计不让自己犯错的,可一个人要做到至善至美,背后一定有无数个辗转反侧的无眠夜吧?"

齐修远有些意外,她没有称颂一个国主的功绩,而是在思考这功绩背后的代价是什么。

"张小姐问倒我了,我只能说,在其位谋其职,这世上的每一件事都是有代价的,陛下爱民勤政,就注定他要先利国再利己。"

卿如安点点头,忽而成片成片的月季撞入眼帘,御花园已经到了。齐修远为她指路:"前方有太后设宴,我不便再送你,你快些去吧。"

卿如安走了两步又回头。他在原地站着,朝她笑着拱手,卿如安也福身,瞧他先转身,自己才加快了脚步。

御花园里,陈婉儿跟着原先为她带路的宫女站在一块,似是因为她走丢,一院子的人气氛都有些低沉。

卿如安立刻过去向太后说明情况,隐去了齐修远这个插曲。

林秋书有些着急,眼里全是担忧。

太后沉着声音道:"既是误会一场便算了。这宫里的人如今是越发没规矩了,倩倩可有吓到?"

卿如安忙说:"谢太后娘娘关心,臣女无事。"

"那便好。"

卿如安又看向陈婉儿,很是抱歉:"今日多谢婉儿姐姐为我费心了。"

陈婉儿看了眼太后,宽心道:"不必言谢,没事就好。坐吧。"

那日从宫里回来,卿如安一进屋就看到房间里多了很多新东西,云蝉说:"这是老爷吩咐的,今非昔比,小姐的一切东西自然要用最好的。"

林秋书将新衣裳抻开给她比试,很是开心:"我早就说该给你添新衣了,这颜色样式果然好,衬你。"

卿如安笑着说:"谢谢爹娘,女儿很喜欢。"

张元慎手一挥,立刻有人抬出一个檀木盒,说:"倩倩,这才是为父要送你的礼物。"

卿如安打开盒子,瞬间泪如泉涌。张元慎只当她感动非常,有些得意地说:"这翡翠玉屏产自南国,在大成可是仅此一件的宝贝。"

卿如安上手摸着,雕刻的纹路每一笔都像一把尖刀,剐开了她的皮肤。

这是她四岁时,卿永送她的第一件以珍宝来形容的生辰礼,后来她把这个当作彩头给了牧原白,牧原白不要,向她讨了一幅画像,最终那幅画像也焚于火海了。

"太贵重了。"她说。

"这才配你,往后你要什么都会有的。"

卿如安的眼泪就跟断线的珠子一样不停地掉,看得张元慎和林秋书都有些不知所措。

卿如安抱着檀木盒子,不像是在对他们说话:"女儿会好好珍

藏的。"

（二）

太和宫里，齐修远正在跟太后请安，一身月牙白常服衬得人气质高洁。太后瞧见他衣袍有裂口，不满道："身为一国之主，便应大小事务都作表率，仪容整洁是给人的第一印象，哀家教导你多年，为何还是不改？"

齐修远温声应着："朝中大事不敢怠慢，辜负母后期望。今日来得晚，怕母后久等劳累，等不及更衣了。"

"怎么回事？廉政殿你坐不安生？"

齐修远看了眼常玉，他畏缩地低头，有些抖。

齐修远也知道，关于自己的任何事都瞒不过太后，这天下说是他做主，可这宫里无一不是眼线在盯着他，就像他还是一个嗷嗷待哺的孩子，并不被信任。

"今日难得得闲，起了玩心。儿子正是为此来请罪的，请母后责罚。"齐修远伸出双手，等着她拿戒尺打手心，就像小时候做错事一样。

太后一直就很满意自己儿子这点，有错就改，从不忤逆，温声细语看着好拿捏，却不想是猛虎伏卧，雷霆手段教人措手不及。

"罢了，哀家知你心如明镜，如今再罚你就不像样了。"她抬起齐修远的手，"既然朝堂公务繁多，也不必日日都来请安，还是要以国事为重。你可不像你父皇好命，有兄弟齐心协力。如今的大成，只有你了。"

"谢母后开恩，儿臣谨记。"齐修远给她奉茶，换了张笑脸，"听晋安说今日赏花很是热闹，母后许久没有这般开心过了，要不要请那些夫人入宫，陪母后多说说话？"

"你倒是提醒了哀家，张尚书之女哀家今日见了，觉得很是不错，娇柔大方，温婉可人，你若见了也会满意的。"

齐修远没应声，太后又道："婉儿虽好，与你有几分情谊，可到底不是皇后的最佳人选。你日日都瞧着的,朝堂百官往前一站,哪些人在做什么,哪些人有什么用心,你应该比哀家清楚。建安三年,各地荒年引来暴乱,滋州是你坐稳龙椅的第一战,你做得好,哀家也欣慰。如今朝中局面稳定,边境却战事不断,要战就离不开一个钱字,张元慎屡次为你解决后顾之忧,你也该给人一点甜头了。"

齐修远应着:"母后教诲,儿子明白的。"

"嗯。"太后语重心长道,"坐在这个位置上,儿女情长便要往后靠,你若对婉儿有意,可以选进宫来册妃,哀家没有异议。"

齐修远道:"母后多虑了,朕与婉儿不过是幼时情谊,无关情爱。"

太后哼了声,提醒道:"有没有情意无所谓,有没有用才重要。"

齐修远安静地听着。

"你父皇还是太子时便受教于陈启,他虽寒门出身,有些死板,但有治世之才,刚正不阿,又与你师生十三载。两朝太傅,教你仁明清正,克己复礼,朝中清流一派他是中流砥柱,天下文人寒士无不向往。婉儿入宫为妃,陈家便是你往后的引路灯,再者……"

她顿了顿,看向齐修远,见他沉着一张脸已有不悦,叹道:"憬之,母亲既已撤帘,确实不该再多说,想来你心中自有打算,是母亲越界了。"

她要起身去歇息,齐修远立刻扶她,恭敬道:"母后担忧,朕明白的,大成百年基业既落于朕肩上,朕便不会愧对列祖列宗。太和宫僻静幽雅,母后难免孤寂,立后选妃之事朕无心过问,都听母后的。"

太后深深瞧着他,竟没想到他就这样松口了,点头:"好了,时候不早,你也回去歇息吧。"

"是。"

齐修远回到乾元殿,常玉便前来奉茶,把他交代的事情结果告知他:"陛下,奴才派去的人查过,张姑娘身份并无可疑之处,自小就被送去青州由奶妈抚育,逢年过节也未曾接回京,若不是……"

齐修远:"若不是太后许了后位,她应当早就被张元慎忘记了。"

常玉称是："只是有一件事，虽不是可疑，却当真意外。"

齐修远看他，一本折子敲他脑门上，笑骂道："常玉，你在太后面前也这般卖关子吗？"

常玉立刻跪下，惊恐道："奴才不敢。"

"哼，你有什么不敢的。"

常玉顿时觉得浑身发冷："陛下饶命。"

金线缠龙，一步一威压，那残缺一角的袍子晃在眼前时，头顶就传来了齐修远清冷而肃杀的声音："你是宫中老人，朕不为难你，往后什么该说，什么不该说，你心中有数便是，母后年纪上来了，不宜多操劳。"

常玉抹了把冷汗，抖着声音称是。齐修远这才让他起身，说回张倩的事。

张倩的身份很简单，只是命不太好，回京之际遭过一场绑架，奶妈护主而死，她死里逃生回了长安，从一个乡野丫头成了高门贵女。

齐修远眉头轻皱，想起为她包扎时，瞥见她腕间交错的刀疤，想来是吃过不少苦。

"为何没有人上报此事？"

"是张尚书按住了，非常时刻，若是传出去，对张姑娘的名声也不好。"

齐修远冷笑，少年眉眼却多的是老练深沉，道："是怕到手的后位易主才是。"

常玉不敢应。

"常玉，你知道太后为何属意张倩吗？"

"这……"

齐修远负手踱步，光影交错间，他的脸色也忽明忽暗，说："因为简单好拿捏。"

若是要细究这些事，后位到底落在谁家，齐修远是不在意的。只要她安分守己，允她一世荣华富贵，换来朝堂安稳，倒也是不错的交易，有没有爱并不妨碍他成为一个掌权者。

（三）

中秋佳节，尚书府很是热闹，卿如安演着家和万事兴的戏码实在累人，当夜赏了月，一回屋，云蝉便递来一封信，上面写着"卿卿亲启"。

卿如安勾了勾唇，拆开一看，洋洋洒洒一页纸，写的全是牧原白的军营生活。今日吃了什么，跟哪个弟兄喝酒了，将军夸奖他了，他又换了一把重刀……

与他外表看起来很不同，信中啰唆，却事无巨细地给卿如安说明着，他很好，不用担心。结尾也总是那一句话：天冷加衣，勿生病。

月光洒进窗，照见纸短情长，卿如安心口温热，想起过去有一年受了风寒，病了许久，牧原白向来说得少心却细，季节更替之时，他总比阿柳快一步为她添一件衣裳。

那时开玩笑，说他讨巧卖乖，如今却是他心头之忧。患难真情，生死纠缠，他们即使相隔万里也分不开。

卿如安提笔回信，长话短说，只一句：今夜月明，盼你平安。

她将信纸折起来交给了云蝉，由她出门送出。

牧原白收到信时，北境早已入冬，一片银装素裹，雪深至小腿肚，这种天气，别说打仗了，就是出门打猎都寸步难行。

火堆烈焰"噼啪"作响，巴掌大的信纸揉成一团，被火焰吞噬。刘元端来一碗热酒递他，笑说："怎么愁眉苦脸的？"

牧原白一口饮下，吐出热气，把空碗递给刘元。刘元又给他倒了一碗，坐下说："大军刚入境就遇上极寒天气，这北境真不是人待的地方。一入冬便是荒原百里，这羯奴人还真是有空撩闲。"

牧原白戳着火堆，淡淡道："听说，羯奴内部分裂成了四个势力，虽不服羯奴王，互相掣肘，但生死之际却是相当团结。或许这注定他们拥有野蛮好斗的本性。"他烤着火，看着刘元笑，"你知道我最讨厌什

么人吗?"

刘元说:"野蛮人。"

牧原白一愣:"我发现跟你待久了,你越来越了解我。"

"战场兄弟,我的后背都能放心给你,当然了解你。"

牧原白捏了一团雪,捏成兔子状,说:"我出身卑微,十三岁那年,山匪杀我全家,后来我投军剿匪,个个都说我杀人不眨眼,不与我亲近,你为何要来同我搭话?"

刘元没想到他会起这个话头,想起那会儿一起去剿匪,从青州到燕州,牧原白一把大刀挥得毫不留情,任人跪下苦苦求饶,他愣是眼都不眨一下,手起刀落,人头滚至脚边,冷眼看人时就像从地狱里爬出来的恶鬼。

刘元也曾害怕,可战场有时容不得慈悲,不是你死就是我亡。牧原白除了冷点儿,心还是不坏的。

他说:"不知道,可能是见不得要同生共死的兄弟总是孤零零的。"他笑,"你告诉我,你那大刀是跟谁学的?瞧着可厉害了。"

牧原白又倒了一碗酒,一片白雪落进碗里,立刻消失。他抬头看天,这雪下得实在大,说:"滋州镖局的武教头。"

每次想到滋州,他就止不住地难受,才发现原来自己连余领头的全名叫什么都不知道。

"我是他最后一个徒弟。"

刘元无端挑起了人家的伤心事,正想找个话题转移,牧原白就带着那只雪兔子回了营帐。

他不想提及的过往,那些只言片语里,刘元只能拼凑出一个破碎又残忍的故事。刘元是个孤儿,或许有些感同身受,轻易不会追问牧原白的过去。他知道,这是在愈合的伤疤上重新撕开一道口子,很残忍。

牧原白在案前提笔,却迟迟落不下。

下雪了,北境没有你喜欢的梅花,倒是有很厚的雪,你想捏雪兔子吗？我如今能捏得很好了。

帐内温暖，案上的雪兔子开始融化，一点墨渍混着融化的雪水在纸上洇开，他愣神许久才搁笔，拿着一沓湿透的纸坐在火边烤，案上的雪兔子已经化成一摊水了。

往年的冬天，牧原白最常做的一件事就是陪卿如安堆雪人。她喜欢兔子，他就皱皱巴巴地给她捏，到如今已经可以捏得栩栩如生了，但卿如安开心不起来了。

牧原白搓了搓脸，等打完这一仗，回去见她，要问问她现在喜欢什么。

他想讨她开心。

卿如安一觉醒来只觉得头痛欲裂，仿佛天旋地转，她看东西都十分模糊，只听见淅淅沥沥的声音。

云蝉服侍她穿衣，见她神情疲惫，担忧道："小姐，现下觉得好些了吗？"

卿如安撑着头说："没事，我这是怎么了？"

云蝉说："小姐，你已经昏睡两日了。"

卿如安完全没有印象，云蝉喂她喝药，说："入冬了，这几日天气突然转冷，是奴婢照顾不周，才让小姐受了风寒，你一直不退热，总说胡话，吓得大家都……"

"我说什么了？"卿如安突然抓住她的手。

云蝉吃痛却挣不开："小姐……"

卿如安确实心慌，松开云蝉，兀自镇定："抱歉，云蝉。"

"小姐，你或许是做噩梦了，一直很不安地喊着爹爹、娘亲，说不要丢下你。"云蝉如实道。

"只有这些吗？"

云蝉点头。

卿如安骤然脱力，撑在床边，一只手捂眼，深深吸了口气。

云蝉如今跟她是一条船上的人，听她诉说自己身世时很是凄苦，不免可怜："小姐。"

"无事，你去替我端些吃的来，我有些饿了。"

云蝉一走，卿如安就忍不住哭出声来，林秋书恰好带了食盒在门外听，立即推门进去，瞧见卿如安满脸的泪，心里很是难过，伸手去拉她，安慰道："倩倩啊，娘亲在的，娘亲不会再丢下你的。"

自卿如安入府到现在，她嘴上说着不怪，说着感恩，可原来在心里深处还是害怕的，就连梦中都求着他们别丢下她。林秋书的愧疚在这一刻达到了顶峰。

卿如安被林秋书抱在怀里，心碎与哭声交织在一起，她却有些麻木了。

林秋书帮她擦泪，说："这些年让你受苦了。"

卿如安看了眼云蝉，她同样泪流不止，卿如安顺势又落下两滴泪，误打误撞，激起了林秋书和张元慎的愧疚之心，这也不算坏事。

那日起，林秋书几乎恨不得掏空自己对她好，连带着张元慎也更殷勤了。

有日下朝，张元慎回府着人送来一盒糕点，说是陛下亲赐，三品以上的官员才有口福，总共就那么两块，张元慎愣是全送过来了。

云蝉笑说："听说小公子知道后缠着要，老爷没给，这会儿还在前院哭闹呢。"

卿如安看着那两块糕点，挑眉道："这当真是让我为难。去送给母亲吧。"

云蝉道："这是夫人也允了的。"

"那便给小公子送一块过去。"

"是。"

没多久，张绪便小跑过来，见卿如安在泡茶，一身冷淡气质，不知为何，原本气势汹汹的气焰被这一幕削减了不少。

卿如安见他来了，微微一笑："你还是头一回进我这院子。"

张绪不悦道："我一个男子，也没必要总往你院子里跑。"

"要不要喝茶？这是我跟娘亲学的手艺。"

"你不必讨好我！"他气呼呼地放下那块糕点，"大家都说你是我姐姐，自小吃了很多苦，你一回来，爹和娘就围着你转，什么都给你，看都不看我一眼。你吃了很多苦，我何尝不是？"

卿如安冷眼看着他，他继续说："当了十五年的独子，学兵法策论，学诗文骑射，学得好是应该，学不好是责问。而你呢？你自由自在，什么都不懂却什么都有。我讨厌你！"

到底是小孩气性，这就委屈上了。

卿如安也无法与他共情，自顾饮茶，说："既如此讨厌我，我也无心与你演什么姐弟情深的戏。往后，我们井水不犯河水。"

张绪惊道："你！你！"

他"你"了半天，也没个下文，气得甩手就走。

这件事府里很快就知晓了，张绪被罚家规，跪在院子里认错。卿如安带了件披风去看他，被他丢至一边，看她更是厌恶："你少假惺惺的。"

卿如安便不再管他。林秋书过来开解她，说张绪是被宠坏了，本性是好的，让她别往心里去。

卿如安贴心道："女儿明白的，血浓于水，我们都是一家人。"

林秋书替她拢好衣服，说："这几日天冷，说不准就要下雪了，你缺什么尽管开口，娘给你办。"

卿如安摇头，扶着林秋书出门，说："女儿什么都不缺，天不早了，娘也早点回去歇着吧，不用担心我。"

卿如安是什么时候学会用真诚来作伪的呢？大抵是被卖进花楼的那天起，她在风月场里卖笑，总是会眨着天真无邪的眼睛，来获取自己想要的东西。人家问她有几分真心，她脸都不会红一下地说，自然是十分

真心。这真心值几钱,她最清楚不过,哪怕是云蝉,她也总觉得真心不够。

要说她能全然信任的人,那只有牧原白了。想起他,卿如安总觉得有些亏欠,却又觉得理所当然,好像他本该就如此。

他也这么说过——"小姐,我会一直陪在你身边的。"

言犹在耳,对面人脸变换,云蝉很是真诚,见她坐在窗边出神,又说了一句:"小姐,你不是一个人。"

卿如安这才回身,笑说:"多谢你了。"

过了几日,京城果然下大雪了。

尚未天亮,乾元殿已经灯火通明。北境急报,因严寒天气,军中物资紧缺,不少士兵冻死在边境,燕震来信,请求朝廷提供过冬物资。

齐修远捏着眉心,迟迟没有落笔,问:"这几年剿匪除寇,百姓才见生机又逢战事,国库尚未充盈,张尚书可有法子?"

张元慎一脸为难,齐修远抬眼看他,天子威严越发让人胆怯。

"回陛下,战事当前不容犹豫,臣以为,赋税征收是必然的。"

齐修远没说话,只是盯着张元慎看,乾元殿里暖意融融,张元慎出了一头汗。

齐修远起身踱步,半响道:"再想。"

轻飘飘的两个字,张元慎顿觉压力如山,拱手道:"陛下深夜召臣前来议事,必然是心中已有打算,臣愿做陛下的开弓箭。"

齐修远这才有了笑脸,抬手虚扶着,说:"爱卿言重,朕确实有一事忧心已久。"

张元慎听着。

齐修远坐回龙椅,朱笔批下一个"允"字,淡声道:"近年赋税征收是一年比一年高,百姓苦不堪言,朕于心不忍,反观朝中士族,圈地自足者大有人在,朕要的也不多,就一句话,不该拿的吐出来。"

张元慎陡然腿软跪在地上,说:"陛下,这是……"

齐修远沉声道:"张尚书如此忠心,朕十分感动,但一码归一码,北境的物资朕已经允了,若是凑不齐,朕便唯你是问。"

"陛下……"

"啊,还有一事。"齐修远扶他起身,笑道,"太后很是满意令千金,有意招她入宫陪伴。"

张元慎又跪下了:"谢陛下,太后厚爱,只是小女近来感染风寒,恐有不适,还是容后再说吧?"

"张爱卿,朕不是在征求你的意见。"他的笑容渐冷,"张小姐迟早入宫作陪,整个后宫往后都要她来管,提前熟悉下也没什么不可的。"

张元慎有些愣,似是到此时才真正吃下一颗定心丸,只是未料到,皇帝要削弱士族势力,先从他开头。这就是明摆着让他拿银子换后位,齐修远薅起人来竟也是一毛不留。

那日朝中议事,张元慎倒也是真舍得,自割腿肉作表率,立刻引来群攻。

大成士族积弊已久,朝中百官就像一张蜘蛛网,是个人就沾了关系。明镜高悬之下的龙椅上,齐修远端坐看着,神色平静,不辨喜怒,那张明朗温和的少年脸很是无害。

张元慎是铁了心要在皇帝面前做出忠心耿耿的样子,义正词严道:"大成百年基业,哪一条规矩不是血泪的教训,国难当前,利己之心不可有。身为百姓父母官,明知百姓苦不堪言,何以忍心剥削重压?"

贺从如淡然地站出来道:"张大人拳拳之心,本官甚是敬佩。诸位今日能站在这里,当是明白一个道理,取之于民,用之于民。何来剥削重压?"

"司空大人应当更清楚,现在吃不饱饭的人都是谁。"张元慎气势很足,"内忧刚清,民生才见生机,又见外患,北有羯奴频频犯境,西有大月虎视眈眈,如今凛冬之际,边关将士出生入死,等着朝廷补给,百姓埋头苦干等着好日子来临,而为官者却锦衣玉食,铺张浪费,在这儿又护着口袋里不甚在意的几两碎银。"

"你！张尚书，你此话何意！"

"张大人慎言！"

千言万语汇成一片，叽叽喳喳，好不吵闹。齐修远开始有些不耐烦："诸位。"

没人搭理，堂下已经吵得不可开交了，张元慎被群起攻之，倒是有骨气，站得像只斗鸡。

常玉见状，喊道："肃静！"

没人理，他又喊了一声，还是没人理。

齐修远将手中的折子扔下堂，正好砸在贺从如脚边，顿时满堂寂静，看着齐修远怒气冲天的脸，纷纷站好。

"贺司空。"

"臣在。"

齐修远冷声道："贺朗将军驻扎东极抗倭，沿海一带有他坐镇朕很是放心，朕许他事急从权，先斩后奏。可朕不明白，一方将军护国利民是他的职责，什么时候，这份职责竟有了价格。贺司空，朕问不到贺朗，想来你能给我个解释。"

话题跳得太快，贺从如茫然了会儿，赶紧拾起地上的折子，打开一看，满满弹劾，全是在说贺朗军风不严，仗着有功在身，强收百姓保护费，一方国土竟成了他的地盘。这帽子若是扣严实了，够他全家喝一壶。

贺从如原先的高傲劲儿立刻熄了一半，当即下跪："陛下明鉴，犬子一心卫国，此事定是污蔑！"

齐修远笑意泛冷，大殿之外早已有人候着，争吵之时竟无人发现。

齐修远沉声道："谢爱卿，你说呢？"

谢宏疾步而来，跪拜天子，应道："回陛下，臣所奏句句属实。"

贺从如很是意外，看看谢宏，又看看齐修远，似是没想到齐修远早已盯上了贺家。

"贺将军抗敌有功不假，治军不严亦不假。臣多次上书均无音讯，此次不得已上京明奏。东极沿海，海运发达，往年担心倭寇海盗，如今有贺将军护东极平安，微臣感激不尽，只是不承想，军士强收保护费，贺将军竟睁一只眼闭一只眼，微臣多次请谈，皆不欢而散。军士是陛下的军士，一切用度自有礼法规章，从未有过贺将军这般先例，又逢朝廷征收，东极供了贺将军的军士，便无力再向朝廷回应，这已是大过，微臣惶恐。长此以往，百姓民怨沸腾，国将不安。臣无能，身为一州刺史却不能为民解忧，陛下还是革了我罢。"谢宏深深一拜，字字恳切，大有皇帝不做主就不起身的意思。

齐修远眼皮一抬，看向贺从如："贺司空，谢爱卿愿以乌纱帽作保自己所言为实，你呢？"

"臣……"贺从如看向谢宏，咬牙道，"子不教，父之过。臣无能，辜负陛下信任。臣愿代犬子受罚。"

倚老卖老这一套，齐修远早就见识过了。他挑眉，身子往前倾了倾，道："司空大人年事已高，朕也下不去手，但礼法制度不能废，念在贺将军沙场多年，抗敌有功，朕就收回事急从权，先斩后奏这句话。"

话音落地，贺从如微微松一口气，不过是凡事请奏罢了，料定了齐修远要顾及血脉亲缘，不敢太过得意。

"谢陛下……"

"贺司空，朕还未说完。"齐修远冷声道，"贺将军放纵军士，以至于东极无力征收，这笔钱东极百姓给不了，贺将军给不了，贺司空便填上吧。"

原来是在这儿等着。还以为齐修远好糊弄，差点忘了他也是个狠手段的人，这招借刀杀人，张元慎不过是个幌子罢了。

贺从如急了："陛下，臣实在无力啊。为官至今，清清白白，以我一人之力，怎可负担起一州之责？"

"放肆！"齐修远难得在朝堂之上黑脸，堂下跪了一地，都在喊"陛下息怒"。

齐修远起身道:"贺司空,朕不是在跟你讨价还价。这件事总得有个人负责,钱和命怎么选,你好好想想!"

他说罢便离开大殿,常玉忙喊:"退朝,退朝。"

贺从如还没缓过神来,脑子里就剩那句齐修远那句"钱和命怎么选,你好好想想"。

谢宏站至他面前,行了一礼:"司空大人,为国为民者,是为官。护国护民者,是为士。为官为士,便该万事以民利为先,而不是踩着人民的背脊,把他们的苦难当作享受的踏板。卑职今日冒死弹劾,已然有了心理准备,但卑职,万死不辞。"

贺从如站起身,脸都青了:"谢大人赤胆忠心,大成有你,幸哉!"而后衣袖重重一甩,出了大殿。

谢宏浑不在意,拍拍衣服,阔步而出。

这京城的天,也不比东极的亮啊。

(四)

乾元殿里,常玉刚让人换了炭盆,又捧着汤婆子呈给客座上的人。

齐修远亲自关窗,回头笑道:"太傅过来,是有事要跟朕说?"

陈启捧着汤婆子起身,齐修远给他按下去了,说:"太傅不必多礼,就坐着说。"

陈启望着他,昔日牙牙学语的情景如昨日一般,细细数来二十一年,师生情谊已有十三载,不禁感叹道:"陛下如今深谋远虑,行事越发出其不意,手段雷厉风行,臣很是欣慰。"

陈启话是这么说,脸上却没有半点欣慰之情。齐修远明白他的言外之意,走到一旁坐下,亲自为他斟茶,喊了一声:"老师。"

陈启一听这称呼,眼里就多了几分柔软。

"朕学的第一堂课便是老师所授的为君之道,亲政这些年也从不敢忘记。朕知今日之事失了君子坦荡,朕不欲多辩。"

他手心朝上，案上摆着戒尺。陈启闭眼，叹道："大成确有沉疴，但君子阳谋，微臣所求所愿不过是陛下成为一代明君、圣君。滋州杀吴承泽，林献之，东极削贺氏父子，下一个是谁呢？"

齐修远见感情牌打不动，便收了手，在陈启责问的眼神下，淡定地开口："太傅，朕已不是稚儿，坐在这个位置上，所思所谋不过天下太平，百姓安定。在这条路上，朕与太傅是一致的，朕需要你。"

陈启瞧他，少年意气十足的一张脸，却有着不合时宜的心机谋虑。

齐修远说："士族积弊已久，一户封荫便想着世代荣耀，婚姻嫁娶、拉帮结派，名下资产不计其数，可放眼望去，泱泱大国，吃不饱穿不暖的百姓何其多，他们踩在平民的身体上狂欢，饮其血，啖其肉，朕不过是要他们把多拿的东西吐出来罢了。"

陈启动容，士族之间沆瀣一气，金钱权势犹如一团乱麻，解不开便只能快刀挥下，滋州一战，齐修远便是当了第一个挥刀人。

"太傅，士族削势，朕势在必得。"齐修远拿起戒尺自罚三下，声响之大，惊得陈启立即起身抓住他，汤婆子滚落一地的炭火。

"陛下，使不得！"

齐修远眼中隐隐有泪，道："朕自知无法成为太傅心中所想的磊落君子，但也无心做阴险之辈。朝堂之事，朕若不能一句话定案便如同傀儡，不得不用非常手段，太傅当真不能懂吗？"

陈启内心大撼，这是自己一手教出来的皇帝。他教他勤政爱民、克己复礼、广听谏言、光明磊落，却忘了教他如何在权谋的旋涡里生存谋取，那些他不齿的东西，恰恰是齐修远正需要的。这么一想，齐修远又何尝不是他实现理想的傀儡呢？

陈启看了眼常玉，常玉早已端着药膏候着了。陈启为齐修远擦药，像是卸了沉重的包袱一般，轻缓道："陛下幼时贪玩误了课业，臣打过这手板，教你今日事今日毕。初登大宝，差点误了时辰，臣也打过这手板，教你勤政克己。滋州匪案，杖杀官员，臣还是打了这手板，教你宽

厚仁慈，暴政如猛虎。"

齐修远看着陈启枯树般的手指在他手掌轻揉，掌心不只有药膏的冰凉感，还有陈启粗糙指腹传来的温热感。

自记事起，他便跟在陈启身边读书，见陈启比见先帝还要多，怎么会不知道陈启对自己的期望是什么。可这个世界并不是完美的，也没有东西是完美的。不破不立，他坐在这把龙椅上，自有他要破要立的规矩。

"如今陛下自罚戒尺，倒是教会了臣一件事。"陈启收好药膏，将那戒尺拿走，躬身道，"君王之道，陛下已然有所悟，臣已无所授。"

"老师。"

"臣为大成肝脑涂地，陛下有所求，臣必倾力为之。"陈启满眼热泪，撩袍跪下，齐修远忙扶他起来。

两眼相视，一片光明。

"老师在便好。"

齐修远派人送陈启出宫。开了窗，一阵冷风灌进来，刺得他鼻子发酸，都说皇宫是吃人的地方，齐修远自小生活在这里，不知不觉中也学了一身吃人的本事。

"常玉，你看这宫里是不是少了点什么？"

常玉探头看了看，天空竟然开始飘雪了，捉摸不透齐修远的意思，不敢答。

齐修远笑了声，眼里一片沉寂，心说，少了点人情味。

以北境之事为由，借着张元慎为饵，狠狠砍了贺从如一刀，不过半月，北境急缺的物资就凑了出来。辎重北上，贺从如称病不朝，太后知道此事之后，立刻就来见齐修远，一番质问却最终落得个空手而归。

齐修远就两句话。

"将士打仗，钱从哪儿来？母后有吗？"

"百姓吃不上饭，粮从哪儿来？母后有吗？"

太后哑口无言。她在宫中，吃穿用度虽金贵，却也知晓正是齐修远嘴里的两种人，拼着命供她衣食无忧。

齐修远平静道："母后没有，朕也没有，那便只有士族有。总有一个人要先站出来，贺家凭什么不可以？"

太后扭紧帕子，压制怒火："可以，当然可以！哀家知你行步艰难，可那毕竟是你亲舅舅，如今称病，你该问候一下，别伤了情分。"

齐修远只是静静点头，忙于政务。

太后只好起驾回宫，吴姑姑陪在身侧，要她莫生气。

太后平缓情绪后，冷笑道："士族万千，非拿贺家开刀，这就是在警告哀家，手别伸太长。"

吴姑姑应着："陛下年纪尚轻，做事难免失了轻重。"

"哼。借滋州匪案立名，到后来的大月扰边，杖杀官员，逼哀家撤帘，再到今日士族削势，这可不是没轻重。"她坐稳轿辇，一字一句道，"这是步步为营。"

贺家作为自己的娘家，太后确实有心保势，在这样位高权重的皇宫里，能信任的人只有自己的亲人。可如今偏偏是自己的儿子亲手挥刀斩下她的左膀右臂，这怎么能不叫人感到失望。

不过数日，张元慎在府里接到圣旨，宣卿如安即刻入宫作陪，学习皇后礼仪和宫中规矩。

张元慎这些日子悬着的心总算落了下来。这无疑是昭告天下，大成皇后之位已然落在张家。

他将卿如安拉到一旁嘱咐，要她入宫后一定要谨言慎行，最好能讨得太后欢喜、陛下欢心。

卿如安没料到这么快，张元慎笑说："为父早就跟你说过，中宫之位是你的囊中之物。入了宫，切莫惹得太后不快，在陛下面前要多美言尚书府，一家荣耀皆由你一句话定夺，切勿令为父失望。"

卿如安点头，匆匆收拾好东西便跟着人回宫复命了。

天黑得早，卿如安在太和宫请安，宿在偏殿。翌日吴姑姑才领着人来带她去了秀禾宫，这是宫中以往伴读的住处。

入宫之后，除了晨昏定省便是学各种规矩，卿如安才发现原来吴姑姑入府教的那些，都只是皮毛。制香点茶、琴棋书画、诗词歌赋样样都要从头来过，卿如安幸得有几分底子在身上才没有被吴姑姑苛责。

那日回秀禾宫的路上飘起了鹅毛大雪，卿如安披着水蓝色的斗篷，立足于红墙白雪的宫道上，云蝉撑开伞要给她挡雪，被她止住了。

卿如安微仰着头，云蝉顺着她的视线看过去，只有阴沉的天空，不知道她到底在看什么。

卿如安突然蹲下来，搓了个雪球抛了抛，玩心大起，拉着云蝉一起闹。到底还是少女心性，骨子里带着顽皮，两人边跑边笑，在这寂静皇宫里一派天真。

云蝉捧着一抔雪撒过来，卿如安跑开，脚下一滑，眼看着就要滚到碎石道上，云蝉心跳一滞："小姐！"

"呃！"

卿如安都做好心理准备了，双手抱着脑袋，却没有迎来坚实的痛击。她一睁眼，有些发愣："是你？"

"小姐，你没事吧？"云蝉急匆匆跑过来拉起她，将她与地上的男子拉开距离，"吓死我了，下回再不陪你这样了。"

卿如安安抚云蝉："我没事，他有事。"

她又走过去蹲下："齐大人，多谢你了，我扶你起来。"

齐修远甩甩手，手腕处似是扭到了，吸口气道："张小姐下回走路可千万要看前面啊。"

他今日一身大氅，素衣无瑕，很有文士气息，卿如安很愧疚："抱歉……我看看你有没有哪里伤着。"

她围着齐修远打了个转，又是抬手又是摸背的，齐修远吓得立刻弹开，背着受伤的手道："我没事。"

148

卿如安见他与自己保持距离,后知后觉地行了个礼。齐修远忙过来扶:"倒是不必多礼,举手之劳而已。"

卿如安瞧见了,抓着他的手慌张道:"肿了!"

"没事,不……"他话未落音,卿如安就掏出一块帕子,在地上抓了把雪裹住,按在他手腕处,痛得他没忍住出声,"轻点儿。"

卿如安放轻了力度,说:"此事怪我。齐大人御前做事,如今受了伤,肯定多有不便。陛下要是怪罪,你就把我供出来吧,他定不会为难你。"她按着他手腕处,很是自责。

齐修远不免觉得好笑:"为何总是自说自话?真的没事。"

腕间冰凉彻骨,掌心却能感受到丝丝温热,她的手总是无意擦过,齐修远屈着手指,捉住她的手腕。卿如安有些受惊,听他说:"可以了。"

他笑起来就跟这冬日的白雪一般纯粹,卿如安抽回手,抖落帕中的雪球,叠了一叠缠在他腕处,说:"这只手,大人最好不要太用力,去太医院瞧瞧我才安心。"

齐修远看着腕间的丝帕,又看她满脸不安、言辞担忧,心上风起,故意逗弄:"我在这宫里还从未惹哭过姑娘,张小姐这般,我便不知道该如何了。"

闻言,卿如安抬头,盈盈眼眶泛着红,许是风吹的。她换上一张笑脸,转移话题:"齐大人怎么会在这里?今日又不当值吗?"

她满头白雪,就连睫毛上都挂着细碎的雪,自顾自抖落着,瞧着一点也不像个大家闺秀。齐修远点头:"正要去上值,路过这里。张小姐又怎么会在此?"

卿如安指着身后的门说:"我刚从太和宫学了规矩出来,正要回秀禾宫。"

齐修远瞧她一张脸冻得通红,指尖也泛红,她好像一点也不怕冷,扬着无害的笑容,眼睛眨啊眨的,像一头迷失的鹿,惹人好奇。

齐修远拾起掉落的伞,撑在两人之间,明知故问道:"你学什么

规矩？"

卿如安摇头："很多，吴姑姑说这是每个入宫的人都要学的，往日在府里学的那些都只是皮毛。"她叹气，张着一双手给他看，"学不好就要挨打，虽然吴姑姑也没有很用力打我。"

齐修远没忍住："吴姑姑可是出了名的严格，你竟然还能讨得好。"

"我明明在讨打。"卿如安皱着眉头说，"我长这么大，吴姑姑还是第一个打我的人，如今在宫中，诉苦都没地方说。"

齐修远瞧她是真委屈，不禁问道："我瞧你也没有穿宫服，是为什么入宫啊？"

卿如安左右看了看，见没别的人，小声说："你既在御前当值，不如帮我问问，我何时能回家，我不想当皇后。"

"你不愿意？"

卿如安低着脑袋，嘴巴一瘪，却说："圣命难违。我愿不愿意并不重要。若是陛下心情好，放我回去，我只会感激不尽。"

齐修远有些哑然，初次见她时本就留了些心眼，以为太后千挑万选的人多么出众，如今看来谈不上出众，却十分天真。

"就只是感激不尽？"齐修远笑问，"没有一点实际行动？"

卿如安提着裙裾说："那我去给他磕一个。"

齐修远笑容难掩，或许是因为常年养在乡下的原因，她看着谨言慎行，却又敢直言直语，调皮话还不少。

他忽然想，她看着确实不像能在这座宫城里生存下来的人，但如果他乐意，自然愿意给她一个无忧无虑的环境，在身边养一朵花，并不需要太多条件。

"其实我开玩笑的。圣旨既出，就绝无回旋的余地。我这一生反正要有个归处，若是落在这皇宫，起码吃喝不愁，还有人伺候，命很好了。"卿如安笑着退出了他的伞下，微微福身，"大人还有要事在身，不打扰了。"

齐修远不自觉追上前一步，道："今日雪下得大，我瞧你的伞也破了，不如拿我这把走回去吧。"

卿如安摇头："秀禾宫就在前方不远，不碍事的。况且，齐大人要是因此受寒了，我可担待不起。"她拍拍衣袍，笑眯眯地说，"我一介弱女子，身无分文，可赔不起。"

齐修远总是会被她逗笑，又上前一步，站在她身侧："那我送你。"

他往前走了一步，卿如安没跟上来，他又折回去，玩笑道："未来的皇后娘娘，我可是在讨好你。"

卿如安笑："齐大人是个很会抓住机遇的人。"

齐修远不可置否，云蝉在后面撑着破掉的伞默默跟随。

那一路不长，偶遇几个小宫女纷纷行礼，齐修远目不斜视，卿如安呵出一口气，双手凑在嘴边搓了搓："好威风哪，我好像在狐假虎威。"

齐修远抽下自己的羊绒套子递给她，说："既是孤身在宫中，总该为自己考虑周全些，这么冷的天，冻坏了可没人赔。我今日就日行一善，好人做到底，你快戴上吧。"

卿如安双手一套，内里柔软生热，很是惊奇："这可真是个宝贝，比汤婆子好使。"她歪着头，"齐大人可否割爱，做个人情卖给我？"

"你不是身无分文吗？"

"我总会有钱的啊，我可是未来的皇后。"

齐修远笑了起来，卿如安当他不乐意，拔了头上的金簪递给他，道："这是我身上最值钱的东西了。"

秀禾宫已到，两人站在门口，齐修远说："算了，送你了。"

卿如安似是没想到他真会答应，微微福身："多谢齐大人。"

两人作别，卿如安看着他渐远的身影，慢慢敛了笑，浑身清冷，就跟这冬日的天一样。

她把皮套子交给云蝉，说："去收好吧，明天拿木叶香再熏一遍，来日好还给人家。"

第六章：白头之约

一诺千金，这便是她的诚意。

（一）

卿如安再见齐修远，是半个月之后的事了。那日雪停，难得出太阳，太后给她拨了个宫女带着她转一转。卿如安跟着小宫女走出太和宫，一路走至松石林。

这是一个松树和石头打造出来的园林，地方不是很大，又离很多贵人住处甚远，只有在这附近当值的宫女太监才会来这里消遣。

卿如安笑问："那你们平时都做些什么来打发时间啊？"

小宫女咬咬唇，极不情愿地答："不当值的时候，会和几个姐妹来这里捉迷藏。"她指着高耸的松林和石头，"这里有些石头打造得很奇特，一个洞口能容纳三四人，夏日在这里乘凉最好不过了。"

松树上还覆着雪，日光洒在上面泛起银光，卿如安眯了眯眼，指着上面问："那是什么地方？"

小宫女答："涛声亭。"

"松石林，涛声亭。建这园林的人真是奇人。"卿如安往涛声亭走去，很是惊奇，"你们听，越往上走，似乎能听到松枝摇曳的声音。涛声亭原来听的是这个啊。"

小宫女也不是很懂，只觉得冬日的风格外刮脸，道："这是陛下赐

名的。"

卿如安默了默，问："你见过陛下吗？"

小宫女点头："以往陛下每日都会去太和宫请安，如今国事繁忙，太后免了陛下的定省，只是偶尔过来。"

卿如安入宫这么久了，在太和宫就没有见过皇帝，她这个未来皇后在皇帝看来似乎无足轻重。

卿如安上了涛声亭，这地势竟然有一栋宫殿那般高，抬眼望去，能看见小半个宫城，宫道交错，使人分不清哪儿是哪儿。

风"呼啦啦"地穿林而过，她笑道："我入宫到现在还未见过陛下，依你看来，陛下是什么样的人呢？"

小宫女不敢说话，私下议论国主，她有几颗脑袋敢这么放肆。

卿如安摆起了架子同她闹："我是未来的皇后，在我面前，你有什么不敢说的呢？"

小宫女有些为难，面前的人她也得罪不起，现在全天下都知道张府千金是大成的未来皇后，得罪对方也没好果子吃。她想了想，净挑好话说了。

卿如安捂嘴笑了起来："那果真是顶顶好的人呢。"

风有些大，云蝉为她整理好披风，担忧道："小姐，这上面风大，还是先下去吧。"

卿如安抬手，四处看了看，问："你们有没有听见琴声？"

云蝉和小宫女静了静，果然有断断续续的琴音随风飘来。卿如安循着声音找过去，只见下了涛声亭，还有一曲径，越往里走，琴音越清晰。

卿如安有些好奇，隔了段距离，看见前方的露天石台上端坐着一人，近侍一旁而立。

卿如安又往前走了走，弹琴的人背对着她，白衣乌发，身形挺阔，气质不凡，手起手落，那琴音如倾泻的流水般顺畅动听。

卿如安听了一会儿，"铮"的一声，琴音戛然而止，只听那弹琴的人轻声叹气,抚平震颤:"收了吧。"

"齐大人!"卿如安听出了他的声音,笑着走过去见人:"齐大人竟也会弹琴?"

齐修远有些意外她会出现在这儿,道:"张姑娘,巧遇。"

"扑通"一声,卿如安身边的小宫女跪了下去,一副哆哆嗦嗦的模样:"拜……"

齐修远赶紧让人起来,好笑着说:"何必抖成这样,我又不会吃了你。"

小宫女抖得更厉害了,常玉忙要她起来,责骂道:"齐大人让你起来你便起来,宫中当差怎么会这么没眼色。"

"谢,谢齐大人。"小宫女抬眼,正好对上齐修远警告的眼神,忙低头往后退了两步。

卿如安觉得奇怪,这常玉是在陛下身边服侍的,上回赏花宴就是他领了皇帝的命过来送茶,他不在陛下面前待着,在这儿做什么?

她又看看齐修远,眼里带着猜测。齐修远一眼就看出她在想什么,只是不主动承认,道:"方才听你口气,你也懂琴?"

卿如安一下子就有些拘谨了,点头道:"略懂一点。"她走到石台旁。石台上的古琴做工精致,断掉的弦搭在一旁,卿如安抬手摸过,"齐大人,若不介意的话,这把琴我替你修好,就当是还礼。"

齐修远听出她口气中的冷淡,不承想她还挺有气性,笑容也淡了:"不必,我自己去找人修就好。"

卿如安眉头轻皱,转身看他,眼波流转间,流露出一些难过,问:"大人不要我的还礼吗?"

齐修远有些愣,卿如安抱着琴说:"我不想欠大人的。常公公,三日后,你来秀禾宫取琴。"

她说完就走,连个眼神都没有分给齐修远。常玉立在一旁应也不是,不应也不是,问:"陛下?"

齐修远眉眼含霜,瞪了他一眼:"看你找的好地方。"

常玉是真的冤。雪后初晴,粮草辎重也已送往了北境,齐修远兴致来了,让常玉寻个静处散心,这松石林不常有人来,谁料想会在这儿碰到卿如安,偏偏自己就在齐修远身旁,再傻的人也要看出几分端倪来。

"陛下,如今既已撞破,不如就坦诚相待。张姑娘是个懂事的人,不会与您置气的。"他建议道。

齐修远笑了声,涛声亭的风一阵阵的,吹得他心也有些凉。他说:"连你也看出来她生气了。"

常玉不敢回话了。齐修远扶额,一下子也不明白,怎么就被卿如安影响了心情,她瞧着温和无害,一股子天真气,没想到脑子还转挺快,声音一冷下来,竟还让人挺在意的。

"回吧。"

三日后,常玉在秀禾宫外等着,齐修远亲自来取琴,一身黑袍,金丝龙纹盘踞,将前几日的温和完全遮掩,一身君王之气,不装了。

秀禾宫里只有两个洒扫的宫女、太监和卿如安的贴身侍女,一句"拜见陛下",屋内正在泡茶的卿如安一顿,却很快神情如常。她起身走到门口恭迎齐修远,公事公办的口吻:"琴已修好,陛下检查一下,若无事的话,臣女恭送陛下。"

他这还没进门就被赶客,齐修远都不知道该不该说她胆子大了。

卿如安让开身,齐修远看着那把琴,问:"这脆玉弦十分难得,你怎么会有?"

卿如安低头道:"在青州时跟随大师习琴,得过些奖赏。"

齐修远打量着秀禾宫,珠帘之后的案几上也摆着一把琴,少了根琴弦,还有一盘吃剩的糕点。他的眼神重新落在卿如安身上,见她站得不卑不亢,一双眼却要把地板盯出个洞来,问她:"为何不看我?"

卿如安慢慢抬起头。眼前的男子着实让她惊奇,只不过是换了身衣裳，就给了人截然不同的感觉。他仍旧噙着笑，温和中带了些审视，就像盯上猎物的猛虎，在伺机而动。

卿如安的眼里慢慢填上泪水，什么话也没说。

齐修远在那一刻觉得心脏猛地一沉，原来女人的眼泪也会让人觉得束手无策。他走到她面前，抬手扫过她的泪，挑起她的下巴，有些叹息，这双眼蓄着一池水波，叫人瞧了很是心有不忍。

卿如安的眼泪又烫又大，滴在他的手指上，杀伤力不小。

"我早该察觉的，你说你御前侍奉，却总是一身常服，令人无从猜测。那些见你就跪的宫人，你说你掌管着他们的生死，跪你是规矩，还有常公公，也跟在你身边……我，"她似乎很伤心，"你是我入宫来第一个对我好的人，可原来也是带着目的的吗？是想看看我配不配得上你吗？那你看到了，你未来的妻子不是什么深闺小姐，是一个长在乡野、满手粗茧、整日放肆撒欢的粗鄙丫头。"

知晓她是个话多的人，但没想到这些天，她脑子里想的却是这些，齐修远又一次觉得自己高估她了。

卿如安把琴抱给他，推他出门，道："我不要见你了。你最好今天就下旨放我出宫，我一点都不想留在这里了。"

齐修远一肚子话还没说就被她赶了出来，关门声震天响，院外的常玉都吓一跳，探着头往里看，院子里几个下人交换眼色，都不敢吭声。

齐修远头一回吃闭门羹，出了秀禾宫，就把琴扔给常玉，冷声道："仔细收好，坏了拿你脑袋赔。"

常玉一把年纪了，惜命得很，连连点头。

那之后，齐修远每日忙完政务就往秀禾宫来，卿如安不见，让云蝉出来打发。

齐修远知她在气头上，有心讨好，问云蝉："你家小姐平日都喜欢些什么？"

云蝉惴惴道:"泡茶。"

"还有呢?"

云蝉想了想,齐修远期待道:"比方说喜欢吃些什么、用些什么,金银珠宝,翡翠玛瑙,可有中意的?"

云蝉答非所问:"我家小姐不喜甜食,不喜人多嘈杂,不喜规矩束缚。"

常玉立刻道:"放肆!陛下问什么你就答什么。"

云蝉心里发抖,顶着强压跪下道:"陛下恕罪,我家小姐对吃穿用度没什么讲究,没什么特别喜欢的,却有很多不喜的。"

齐修远笑了,看了眼里间,屏风半透,美人榻上卧着她的身影,问:"这话是她教你说的?"

云蝉摇头,齐修远起身道:"朕知道了,转告你家小姐,若她想要什么,自己来跟我说。"

"是。"

怕云蝉听不懂意思,他咬重了音:"朕会满足她。"

卿如安坐起身,外面已经没有齐修远的身影了。云蝉进来,有些忧心道:"小姐,你怎么知道陛下要说什么?"

卿如安微微笑,不过是男人的通病罢了,道:"做错事的人总是这样,想尽办法去弥补。"

"可我照你的话说了,陛下好像很生气。万一陛下发怒,把我们真的赶出宫,老爷那里该怎么办呢?"

"陛下不会真的赶我们走。"卿如安说,"只要老爷在一天,他就不会把我们赶出去。"

张元慎手握财线,边境战事一日不结束,齐修远就要一直盯着张元慎的钱袋子。张元慎曾经说过,这个世上最有钱的人不在这皇宫里,也不在乡野里,而在烟火之中的商户里。卿府就是一个很好的例子。

隔天齐修远让常玉送来一壶茶,卿如安整个人僵住,常玉笑道:"小姐没有看错,这便是赏花宴那日陛下送来的云间茶,宫里也没剩多少了,陛下知晓你爱茶,特意遣老奴送来的。"

卿如安倒了一杯嗅了嗅,笑道:"替我谢谢陛下,我收了。"

"小姐喜欢便好,老奴先告退了。"

卿如安送他出门。

常玉回去复命,齐修远问:"没了?"

"没了。"

齐修远怒了:"你怎么不让她亲自来谢我?"

常玉:……那也没说是这个计划啊。

常玉:"老奴明日再去一次。"

再去秀禾宫,卿如安端了碟栗子糕让常玉带走,常玉暗松一口气,替齐修远多说了几句好话,结果齐修远听了很是无语:"你怎么不让她亲自来送来?平时的眼色去哪里了?"

常玉很卑微:"张小姐说这是还礼。"

"什么还礼?"

"廉政墙头初见,张小姐得陛下相助,说要给你栗子糕的。"

齐修远一哽,瞧着那碟栗子糕,想起那日她笑容明艳,一言一行很是娇俏可爱,忽而有些分不清自己的讨好是真情还是假意。

他咬了口栗子糕,神游天外。

常玉是宫里的老人了,什么风浪没见过,见他这副模样,心里便有了数:"陛下,老奴看,张小姐长在乡下,性子率真,所见所闻大多简单,只要陛下心意到了,张小姐定能感受到的。"

齐修远怎么会不明白,可他见不到她,就只能想办法让她自己走过来。

这件事没两天就传到了太后耳朵里,卿如安跪在地上温顺听教。

太后笑道:"哀家没有怪你的意思。"

吴姑姑扶卿如安起来,只听太后说:"陛下自小便是顽劣的性子,

喜欢什么就总要试探几番，估量自己能否要得起。先帝离世时，陛下也不过才十二岁，重担压下来，各方紧逼，他这性子才收敛了许多。这宫里也没几个女人，他肯耐着性子示好，这是你的本事，哀家高兴还来不及。"

太后又问："你可知这意味什么？"

卿如安摇头，太后笑："陛下心悦你。"

卿如安羞红了脸，太后垂眼看她，说她脸皮太薄了，又问："倩倩对陛下可有情意呢？"

"情意"这个词在卿如安看来太廉价，可这个世界上对她来说，高贵的东西已经没有了。任何东西，只要能助她达成目的，便没什么不能将就。

她缓缓点头，太后拉着她的手说"甚好甚好"。其实好在哪里，卿如安心知肚明，在太后眼里，她不过也只是一颗可以肆意拿捏摆弄的棋子而已。

那日回到秀禾宫，不想晋安早早在里面候着了。

冬日严寒，秀禾宫里暖如春日，卿如安匆匆行礼，晋安笑说："看来皇兄确实中意你。宫中炭火向来按例份来送，你还没坐上后位，倒先受了皇后之例。皇兄一直循规蹈矩，律法严明，这事就算是母后允的，本宫也不相信皇兄没点头。"

卿如安在太和宫日日都要与晋安碰面，已经摸清了她的性子，知书达礼却高傲恣意，俨然一副上位者的姿态。可卿如安不在意，道："太后垂爱，陛下青睐，臣女三生有幸。"

晋安端起热茶道："本宫倒是对你刮目相看，且问你一句，你喜欢我皇兄吗？"

到底还是纯真心性，卿如安曾几何时也是这样，可这皇宫之中情真意假，又有谁真的能分清呢？

"殿下何出此问？"

"立后选妃不是小事，皇兄属意你，你却无意，不公平。"晋安说得很直接。

卿如安笑了："殿下，这世上任何事都可有公平，唯独'感情'二字不能有。"

晋安看她，卿如安接着说："我有意，对陛下是一生一世一双人，从一而终；而陛下有意，身边却不会只有我一个，这就是不公平。"

晋安问："既如此，你图什么？"

"图陛下愿意真心相待。"卿如安说得很冷静，"尽管不公平，但我愿意向他交出真心。"

晋安忽而觉得是自己小瞧了她，以为她什么都不懂，也试着想过其中的利益牵扯，可卿如安把话说得明白又诚恳，就像明知前面是悬崖，齐修远在悬崖下面要她跳，她也会义无反顾地跳下去。这种决心很难让人不去怀疑是否别有所图，可又怕扒开看，里面碎骨一片。

齐修远看起来坐拥万物，实则不曾得到过什么，晋安还是希望自己的兄长至少能收获一份真心。

那日离开秀禾宫，晋安又去了乾元殿，齐修远头也没抬地道："你怎么来了？"

常玉奉来热茶，晋安喝了口，道："这云间茶也给我送点吧，那秀禾宫都快堆不下了。"

齐修远笑，摊手道："没了。"

晋安深吸一口气："皇兄，你从前最是疼爱我，现在有了心上人就不要妹妹了吗？"

"心上人，谁？"

"张倩。"晋安哼了声，"这几日宫里闹得沸沸扬扬，谁不知道你在那里受了冷落。不过算你走运，我今日去了秀禾宫探她口风，问她对你是否有情。"

161

"她怎么说？"齐修远抬眼瞧她，并没有责怪她多此一举。

"她点头了。"

齐修远笑："常玉，把那金玉琉璃瓶送给公主。"

晋安说："可我总觉得她其心难辨。皇兄，你当真中意她？"

"嗯。"他坦然承认，"比起其他人，她实在再好不过了。"

晋安不理解，齐修远说："这后位本就不该交给一个权重的人，全心全意依附朕，才是她唯一的活路，她比你可要看得清一些。"

齐修远必须承认，他喜欢卿如安，但这喜欢也并不纯粹，只是恰好，卿如安像一张白纸，他可以放心观赏罢了。他不会去怀疑卿如安的真心到底有多真，一分也好，十分也罢，只要她安安静静地坐在那个位置上就行了。

（二）

年关将至，宫里都在筹备眺望楼的冬宴，为凯旋的将士们接风，齐修远忙得连喝水的空闲都没有。

常玉一路小跑跪至他面前，双手呈上，微喘道："陛下，北境，北境战报。"

齐修远立刻起身，常玉气顺了，恭贺道："恭喜陛下，是捷报！北境初战大捷！"

齐修远一颗心被常玉吊起来，拿过折子就作势打人，道："常玉，把你这大喘气的毛病给朕改掉。"

常玉讪笑，退至一边。齐修远打开折子，一目十行，燕震亲印，上书北境战况，虽是初战告捷，却也是惨胜。

齐修远渐渐冷静下来，踱步间，对常玉道："去把陈太傅请过来。"

那日的廉政殿称得上是愁云密布，一直到宫门下钥的时辰，齐修远才扶着陈太傅出来，冬夜的风刮得脸疼，齐修远在院中站了会儿，常玉抱来氅衣为他披上。

有宫女换了炭火,齐修远又抬脚往外走,常玉忙跟上,问:"陛下要去哪儿?"

齐修远不作声,走到秀禾宫时,只听见里面欢声笑语一片,一门之隔,他就这么站了会儿。

常玉问:"陛下,可要见一见张姑娘?"

齐修远抬着的手又放下来了,闷声往回走,常玉只好跟上。

回去的那一程路,齐修远难得心烦意乱。她倒是沉得住气,嘴上说什么中意他,却连面都不愿意见。小丫头片子气性还挺高,他又不是有意要隐瞒自己身份的,实在是没找到机会,便是这样,也不该一句解释都不听吧。

他耐着性子哄了半个多月,台阶都搭好了,她硬是不下。他忙里偷闲还是牵挂她,她倒好,在院子里跟几个奴才笑作一团。

"怎么这么没良心。"

他心中大愤,到底是对她有几分上心了。

常玉突然听到这一句有些蒙,反应过来只觉得好笑,这还没笑出来呢,齐修远便瞪着他,他发怵。齐修远眯着眼,声音清冽:"你跟在母后身边多年,可看得清这情况?"

常玉:"回陛下,奴才愚钝,不懂女人心,只是……"

"赶紧说。"

"这深宫大院对于张姑娘来说,就像一个华丽的笼子,饲养一只鸟不能只有食物和水,还要有耐心与陪伴。陛下一片真心,假以时日,张姑娘自会懂得的。"

"你也觉得她不属于这里?"

常玉不敢应话,只是答:"人各有命。"

或许她的命就在这里。

卿如安从太和宫出来时,外面又下起了雪,云蝉为她撑伞,她没回

秀禾宫,而是去了廉政殿。

午间片刻闲暇,齐修远一开窗,就看到卿如安徐徐走来,青衣白裳,衬得她轻盈灵动。齐修远不自觉就勾起嘴角,忽而对上她的视线,她微微屈身,与他在雪中对视,身后红墙缀白雪,十分写意。

她终于来了。

卿如安拿着早已准备的食盒摆开,都是一些精致的小糕点。齐修远看一眼就失去了胃口,一双眼盯在卿如安身上,也不说话。

卿如安终于开口:"陛下可说话算话?"

"若我的话不可信,那这天下人的话便都不可信。"他抬眼瞧着,见她低垂的眼眸闪过一丝笑意,多日来的郁闷似乎在这一刻都化了,真是神奇,"你想要什么呢?"

卿如安看了一眼常玉,常玉便心领神会,笑说:"奴才差点忘了,今日尚食局要来递交冬宴菜单,奴才去盯一会儿。"

齐修远挥手,常玉便麻利告退了,云蝉也跟着退下。

一时屋子里变得安静,炭火盆的木炭熏得屋里十分暖和,齐修远耐着性子等了等,卿如安轻吐一口气,小声问:"陛下为什么选我?"

齐修远有些意外。卿如安话都问出口了,干脆就说明白些:"早就听说陛下与婉儿姐姐青梅竹马,为什么不是婉儿姐姐,而是我?"

"你父亲没告诉你?"

卿如安撇过脸,摇头。

齐修远站起身,他身量高,站在她面前犹如一座山,很有压迫感。他道:"那你也没听说,朕心悦你吗?"

他郑重了许多,又前进一步,卿如安连忙向后退,齐修远再进,她再退,不得已抬手抵住他。

齐修远倒没生气,只是挑起她的下巴,轻笑着问:"在你眼里,难道我的真心不值一提吗?"

卿如安心下一惊,仿佛自己被他看穿一般。

齐修远声音温和,甚至有些令人感伤:"我承认,知道你是我未来妻子的时候,我试探过你,但我不是有心要骗你,我只是喜欢你在我面前什么话都说,不想吓到你。"

咫尺距离,齐修远看她颤动的睫毛,能感受到她的紧张和不安。他问:"你打算往后见我都要先哭一次吗?"

卿如安推开他,转过身道:"我才没有哭。这有什么好哭的,不过就是听了句话,还不值得我兴奋。"

齐修远哑然失笑,她的一言一行总是令人意外,他真情流露半天,被她一句话全打散了,可他心情好,愿意由着她来。

"要讨你开心还真难。"

卿如安笑了声,有些腼腆地看他:"若陛下愿意,其实也不难。"

齐修远愿闻其详,她犹豫了一下,声音小小的。齐修远没听清,侧着身子凑过来,说:"大声点。"

卿如安便鼓着一口气,凑到他耳边说:"今日父亲托人相告,母亲受了风寒卧病在床,我想回去照顾她,希望陛下应允。"

温热的气息从耳边扫过,似羽毛轻抚,齐修远微微侧头,鼻间便蹭在她脸颊,有些凉。卿如安愣了愣,四目相对,想逃离时,齐修远已经拦住了去路,见她脸颊绯红,笑道:"你好像很喜欢与我说悄悄话。"

卿如安一时无言,抬手遮脸,"你就说你允不允。"

"好。"

轻轻的一个字,让卿如安耳朵也红透了,一张脸埋在双手掌心里,抬不起来。

齐修远乐得见她这样,故意逗她:"我也喜欢。"

耳边落下这句话,卿如安心里直发颤,不是说当今皇帝勤政爱民,谦谦君子怎么也会有孟浪的一面?

"你来宫中有些日子了,想家也正常。元宵之后,我会去跟母后请

示,该挑个吉日出来,我们好成婚。"他笑。

卿如安猛地抬头,撞上他一双含着笑意的眼,说不清这是玩笑还是真话。

齐修远拉着她的手坐下,坦然征求她的意见:"你觉得呢?"

卿如安当然点头,他笑得更甚。卿如安准备走,他懒懒地撑着头,提醒道:"不过你好像忘记了一件事。"

"什么?"卿如安顿住,不会要变卦吧?

"这世上的事都是有来有往的,我允你出宫,你总得拿些好处给我吧?"

卿如安提着裙摆往前就是一跪:"谢陛下隆恩。"

齐修远一愣,脸上的笑都僵住了。

卿如安拍拍手,很是敷衍一笑:"臣女愚笨,说话不好听,手上功夫也一般,今日亲手做了几盘糕点,若陛下觉得这算好处,往后想吃了尽管开口便是,臣女绝不推辞。"

齐修远瞧着那几盘糕点就觉得食欲不振,问:"没了?"

"还要什么?"卿如安不解道,"我都要嫁给你了,你要跟我算得这么清楚?"

齐修远实在没忍住,原来她不下台阶,是想要顺杆爬。

"罢了罢了,去吧。"

卿如安这回是真欢喜了,踮起脚尖,在他脸边落下一个吻,道:"你果然待我好。"

她一脸明媚的笑容,晃得齐修远心跳"怦怦",失神许久。察觉到四周寂静时,他才低头叹出一声笑,那一刻,他心里突然冒出一个念头,就算卿如安不属于这里,也想要把她关在这里。

卿如安于他来说,就像一张白纸,可以任他作画,什么色彩抹上去,都不会觉得突兀,反而明艳。她看着气性大,实则对她好一点,便能让她掏出真心来。

喜欢？

最开始，齐修远也觉得喜欢这种感情太空泛了，他要的是真金白银，是可以握在手里的实权，可偏偏因着这份喜欢，他一颗心渐渐得到满足。这世间就是有如此神奇的事。

冬宴那日，齐修远在眺望楼犒劳将士，卿如安在府里也收到了牧原白的消息。与以往不同，此次来信只有一句话，明明是在报平安，信面点点血印，却让卿如安忐忑许久。云蝉也瞧见了，安慰道："牧大人吉人自有天相，小姐放宽心。"

卿如安忽而觉得心口作痛，难以呼吸，紧紧抓着云蝉的手，吓得云蝉要去叫大夫。卿如安只是摇头，好一会儿才走到案前提笔，还是那句话：勿念。盼你平安。

那一晚，卿如安似乎被梦魇住了，第二日就发起了高烧，一连好几日都不退，张元慎便在林秋书的恳求下入宫去请太医。

齐修远立刻就允了。太医院的郑院正亲自来诊治，三日也不见好，回宫复命时很是忐忑，齐修远不解："到底是何原因呢？"

郑院正踌躇着，齐修远没耐心道："快说。"

"回陛下，张姑娘这是心病。"

"什么？"

"张姑娘脉象紊乱，高热不退伴随梦呓，定是受过什么刺激才会如此。"

齐修远让郑院正退下，若有所思道："心病……受过刺激？"

他忽而想起她手上交错的伤疤，还有常玉说她曾遭遇过绑架，顿时想通了。原来她看起来无忧明朗，内心深处却一直在备受煎熬。

齐修远越来越觉得，当初剿匪的决定做得十分正确。

"常玉，替朕更衣。"

（三）

卿如安觉得自己好似被无数双手拉着往下坠，周遭一片黑暗，尖叫声、嘶吼声充斥不断，她拼命挣扎却无济于事。

周遭温度渐冷，黑暗退散成了一片雪白，只见空中飘起鹅毛大雪，一座宅院映入她眼帘，男人抱着女儿玩闹，女人在一旁泡茶笑着看，院子里还有几个小孩蹲在一起堆雪人，有个老人拄着拐杖，站在一旁守着几个孩子。

那画面有些熟悉，卿如安忽而又觉得好热，像被置在火架上翻烤，明明还是银装素裹的院子，顿时燃起熊熊大火，尖叫声、嘶吼声又涌了过来。

"卿卿……"

"卿卿快跑。"

"别回头，别出声。"

"小姐，你看到我的头了吗？"

"你为什么要杀我？你为什么活着？"

…………

这些声音交织在一起，就像一把把利刃落在卿如安身上，每喊一句就剐下一片肉，疼得她直打滚。

"卿卿，快过来。"王懿的脸骤然出现。

卿如安还未来得及回应，便看王懿姣好的容颜渐渐被赤红的鲜血淹没，朝她招手："来娘亲这儿，乖，过来。"

"娘，娘亲……我好疼啊。"

一直守在床边的林秋书已经不知道是第几次听卿如安喊疼了，心也跟着揪起来："娘在，娘在的。"她泪如雨下，求院正，"郑院正，我求求你，你救救我女儿。"

"夫人，这是本官的职责所在，你快起来。"

张元慎扶着林秋书，宽慰道："不必太忧心，陛下还在这儿呢。"

林秋书哪里听得进，低头埋在张元慎怀里痛哭，张元慎实在没办法，跟齐修远告退。

齐修远自是体贴："先去安抚夫人，这里有朕在。"

郑院正在扎针，齐修远上前坐着，瞧她惨白的一张脸，像从水里刚打捞上来一样，浑身被汗湿透了。他问："如何？"

郑院正摇摇头："臣只能保证张姑娘的元气不会大伤，主要还是看张姑娘自己。"

卿如安时不时哼出声来，泪从眼角滑落。齐修远为她拭去，感受到她浑身在发抖，不免心忧："做噩梦了是吗？"

卿如安不停地想要摆脱束缚，想要奔向王懿身边去，哭喊着："娘亲，别丢下我，不要丢下我。我害怕，娘亲。"

"爹爹，爹爹，带我走吧。"

"不要，不要……住手！"

一把刀落下，王懿身首异处，卿如安突然止住了声音。

齐修远的手倏地被抓紧，指甲嵌进肉里，他安抚道："没事，别怕，都是假的。"

那把刀再一次落下，将卿永拦腰砍断，卿永还有知觉，上半身在蠕动，嘴里念念有词。卿如安的世界突然静得可怕，仔细分辨着他的口型。

"卿卿，别怕。"

"卿卿，别，怕。"

"卿卿……"

这一刻，卿如安的声音终于放出来了，使出浑身力气挣扎，每松脱一次，就会有另一双手上来擒住她，她很崩溃，又踹又蹬又咬，一点空隙也不放过。

来吧，来吧，反正要死，死也要死得痛快。

"小姐，我永远陪着你的。"一声轻唤，卿如安抬眼就看到牧原白手持大刀，将她周遭的手臂全部砍碎。他已然没有了当年的稚气，眉眼

169

间是扫不尽的哀愁。大刀饮血，滴滴洒落在手上，那双为她打鸟捏兔子的手如今满是污血，散发腐烂的气息。

卿如安抓着他的手看了又看，再抬眼，只见牧原白好端端的一张脸，渐渐变得血肉模糊。

他面带笑意地说："别怕，我说过护你百岁无忧，男子汉大丈夫，决不食言。"

卿如安突然卸了力，抓着他的手跪在地上，哭得上气不接下气。

齐修远一颗心也被揪了起来，不知道她梦到了什么，怎么会如此难过。她的眼泪滑进了他心里，激起阵阵涟漪，想抱住她给她安慰。

"别哭，有我在呢。"齐修远心疼道。

"别怕，有我在呢。"牧原白宽慰道。

卿如安也不知自己哭了多久，周遭迷雾重重，嗓子也很疼，只听见有人不停地在她耳边说话。

那声音太温煦，像初升的暖阳，心里有块地方跟着放软。

齐修远见她安稳了些，一回头，瞧见张绪躲在屏风后探出头，表情惊惧，对上齐修远的视线又别开，安静地退下了。

齐修远拧了把汗巾为她擦汗，温柔道："你还真是只挑好话听，以后云间茶先往你那里送吧。"

卿如安呼吸变得平稳，齐修远又说："你要是不快点醒来，这话可就不作数了。"

卿如安没反应，郑院正又探了把脉，道："脉象平稳了。看来与张姑娘多说说话是很有益处的。"

齐修远挥手，郑院正便退至一旁。

齐修远轻声说："我这儿还有许多宝贝，我想你该喜欢，哪天我着人给你送些过来把玩，如何？啊，有件事我不得不跟你说，你来找我那日带的糕点，可苦了我几日。你的厨艺实在不好，学不来的东西就不要学了，不过你泡的茶倒是不错，下回来见我，再给我泡一壶如何？"他轻言细语，就像在哄小孩一般，郑院正很识趣地退下了。

齐修远的掌心里还有她冰凉的体温，忍不住摩挲片刻，想给她暖暖，道："当日你问我为何选你，我说我心悦你，这不是谎话。你可以随时来求证。"

卿如安手指微动，齐修远注意到了。张元慎不得不进来了，说："陛下，时候不早了。"

齐修远还握着卿如安的手，一点也没避讳。他来这儿坐得够久，现下离上朝的时辰也快了，确实该回宫了。

他起身，才松手就被卿如安牢牢抓住，虽是一句话都没有，但齐修远的心被她攥住了。他说："我马上就回来。"

卿如安又抖了起来，齐修远俯身为她掖好被子，在她耳边轻声说："别害怕，我不会丢下你一个人的。"

卿如安似得到了安抚，张元慎在帐外瞧见这一幕，低头背过身，心道，英雄难过美人关，原来陛下早已情根深种。

齐修远轻轻拍着她，哄着："好好睡一觉，等你醒来我就在身边。"

紧握着他的那只手终于松开了，卿如安的呼吸变得平稳，他也放下一颗心。

张元慎送齐修远至门口，齐修远忽而停下，问："她每回生病都这般吗？"

张元慎汗颜，知晓齐修远他今日过来探病，定是知道什么了，也没敢隐瞒："小女自小长在青州乡下，是我照顾不周，让她饱受欺负。回京之前不想突遭绑架，奶妈护主而死，她一个人浑身是血地倒在家门口，醒来后便有些失常，总嚷要我们别杀她。"张元慎眼眶泛红，戏做得十足，"这都怪我当年做的那个糊涂决定。我为她寻来各种名贵药材，以为终于治好了，却不想每回高热时她就如今天这般，胡话连天。"

"太医说这是心病。"齐修远沉声道。

张元慎突然跪下："陛下，事关小女名声，臣并非有意隐瞒，若陛

171

下立后之事另有考量，臣……无话可说，只求陛下看在小女可怜的份上，放她一条生路。"

齐修远负手而立，深冬之夜的风吹得人头疼，却让齐修远无比清醒。

他上了马车，冷冽的声音随着风，一起刮进张元慎的耳朵里："朕并非过河拆桥之人，尚书大人只要安守本分，放一百个心便是。"

到这一天，齐修远才真正捕捉到自己内心深处一直压抑的情感，原来是个人就逃不过七情六欲。

车驾渐远，闭目沉思间，他才发觉卿如安在他心中已居上乘，否则断不会做出这种出宫夜访的行径来。若是太后知道，又该说他没有一个皇帝的样子了。

说来或许是幸运的，这场早已被安排好的姻缘，他的确称心，不知不觉间就情动如此了。

卿如安到底有什么吸引他的呢？

这个答案是在上巳节那日，晋安道破的。晋安总是太理想主义，喜恶分明，一段关系有没有利对她来说不重要，有没有爱才重要。

（四）

上巳节，晋安来乾元殿求出宫旨意，说今夜城中定会热闹非常，想去玩，但太后不允，怕出岔子，于是来求齐修远。

齐修远当时也不允，可晋安却是个很会卖乖的人，她端坐着，故作云淡风轻的样子，道："三月三，上巳祓禊，洛水河畔也不知道我嫂嫂在不在呢？她大病初愈，会求些什么呢？会不会被人骗啊？她看着就很好骗。哎呀，我还想着去偶遇一番，求个伴同行，若是有什么话要我带，那也是不枉此行的。"

齐修远果然板着的脸就松了，无可奈何道："一张嘴惯会用来拿捏朕了。"

晋安立刻谢恩："皇兄那点心思就差写在脸上了，旁人不知也就罢了,我不可能不知。"

齐修远没说话,晋安上前道:"皇兄,郎情妾意是美谈,张小姐是千挑万选出来的贵人,我自然不会不满,但我还是想问皇兄一句。"

"问什么?"

"当真认定张小姐了?"

"嗯。"

"那是利益牵扯居多,还是相知情意更多呢?"

齐修远笑了笑,一派温和:"小幺,不必来试探朕,这段姻缘朕很满意。"

他向来不说违心话,晋安心中有数了,此后再没问过。

当晚在洛水河畔,灯火绵延,兰草被禊除不祥,卿如安拾起桃枝,扫过晋安的袖子,笑说:"殿下福泽绵厚,金安顺遂。"

许是齐修远的缘故,晋安看她多了几分客气,还有些满意:"嫂嫂客气了。"

这称呼一换,卿如安有些发愣,晋安笑道:"不日礼部便会派人来要嫂嫂的生辰八字,合婚庚。"

最后三个字她吐得格外重。

卿如安有些不好意思,低着头道:"好。"

两人沿着河畔走了段距离,人山人海的日子,晋安心情高涨,既然出来了,该提醒的话她必要提醒到。她说:"本宫原是不赞同这门婚事的,皇兄年少登基,初掌大权,有许多事要清理,皇后之位不知要牵扯多少钩心斗角,外人争得头破血流,但本宫只愿皇兄能有一处地方可以缓口气。夫妻之间应坦诚相待,齐心协力,而不是满心算计与制衡,你说呢?"

"自然。他先是一国之主,再是我的夫君。"卿如安走在晋安身侧,微微笑着,"我明白殿下想说什么,陛下身侧的位置,有着不可估量的责任与诚意。那不是温柔乡,也不是安乐窝,而是避风港。我确实没有

办法保证我一定会做好，但如果真心可抵万难，我也是不怕的。"

晋安也没有全信，说："你只管告诉本宫，那个位置能换来你几分真心呢？"

"廉政墙头初见，红日如火，白衣似雪，风动枝叶间，我心里便有了他。"卿如安轻声说着，"彼时我并不知他是何等身份，后来几番遇见，我在心中可惜，有些人可遇不可求。直到涛声亭赏雪，听到了他的琴音，知道他就是我未来的夫君时，我是喜忧参半的。"

卿如安停下脚步，脸上的笑越发柔和，让人见之心软，一同跟着变柔和了。她神色轻松，就像在说一段很平常的坊间逸事一般："殿下，一个女子的心动其实很简单，不安亦是如此，陛下瞒着身份与我接触，何尝不是在试探我。我告诉自己，若是无法改变命运，那便不要什么情意，只管做一个听话的皇后便是。可我病重的那段日子，夜深之时，我总能瞧见一个模糊的身影在帘外坐着，我知道，那便是他的真心。"

晋安倒是头一次知道这事，一时不敢相信，齐修远还会做出宫夜访的行为来。

卿如安笑了笑："殿下，这世间万事万物都在变幻，我唯一能确定的，是自己的这颗心到底要给他几分。"她问，"殿下想我给几分呢？"

"自然是有几分便给几分。"晋安走上前，昂首挺胸道，"那座宫城里有许多人都不能信，本宫能信的就只有皇兄，若你真心相待，本宫自然也会多敬你三分。"她回望着卿如安，似在确认，"本宫能信你吗？"

很早以前，卿如安就听张元慎提起过晋安，先帝膝下子女并不多，晋安是唯一的小公主，却并不讨先帝喜欢。她与齐修远一母同胞，受了委屈就只会跟齐修远说，齐修远从小接触的仁教思想使他一颗心柔软非常，是以对晋安几乎有求必应。

卿如安掏出一块金子放在晋安的手心，真诚道："一诺千金，这便是我的诚意。"

真心几两？真心千金。

晋安竟松了口气，又觉得她的做法实在意料之外，不免被取悦了："那本宫便收下了。"

话说开了，两人便全心全意同游。路过情人桥下，有许多人在放河灯，卿如安问晋安想不想放，晋安摇头说不用，她唯一有所求的事已经得到回应，便不再贪婪。卿如安取来河灯，蹲在岸边许愿，晋安也不打扰，一转头就看到齐修远坐在旁边的茶楼里往这边看。

晋安只觉得好笑。卿如安放了河灯，便对她道："走吧，我知道这附近有一家点心很好吃，殿下应该也会喜欢的。"

晋安眉眼弯弯，拉着卿如安的手道："我也知道这附近有个茶楼的茶很不错，皇兄说你爱茶，不妨先同我去。"于是不等卿如安拒绝，便将人拉进了茶楼里，直往栏边观赏处走。

齐修远打开扇子遮脸，常玉便背着身子站在栏杆边赏夜景。

晋安走过去一把收了他的扇子，调皮道："我当是谁呢，早就觉得有人跟着我了，不想是你这个大忙人。"

齐修远没了遮掩，便只好笑一笑："忙里偷闲罢了。"

他看看她，又看看卿如安，问："今日玩得可开心？我瞧你脸色不错，想来最近一切都好。"

卿如安福身，微微笑着："托公子的福，一切都好。"

"那便好。来，坐，这家茶楼有点心供应，你看想吃什么？"

他起身请两人入座，晋安撇撇嘴："当真要我坐这里？"

"别闹。"齐修远轻嗔，"留我和张小姐在这里，又像什么样子。"

晋安心说他真是口是心非，先前问他要不要一起，他说公务繁忙不可懈怠，结果转身就出现在了这里，说什么忙里偷闲，那点小心思真的很容易让人看破。

她又看向卿如安，只见卿如安嘴角轻扬，时不时看过去的眼神里充满了羞涩与欢喜。

原来这就是看情人的眼神。

齐修远给卿如安推了杯茶过来，她就要脸红。晋安没忍住，笑说："不过是有些日子没见了，你俩眉来眼去的，是不认得了吗？"

一句话成功让两人感到尴尬，齐修远埋怨地看了晋安一眼，朝卿如安温声道："确实好些日子没有见你了，稍后要不要与我走走？"

卿如安点头，看向晋安。晋安侧头看外面人来人往，道："我乏了，就在此地候着你们。"

一盏茶喝完，卿如安便跟齐修远出了茶楼，两人往情人桥上走。对岸同样熙攘热闹，齐修远总是伸着一只手在她身后虚扶着，卿如安察觉了，便牵住他的袖袍，齐修远顺势牵住她的手，笑道："人太多，牵住了才不会散。"

卿如安只觉得手被握紧，走在他身侧时，好像熙攘吵闹的声音都变小了，抬头看他，那流畅凌厉的轮廓上总是留着一抹不合时宜的笑。

卿如安觉得他是一个心思不外露的人，可这样的人将心门打开给她看时，总是会不安，觉得有陷阱，要谨慎再谨慎，否则就是死无葬身之地。毕竟好听的话，不是只有她一个人会说。

卿如安收回眼神，一闪而过的冷漠很快就被柔情蜜意取代，她轻声问："要带我去哪儿？"

齐修远笑着说："与你闲逛，要目的地吗？"

卿如安有些担心："就这么出来，没人跟着吗？要是碰到什么事，我一条性命都不够赔。"

"放心。"他侧头与她耳语，"有暗卫跟着。我只想与你久处一会儿，不要别人打扰。"

卿如安就这么红了耳朵，齐修远心里欢喜，看到前方柳条垂挂，新芽初长，旁边桃花倒是开得灿烂，不禁道："乾元殿的桃花也开了，独自欣赏却好没意思。"

卿如安抬眼看过去，朵朵粉红映衬着连绵的灯火，似一团柔雾般，瞧着十分美艳。

"'桃花春欲尽,谷雨夜来收。'你不赏便是浪费了。"

"这个时候,你倒是十分不解情趣。"齐修远皱眉。

卿如安笑了起来,走到桃花树下与他并肩而立,道:"乾元殿的桃花再美,今夜也只有洛水河畔的桃花才知我心意。"她抬着头,繁花背后是点点星光,春三月的风还有些冷,却吹得人心旷神怡,"齐修远,"她连名带姓地喊,很没规矩,柔软眉目下却是一片深情,"我心悦你。"

齐修远有些出神。外街人来人往,熙攘声如浪潮盖过,尽管如此,他还是听清了一位女子的告白。

卿如安的笑从柔和变得羞赧,脸颊逐渐泛红,不好意思地逃了。齐修远忙跟上,问:"怎么了?走这么快。"

卿如安不答,手腕再次被他握住,听见他的笑声:"知道了,这有什么不好意思的,两情相悦不是喜事嘛。"

卿如安也没挣脱,只是心中发笑,哪儿来的两情相悦呢?

路过一家宅院,墙上挂着桃枝,墙下还放置了一缸水,齐修远想也没想便走了过去,拿起枝条沾了水,就往卿如安身上扫。

卿如安冷不丁被水打湿,就见他眉眼间满是诚恳,嘴里念念有词——

"一扫,消病痛。"

他有些牵挂她的身体,噩梦连连,高热不退的夜晚,实在令他心揪。

"二扫,除妄灾。"

她自小经历坎坷,死里逃生已是大幸,他不愿她再受苦难。

"三扫,散厄运。"

他要成为她的归宿,病痛瘟灾都该离她远点。

他目光沉沉,看向她的眼神里似乎写满了心疼,卿如安就知道自己成功了。当一个女人住进了男人的眼睛里,那么也同样占据了他心中的高地。

卿如安有些呆愣,心中迷茫,人的眼睛会撒谎吗?

齐修远收起枝条,拨开她脸边垂落的发,掌心里就是她绯红的脸颊,

有些热:"人生几十载,身体安康才能伴我长久。"

卿如安目光盈盈,似有泪要滴落,齐修远抬手刮她鼻子,道:"哭什么,怪招人怜的。"

卿如安侧过脸,说:"我只是开心。"她走到一旁,看着洛水之滨的街景,有些出神,"我也不敢生病,因为我害怕,我总是会梦到那一日,刀光剑影、嘶声尖叫,每个人都在让我跑,我跑了很久,以为我跑出来了,可偶尔也会分不清,我到底是在梦中还是现世。"

卿如安好像无所保留,袒露内心的脆弱。她问:"你一定吓到了吧?"

她又说:"我不想让你看见我那样的,以后我会努力不生病,最好与你长命百岁。"

她静静地说着,笑意柔和,却在齐修远看来,是故作洒脱。若非利益牵扯,她本该有平凡普通的一生,至少不会陷在一场噩梦里出不来。

齐修远心中有异样的感觉传来,想给她安慰,可他只是握着她的手,贴在自己心口处,真挚道:"不是梦,我是真的。你尽管来这里瞧一瞧。"

卿如安被他那双深情眼撼动,有些不自在地抽出手,道:"好多人看着呢,快松开我。"

要是逢场作戏也分等级,这一刻的齐修远怕是无人能及。

齐修远喜欢看她害羞的样子,不但没松手,而是拉着她走进人潮里,说:"让他们尽管看去吧。"

两人走过情人桥,此时人还是很多,齐修远忽而听到有人喊"卿卿",卿如安闻声看去,只见一对夫妻牵着一双儿女,顿时松了口气,齐修远问她怎么了。

她微笑着摇头:"没事,走吧。"

"卿卿,走近点,别挤着了。"

齐修远回头看了眼,只见那对夫妻甜蜜相伴,又看向卿如安,重新牵起了她的手,叹道:"时间犹如指间沙,根本握不住啊,也不知这一别何日才见，真是令人心焦。"

卿如安只是笑而不语，这在齐修远看来，是一个少女的情动羞涩，说不出来，他就喜欢逗她。

那日齐修远送她至家门口，没下车，只掀开帘子瞧着她进门，才调转马车往宫里走。

悄无声息地摸进宫，不承想还是被太后知道了，第二天两人都挨了一顿教训，齐修远与晋安不敢吭声，认错态度十分诚恳。

太后离去时，看向齐修远，意味深长道："皇帝，儿女情长乃人之常情，切莫因小失大，让哀家失望。"

齐修远攥紧拳头，温声道："朕心里有数，母后操心了。"

晋安在一旁撇嘴，她何尝听不出来其中的利害，忍不住道："既然张家的女儿一定要娶，又何须管人家真心要献几分，难道一个人的情意，也要掰开来算值得几钱吗？"

那一日，晋安结结实实挨了一板子，虽心有不甘却也无济于事，她确实顶撞了太后，这是她的不对。

齐修远为她上药，她还委屈巴巴地哭诉，说不喜欢太后这样。齐修远什么都没说。

晋安摸出一锭金子放桌上，开始为卿如安打抱不平："我问张倩对你有几分真心时，她便给了我这一锭金子，说一诺千金。我起先不懂你为何会为她动情，如今看来，她确实真诚可贵。她尽可掏空了自己让你利用，如此心意，我替她送到了。皇兄的真心有几分，值几钱，我不想知道了。"

齐修远几乎能想象到，卿如安定是翻遍上下才翻出这一锭金子来，她要给什么就是给最好的。

若是婚姻要与金钱利益捆绑，便是十分真心也要受糟践。

齐修远早就承诺过了，不会负她真心。与她成婚纵有利益相关，可他也想抛开这一切，只求一些纯粹的东西。

第七章：生死迷途

大红花轿从前过，万民跪拜恭贺，
他只敢偷偷抬头，看她一眼。
她仍旧明亮耀眼，似天上星，
镜中花，水中月，
于他而言，遥不可及。

（一）

春风渐暖，桃花落尽，四月的天已经亮得很早了。

齐修远再一次收到了北境的战报，北境草原辽阔，又有高山连绵，羯奴王城在草原的尽头，若没有人指路，很容易就迷失方向，羯奴人又以游牧为主，行踪实在难以捕捉。燕震派出两支小队游击羯奴，至今一月音讯全无，上报百名将士失踪名单，牧原白的名字赫然在列。

卿如安看到的时候，簪花的手抖了下，枝末的刺尖儿划过眼角，立刻见血，齐修远忙过来关心。

卿如安却笑着说不碍事，拉着他去院子里看花苞。

那是换完合婚庚帖后的第十日，礼部说良缘配对，天造地设，合则万邦来朝，此为金玉良缘。于是太后立刻下旨接卿如安回宫，仍住秀禾宫，待成婚之后再挪位置。

卿如安入了宫，却不怎么能见到齐修远。听闻北境战况紧急，他忙得天昏地暗，卿如安都要凭运气才能进廉政殿。

那日她照常去廉政殿，却被常玉拦住了，笑说让她去乾元殿等着，陛下正在议事。

乾元殿的桃花已经落尽了，她终究是没赶上，但爬架的蔷薇倒是盛

放,不承想齐修远竟是一个喜欢花草的人。

卿如安的泡茶手艺很不错,齐修远爱喝,却从不让她进入内殿,只让她在外院等候,爱怎么玩怎么玩。卿如安知晓他是个谨慎的人,所以从不做多余的事,那日泡好茶就跟云蝉去院子里赏花。

蔷薇花架下,卿如安撸起袖子说:"我要是从这里带一株走,应该不会被发现吧?"

云蝉笑着摇头,即使发现了,齐修远也不会怪她的。

卿如安折了一朵蔷薇,别在耳边,问云蝉好不好看。云蝉点头,说是比花美。

一转头,就看到齐修远急匆匆往屋里走,卿如安一喜,也小跑着跟了过去,在屏风后探出头,手里捏着一朵蔷薇花朝他笑:"陛下,我与蔷薇孰美?"

齐修远匆忙看了眼又快速抬头,搁笔撑在椅子上笑:"凑近点我看看。"

那是卿如安第一次进入他的办公地点,他竟然没有生气。卿如安站在他面前,接受他仰视的目光,也不知为何,他看自己的眼神总是赤裸裸的,就像完全笃定,她是他的囊中之物一般,目光所及之处,都带着强烈的占有气息。

卿如安垂下眼,就这么看到了牧原白的名字,心跳漏一拍,却很快移开目光,抬手簪花时划破了眼角,但似乎感觉不到疼。要怎么去形容那一刻的心情呢,就像是一颗心被抛上了天,久久不能落下,正放松戒备时,它突然就砸下来,摔了个粉碎。

可卿如安真的很佩服自己,在那种情况下,她能很快就调整心态,扬着一张天真无邪的笑脸,把齐修远带到蔷薇花架下,问他,到底花美还是人美。

齐修远满心都是她眼角的伤,让常玉赶紧喊太医来,又问她:"这个答案很重要吗?"

卿如安抬头看他，日光下，齐修远的眼神似是不可思议。她别着花，说得很坦然："重要的，它代表我日后能不能在陛下心里留下一个位置。"

她说八字合了，婚期也定了，她当了皇后，就该替他物色其他贵女，日后佳丽三千，美人如鲜花，一季胜过一季，他看不过来，就会想不起她的。

齐修远有些哑然，早知她心思奇怪，却依然会被她震到说不出话来。

卿如安也不再追问，心事重重地回了秀禾宫。

那晚，她呆坐在轩窗前许久。云蝉换了几轮烛火，劝她早点休息，却发现她潸然落泪，看过来的眼神似是没有焦点。她愣了会儿，抬手摸着那冰凉的眼泪，轻轻皱眉："云蝉，出事了。"

齐修远来时，卿如安刚睡下，室内黑暗，她听见脚步声，以为是云蝉，鼻音厚重："云蝉你去歇着吧，我不会蹬被子的。"

齐修远知晓她气性大，却还是会震惊，一句话的事，值得她哭一场。可这一哭，哭得他心情非常好，这说明她一颗心全在自己身上了。

他一声轻笑。

卿如安立刻坐起身。纱幔之后有道高挑身影，卿如安厉声道："大胆，谁在那儿？"

"是我。"那身影慢慢走近，与她一帘之隔。

卿如安拨开纱幔要起身，却被他按住了。他兀自点了灯，才看清她确实哭过，一双眼睛发肿了，有些自责："这是谁家小娘子受了委屈，这般伤心，瞧得我好不心疼。"

卿如安撇过头，齐修远坐在她身侧，让她朝向自己，手里不知何时多了药，指腹轻抹就有药香散发开来。他责怪道："早知你不当回事，一来看果然是这样，药也不抹，不疼吗？"

"嘶！"眼角的伤口受到刺激，卿如安立即躲开。

齐修远叹气，卿如安说："也不是什么大伤，结痂掉落后，根本就

看不出，不必费心的。"

"你不费心，还不许我费心啊。"他凑近替她吹了吹，"疼吗？"

卿如安摇头，齐修远将她圈在自己怀里，头一回与她如此亲密，心里也有些忐忑，可要松手，他是舍不得的。

"白日里你说的那些话，我没能当即就告诉你，这是我的错，现下可还想听我说？"

卿如安点头，后背感受到他的心跳，不免有些紧张。

"皇后之位有太多的责任和束缚，让你坐上那个位置，说起来是委屈的，我也有很多身不由己，但我可以承诺，我只要你一人便足矣。"

他说得慢，气息喷洒在她脖间。卿如安摸着他的手，轻声道："只要我一人是不可能的，但有这句话便够了。陛下的情意，我明了的。"

齐修远叹气："为何不信我能做到呢？"

卿如安摇头，转头看他："信的，但我不会这么要求你，否则我该被万人唾骂，背上一个善妒的罪名了。"

她抚上他的脸庞，凑上去轻轻一吻。蜻蜓点水的触感，让齐修远收紧了手臂。卿如安笑着说："我心甘情愿，只要陛下心里有我。"

齐修远很早就发现了，卿如安笑起来的时候，眼睛里亮着光，柔情水波，令人心猿意马，可每每想偏了，就觉得似在亵渎她，往深了看，那双眼里就只映着一个他。

鬼使神差地，齐修远缓缓凑近，两人鼻尖相触，唇瓣相合，不过一瞬间，就被这气氛弄得意乱情迷。听着她的呜咽声，感受着袖口被捉紧，齐修远这才松开她，低声笑了起来："你要把自己憋死吗？"

卿如安难堪到缩进被窝里，道："时候不早了，我困了，陛下也快回吧。"

又在闹小脾气了。齐修远有些回味，但见她这模样，怕是明日见了他都要躲着走，于是俯下身，扒开被子问她："明夜我该什么时候来呢？"

卿如安又往里缩，他这话说得像偷情一样，卿如安是真的觉得难堪，赌气道："不准来。"

"为何？"

"你忙我也忙。"

齐修远笑了："你忙什么呢？"

"绣嫁衣。"

齐修远笑意更深："不是躲我吧？"

被窝里实在闷，卿如安探出头来，问："躲你做什么？"

"谁知道，有些人说是脸皮薄，脑袋一热就凑过来亲人家，清醒了又像只鹌鹑，说两句就躲人。"

卿如安语塞，齐修远撩开她的头发，吻在她额头上，道："若是脸皮这样薄，我也是喜欢的。"

嗓音轻柔如耳语，卿如安一身鸡皮疙瘩，抬手推他："你……赶紧走，我真的要睡了。"

她又缩进了被窝，齐修远不再逗她，起身道："那你好好休息，我走了。"

"嗯。"

齐修远吹灭了灯，回乾元殿，一路上脚步都飘起来似的。常玉自然也察觉到了，说："看来张姑娘也不是一个难哄的人。"

齐修远瞥了他一眼，笑道："该改口了。"

常玉一愣，反应过来后就笑得谄媚："陛下佳缘天成，是奴才口误了。皇后娘娘金枝玉叶，明礼大方，实为良人。"

这句"皇后娘娘"反正是迟早要叫的，礼部将婚期择在金秋十月，细细数来，也不过是半年时间罢了。这半年，卿如安就住在宫里，跟着绣娘一起赶绣嫁衣。

齐修远本不想她劳累的，尚衣局大把人在，何愁做不出一件嫁衣。可卿如安说，嫁衣是一个女人一生中最重要的一件衣裳，只有一针一线

亲手穿过，才知其中情意有多重。

她说这话的时候，满眼期待。齐修远不免也被感染，说她惯会知道怎么让人心疼。卿如安不接这一招，冷落了他许久，只是偶尔得空了，就去乾元殿坐一坐，他不忙的时候会陪着她一起下棋或喝茶。齐修远从不在她面前谈论政事，牧原白失踪一事，卿如安便找不到机会去问。

说起来，牧原白每月都会给一笔钱到青州彭嫂家中，用他的话来说，那只是一笔感谢费，如今失联，这笔钱却没有断过。

云蝉问起才知道，这笔钱是牧原白早早就准备在一个钱庄，每月自有人送过来。

卿如安不能将心底的担忧表露出来，只能每日替太后抄经，沉着一颗心，祈祷牧原白能平安归来。这世上她已经没有人可以再失去了。

（二）

开春之后，北境的天气还未转暖，冰雪万里，牧原白自请探查，领了一支小队往腹地深处走，方圆不见人迹。三个月，北境从冰雪万里到野草生长，别说羯奴王帐没找到，就连回营的路也迷失了。

同行的十三人都陷入了体力不支的状况，饱一顿饿三顿，日子过得那是一个煎熬。牧原白身心俱疲，可只要想到若是自己命殒此地，这世间便只剩下卿如安一人，咬咬牙，好似还能再挣扎一番。

这漫无边际的荒原，好似哪里都是路，却又无路可退。

牧原白眯着眼，沉重的甲胄在日光下泛着寒光，头顶日光探出头，又被阴云掩埋，要下雨了，再不找到落脚处，十三条性命或将成为这片荒原的养料。

"牧校尉，已经探查，前方三十里有一处寨子，前后都有人把守，或是羯奴驻处。"斥候急报，一身风沙来不及抖落，一句话却让全队振奋起来。

牧原白闻言下令，收起旗帜秘密潜伏，问："可摸清敌方人数？"

"不超过二十人。"

牧原白有些意外,按理来说不该是这么些人,可无论对方是谁,他都必须一探究竟。

过了几日,青岚凹求饶逃窜的声音连连不断,许是憋了小半个月,十几人心里憋屈,一举拿下了青岚凹。

牧原白一把大刀征战沙场,刀刃饮血,早已没了慈悲样,地上跪着一个魁梧的男子,此刻哭声连连,一口一个"我没惹你",让大家摸不着头脑。

牧原白收起大刀,几个人押着他伏地,问:"说,你是谁?主上是谁?羯奴王帐又在何处?"

那男人被死死禁锢着,疼得龇牙咧嘴,哆哆嗦嗦地说:"自己人自己人。各位军爷,饶了我吧,我也不晓得羯奴王帐在何处,我也在找呢。"

牧原白冷眼看过去:"你到底是何人?"

"青岚凹小霸王,莫三安。"莫三安抬头,报自己名字的时候气势汹汹。

牧原白也不敢掉以轻心,莫三安边哭边道:"这青岚凹被羯奴人抢劫过,留在这里的都是些老弱病残,听说朝廷起兵北伐,咱也不知道战火啥时候就烧过来了,堂堂男儿郎又岂能弃家乡奔逃,所以我才组织了这些人守在外面。"

牧原白听他断断续续说着,也算是听明白了。

莫三安自小长在青岚凹,是个混世魔王,这里时常被羯奴人抢掠,父母惨死刀下,不少人奔走他乡,他男儿血性,守着几个孤寡老人想给人送终,这期间跟羯奴人有过交手。

牧原白听罢,看他一脸鼻涕泡,真不敢相信他还打过仗。

莫三安哭得更凶了:"死到临头了,还有什么不能说的,我死也要给自己留个好名声,呜呜呜……"

牧原白摸出一块牌子,冷冷道:"北境虎贲营燕震将军旗下校尉,

牧原白。莫三安，你可愿入我麾下，做我向导？"

莫三安立刻收声，半响磕头道："大人，大人啊！我愿意的！我肝脑涂地，在所不辞，只要能让我上马，什么地我都能给你指出来，你就留两个羯奴人脑袋给我就成。"

这乌龙一闹，倒是峰回路转，让牧原白绝处逢生。

莫三安凭着脑袋里的地图，很快就为牧原白摸清了方向，可牧原白志不在回营，而是羯奴王帐。同行士兵有不愿继续前进的，提出返营，补充干粮后再出发。这三个多月来，他们这十几个人就没好好吃过一顿饭，总是饱一天饿三天。

牧原白却没听，大刀横在身前，话说得很是威严："诸位愿意跟我出来，便是将性命交在我牧原白手里，一国将士，既出马又怎可无功而返。迷途三月已是大过，不如往前走，跟这羯奴人搏一搏命，死也死得光荣。若有人再扰乱军心，就从我刀下过。"

他冷脸杀人的样子曾是许多人的心中噩梦，那些战场行径无不叫人敬畏，这把刀不知饮过多少血，也不知道立下多少军功。

一行人面面相觑，那把大刀就横在胸前，大有谁往前一步就掉脑袋的可能。

莫三安也被这气势吓到，小心翼翼地插嘴道："补给问题……不用担心。"

一双双眼睛扫过来，莫三安站直了身子，将地图一展，胸有成竹道："这里边就我跟羯奴人交手最多，哪儿有吃的、哪儿能住人，我熟啊，包我身上，保管让各位军爷没有后顾之忧。"

一句话散了愁云惨雾，牧原白再次看向自己的伙伴，几人对了眼色，纷纷喊道："属下愿跟校尉前往。"

牧原白收了大刀。

莫三安很有眼力见地给众人倒满酒，道："来来来，各位军爷，今夜休整休整，明日我们便出发。"

牧原白举杯道："生死关头，进则活，退则死，我与诸位同进退。"一饮而下，摔碗明志。

翌日整装出发，从青岚凹一路往东，过川石河，攀无悔崖，绕林沙原，一路以战养战，十四人如鬼魅，神出鬼没，还真捣毁了几个羯奴的联络据点，到后来越打越凶。

消息传回营中有个时间差，燕震知道这一队人马还活着且越战越勇，不禁对牧原白刮目相看。派了人马去跟随牧原白，却总是扑空，一天一个地方，燕震只得让人做好善后工作，彻底斩断羯奴人之间的联系。就这样，牧原白游击两个多月，不知不觉就摸到了封狼山。

那时快要入秋了，燕震在前线与羯奴主将阿羯那打得热火朝天，三支寻找羯奴王帐的小队就活了牧原白这十四人。

在封狼山发现马蹄印和辎重轱辘印迹时，牧原白便心中有数了。

莫三安探查回来，只是一个点头，众人便神色凝重。

牧原白立刻传信给燕震，并下令全队隐藏踪迹，一边监视羯奴王帐的动静，一边屏息等待燕震的支援。

而千里之外的朝堂上，得知这一消息的齐修远大喜，下令燕震必须拿下这一仗，需要什么支援尽管开口。这场胶着了半年多的北境战役，在这一天走出了即将收尾的步伐。

齐修远去了太和宫报喜，卿如安也在，她要避开，齐修远拉着她的手一道坐下，说："无妨，这是大成的喜事，你也该听听。"

他把燕震的战报一一说来，卿如安高悬的心终于落下，眼眶红红，笑意却明朗清澈："真真是大喜事，恭喜陛下，恭喜太后。"

齐修远笑着刮了刮她的鼻子，卿如安躲了下，眼神羞赧。太后轻咳一声，说："婚期将近，你二人可都准备好了？"

齐修远点头，拉着卿如安的手没放，不准她躲，道："礼部安排得井井有条，还有母后操劳，朕都不需要再操心了。倒是倩倩日夜赶绣嫁衣，疲累许多，朕见你都快比登天还难了。"

这明目张胆的偏爱，就连太后看了都直摇头，忍不住板起脸来要说他两句。

齐修远早有察觉，拉着卿如安先告退了。

傍晚霞光正好，两人一路走到松石林，上了涛声亭看落日。

卿如安掩不住喜悦，齐修远站在她身侧，落日霞光照上身，风中已经有了秋日的爽意。

那一刻，他等不及要与她天长地久了。

（三）

羯奴王帐踪迹已经探到，燕震立即制定了作战计划，他一面派人与阿羯那周旋纠缠，一面亲自挂帅抵达封狼山。

那夜雷声滚滚，风驰电掣间，虎贲营的将士如鬼魅般闪现，羯奴号角声响的同时，铁蹄重踏，一瞬间，地动山摇，振奋人心。

"杀！"

"陛下有令，砍下羯奴王脑袋者，封千户，赏千金！"

燕震举刀发号施令，牧原白策马狂奔，大刀一挥，血溅三尺，或是压抑太久，一句"杀"就像从地狱里爬出来的恶鬼一般，恨不得饮血啖肉。

那一夜，羯奴人被打得溃散，羯奴王在掩护下不知所终，牧原白在燕震的命令下去追踪羯奴王的踪迹，刘元自请跟随，莫三安打出了血性，冲在最前方，说要给牧原白指一条康庄大道出来。

一队兵马，两千人，生生跑了三天三夜，到了羯奴王城。

草原的尽头是平静和谐的百姓居所，这里的人也渴望安居乐业。兵临城下，燕震问有谁会羯奴语，莫三安乐呵呵地凑过来，壮硕的身躯配上他那张憨笑的脸实在喜感。

燕震打量着他，道："本将听牧校尉说起过你，莫三安，今日可是立功的好机会，喊开城门，本将记你大功一件。"

莫三安当即敛笑，一脸严肃地领命，扯过大成军旗策马挥舞，喊道：

"大成君王有令,羯孥命数已尽,开城门投降者,活;反抗拒降者,杀!"

初秋的风已有萧条之意,这一仗若不能拿下,冬季一来,对大成的士兵将是致命打击。胜利的果实就在眼前,没有人会愿意就此后退。

城楼之上,羯奴人肉眼可见地慌张,有将士为稳固军心,举起弓箭要射杀莫三安,箭羽划破风声,突然从中劈开,石墙之上没入了一支利箭。

莫三安一惊,抬头正要喊话,又是一道破风声,本要射杀他的羯奴将士已被封喉,箭矢狠戾,人被钉在了墙上。那是牧原白的手法,莫三安早有见识,于是举刀喊出了气势:"拒降者,杀无赦!"

羯奴人打仗不似大成君王稳坐高台,羯奴王会亲自上阵,重铠压身,指哪儿打哪儿。

这一仗却打得溃败,羯奴王逃回王城,而此时的王城守卫可以说不堪一击,只要燕震一道令下,攻城不在话下。

牧原白换上大刀,看向燕震,他眯着眼,风沙洗礼过的脸庞粗糙不堪,那双眼里却溢着深深的同情。

燕震抬起手,突然重重一握,牧原白拔刀喊:"攻城!"

滚石、火油、长刀、铁盾、利箭……

嘶吼声、挣扎声、铁蹄声、兵器碰撞声……

太多太多的声音在这方土地上回荡,牧原白早已听不见了。

刘元策马到他身后,与他打配合。羯奴王宫就在前方,牧原白全身的血液都在沸腾,大刀挥舞之下,是数不清的鲜活生命,可他眼里有的只是羯奴王的脑袋。

马踏尸山,直捣宫门,一条命全部豁出去,于血海中砍下羯奴王的脑袋,满脸血污地喊道:"羯奴王已死,降者不杀!"

连喊三声,是莫三安先听见,高举大成旗帜,用羯奴语喊:"羯奴王已死,降者不杀!"

他边跑边喊,不一会儿,激烈的厮杀停下来。牧原白拖着沉重的步

伐,抓着羯奴王的脑袋走过,嘴里漫着血丝,盔甲之下体无完肤,血滴了一路。

一瞬间,整个王城都寂静如一潭死水。

"当啷"——兵器落地的声音紧接着欢呼声、擂鼓声响起,此起彼伏。

刘元狂喜:"胜了!胜了!将军,我们胜了!"

燕震下令清兵,牧原白步子摇晃,刘元立刻跑过去接住了他,听见他说:"回……家。"

自此,北境之战宣告胜利,牧原白身受重伤,卧床月余。刘元过来看他,见他神色恹恹,与战场上杀意沸腾的阎罗实在判若两人,取笑道:"威风凛凛的战场阎罗也有趴下的时候啊。"

牧原白苦笑:"我是人又不是鬼。"

刘元让他别动,牧原白问:"莫三安呢?打仗时没能顾上他,他怎么样了?"

刘元神色沉重:"羯奴王城一战,你身负重伤,燕将军让你回营治疗,莫三安就将羯奴王头颅吊在城门口示众,被赶来支援的阿羯那一箭射杀。"他坐下来,递给牧原白一块牌子,"莫三安临终时,托我给你带一句话。"

"什么话?"牧原白难得哽咽。

刘元说:"青岚凹还有三十户人家,落叶归根,他想回家。"

牧原白接过牌子,那还是初见莫三安时,他用来证明自己身份的虎贲营军牌。他擅自将莫三安收编,给莫三安挂了自己名下将士的牌子,如今上面血迹干涸,冰凉彻骨。

牧原白应下了,亲自给莫三安下葬。那夜,他住在青岚凹,听村里老人说起莫三安,牧原白不无感伤,抬头看,星光闪闪,夜风如寒冰。

人死后,真的会变成星星吗?

他拖着重伤未愈的身子,提笔给卿如安写信,想告诉她自己立下了大功,也失去了一位同生共死的好兄弟;想告诉她自己受伤了,回来的日子要推后；也想告诉她，他一直与她感同身受。

可最后，他仍旧报喜不报忧，说：北境大捷，年关回来陪你煮茶赏雪。

（四）

帝后大婚那日，正值秋分。卿如安的花轿从张府抬出，一路经过正阳门到虚元殿，长安城的十二条街道挂满红灯笼，喜乐震天，一入皇宫，那阵仗更盛。

走过一切繁文缛节，齐修远握住她的手，将凤印一并交与她。她笑容浅浅，执手与他一同接受万臣朝拜，刚刚尝到至高无上的地位带来的甜头。

而城下热闹的人群里，牧原白看着正阳门，久久不肯转身。

当晚，齐修远揭开卿如安的扇面，递给她一杯酒，唤她"卿卿"。她手一抖，酒洒了，脸色闪过一丝慌张。

齐修远笑，问她是不是很紧张。

她点头，强稳心神，问："陛下为何叫我'卿卿'？"

齐修远重新为她斟酒，说："大成的男子成亲后会唤妻子爱称'卿卿'，上巳节那日与你同行情人桥，听见有人这么唤爱人，就想着有一日，我也能这样唤我的妻子。"

卿如安带着少女的娇羞看他，轻易就能捕捉到一个男人的心思。

一杯酒饮下，脸色泛红，她巧笑倩兮，勾着他的手说："陛下，夜深了，卿卿侍奉你就寝吧。"

那晚红帐翻滚，初尝人间这等滋味，卿如安只记得齐修远一直喊她"卿卿"，这让她如梦似醒，不合时宜地想起另一张少年的脸。那张饱经战场洗礼的脸并不柔和，却在喊她"卿卿"的时候，最为柔软。

没多久，卿如安收到一封牧原白的私信，信上恭祝她新婚快乐，一切顺遂，又报了自己的战绩，像在邀功，却又略显心酸。

卿如安心间颤抖，回信从来都是"安好"二字。

牧原白阅过便焚，他借着伤病之名疗养，从燕震嘴里听来帝后大婚的消息，便决定冒死回京。

北境战事还有诸多收尾，羯奴王虽死，却有分支势力继续对战，看似一盘散沙尚不成气候，但也要逐个击破。

牧原白上不了前线，正好多出时间来，军中无人管他，他便偷偷潜回长安，正好赶上卿如安大婚那日。他无法准确描述当时的心情，一路狂奔时，好像痛的不只是身体，还有心脏、骨头、魂魄。

很早以前，王懿有意为她寻一门亲事，华家小公子总是天天在她面前晃，似有结亲之意。

卿如安不乐意，偷偷哭了一个下午。

牧原白看在眼里，只是笨拙地说，会永远陪着她。

卿赟取笑他，如果他是个女人就好了，到时卿如安嫁人，他还能当个陪嫁丫鬟过去，这样就真的能一辈子陪着她了。

可是……

"小虎子哥，这不是我要的一辈子。"

大红花轿从前过，万民跪拜恭贺，他也只敢偷偷抬头看她一眼。

她仍然明亮耀眼，似天上星、镜中花、水中月，于他而言遥不可及。

他一直都知道的。

那日急回北境，一身伤口裂开，血流不止。

牧原白在操练场拖着一把大刀砍杀，浑然不觉疼痛，还是一个小兵接住了他的刀，请来军医治疗。

刘元下了战场，就听说他伤口又裂开了，也不讲礼数了，什么话都敢说："你小子是不是嫌命长！是想让我给你收尸哭坟吗？口口声声说要回家，等年关回京，朝廷少不了给你封赏，你要是现在把自己弄死了，那简直是让人看笑话。"

牧原白脑子里想起了滋州城外的两处荒坟，三里之外的茅草房，如今早已被风吹散，不知所终。又想起滋州城内的大园子，覆香林白雪点缀，寒梅傲然绽开，林中茶香缥缈如仙境；沁书轩墨笔成宝，偶有琅琅书声；观景阁的大槐树下写过许多人的名字，他在那里百步穿杨，有人为他挂牌撑腰……

"家……已经没有了。"他说得很轻，就像叹出的一口气，轻飘飘的，却让人很是在意。

刘元默了默，按着他的肩膀道："年关回京，若陛下问你要什么奖赏，你就要一处宅子，家不就有了。"

牧原白笑了起来，躺下道："知道了，你歇去吧，无须再担心我。"

刘元就这么被赶客，骂他不知好歹，没点人情味，可走到门口，又忍不住说："实在手痒，等你伤好了，我陪你打个够。"

当夜，营中庆功，牧原白被扶出来，一个没看见就喝得烂醉如泥，念念有词，刘元听了许久才听清。

他说："莫怕，我护着你。"

刘元突然觉得心里不是滋味，以为他还在为莫三安的死感到自责。

年底，燕震班师回朝，牧原白随行在后，长安百姓十里一迎，无上荣光。

眺望楼冬宴，那是牧原白第一次面见皇帝，并不惶恐紧张，甚至安心。他偷偷瞄了眼卿如安，她俨然脱胎换骨，不像记忆里跋扈的娇小姐，也不像花楼里的冷美人，很像张府那位文静大气的千金。

她朝他亲和一笑，装作初次见面的样子，说："这位便是深入敌军，直捣羯奴王宫的小将士？"

牧原白立刻上前行跪："回皇后娘娘，正是微臣。"

"你叫什么名字？"

"牧原白。"

卿如安满意一笑，眼神里流露出明晃晃的欣赏赞美之意。

齐修远走下台，金线盘龙的鞋面出现在牧原白的眼前，一片阴影如山般顷刻压下。他听见齐修远问："迷途三月，游击两月，没有支援，你不怕吗？"

牧原白答得不卑不亢："回陛下，微臣领命探寻羯奴王帐，同行十四人誓破羯奴，死有何惧。"

齐修远居高临下地看着他，颇为欣赏，要他抬起头来。牧原白直视龙颜，没有丝毫畏惧，目光坦荡，将那份审视隐藏得很好。

齐修远是什么样的人呢？

在牧原白心里，他最开始的认知是一个卧薪尝胆、杀伐果断的少年君王，这样的人必定冷血又无情。可现在，他将齐修远的一切举动都悄悄收进眼里，从卿如安的脸上看到了安稳平和的笑意，那种满足感是他从未给过的。

齐修远毫不避讳地在百官面前拉她的手，与她耳语，也不知说了什么，总是会逗得她欲言又止，眼波流转间满是甜蜜。那琴瑟和鸣的模样，让牧原白想起小时候，卿如安说，她要嫁的人，一定是天下顶顶好的人。

如今，这天下顶顶好的人就在他眼前。牧原白跪拜堂下，说服自己，若是齐修远真心爱护她，便是要他做一个傀儡，他也是甘愿的。他给不到的东西自有人填补，那他就把他能给的全部给够。

齐修远笑了起来。燕震对牧原白很是夸奖，战报里写牧原白如何骁勇善战，如何胆识过人，好似他生来就应该在战场一般，对牧原白的夸奖之词满溢如潮水。如今见到了本人，他眼中的不卑不亢，确实担得上燕震的夸奖。可或许是久居上位，齐修远总觉得牧原白骨子里是个野心勃勃的人。这样的人，若是用得好，便是一把利剑，若是用得不好，便会将王朝引入万劫不复之地。

他想知道，牧原白想要当哪一种人。

"牧原白，北境战事大捷，你可有想要的奖赏？"

牧原白沉吟片刻，说："陛下开口，微臣便不掩饰了。"他俯首请求,"微臣想要一处宅子。"

齐修远有点意外,既意外他真敢开口要,也意外他竟然只想要个宅子。齐修远问:"地段可看好了?"

牧原白摇头:"哪里都可以。"

齐修远从燕震那里知晓过,牧原白无亲无故,孑然一身,身世可怜得很。"旁的不要了?"

牧原白没有立即答话,听到茶盏碰撞声,知道自己应该开口多要点什么,不管是什么,总要对卿如安有利才行。于是他回答:"羯奴大捷,上托陛下洪福,下赖燕将军指挥得当,用兵如神,兵士们尽心竭力,末将实不敢居功。倘若陛下论功行赏,无论给什么,都是天恩,臣断不敢有置喙的余地。"

这番话说得实在漂亮,既不让齐修远下不来台,又适当地吹捧了一下顶头上司。齐修远终于对牧原白多了几分兴趣,移开步子,在一众武将里,视线偶有停留,最终回到龙椅之上,没让牧原白起来,也没回应牧原白的话。

卿如安也保持沉默,原本欢闹的气氛一下子就如楼外的冰雪一般,让人觉得浑身发冷,谁也摸不准皇帝要做什么。

齐修远倾着身子,思考了一会儿,说:"北境一战大捷,却还需诸多布局,大成疆土辽阔且复杂,边防不容疏忽,朕有意建一支精兵营,诸位意下如何?"

这自然是好事,无人敢置喙,卿如安微微勾嘴,听齐修远说:"精兵营一旦组建完毕,便是大成的一把利剑,剑锋所指之处,朕不容有败,诸位将军谁愿领命?"

堂下寂静,面面相觑,似是不敢置信。

兵家胜负乃常事,哪有不败的常胜将军呢?可齐修远要的,偏偏就是这么一个常胜将军,又或者说,完全听命于他的一支军队。

齐修远也不逼迫,抬手让侍从倒酒,卿如安挡住了他的手,推来自

己煮的茶。齐修远心口暖意融融，捏着她的手摩挲了下，以笑意安抚。

卿如安低声道："陛下，既是接风宴，就别再给大家压力，今日之事明日再议也来得及。"

她煮茶向来好手艺，齐修远抿了口，眉目间其实有些不悦，也不知是因为堂下的议论声，还是卿如安突如其来的多嘴。他对卿如安的界限其实很明显，关于朝堂之上的事，他不希望卿如安过问。以往需要帝后同坐的宴席，卿如安都十分知分寸，从不会在他抛出问题后多说一句话。

他疑心病犯，心里那道防线竖起又倒下，他确实不相信这世上真的有人会无欲无求，但又矛盾地希望卿如安最好是无欲无求。

卿如安微微笑着，有些疑惑地看他。齐修远大概是有些醉了，每次她这么看向自己的时候，齐修远都觉得自己十分卑鄙。利用之下的爱意到底有几分真心呢？齐修远擅自将这段利益关系镀上以爱为名的金漆，而卿如安似乎对此信以为真。

齐修远正要开口时，一直跪着的牧原白开口了："臣愿领命。"

齐修远看过去，牧原白仍旧是伏身的姿势，道："微臣孑然一身，无牵无挂，愿为陛下战死沙场，护我大成江山无忧。"

牧原白一直都记得，这一年的眺望楼里，卿如安向他投来了赞赏的目光，让他想起十三岁那年，他在观景阁外跟段承比试投壶大获全胜，卿如安离开之际的那个回眸，就跟今日如出一辙，牧原白也仍旧为此感到悸动，这么多年，他仍旧活在卿如安的目光里。

齐修远开怀大笑，说他好胆量。

那日起，牧原白的名字响彻长安，他从一个校尉，成了执掌一方军印的少年将军。

牧原白还记得，那年除夕大雪，皇宫夜宴，雪满枝头，压垮了一树梅花，香入肺腑，他匆匆的脚步忽而放慢，就这么跟卿如安在雪中遥遥相望。

卿如安中意的东西永远是那么几样，冬日的雪和梅花，春季的早茶和夏天的残阳，她不喜欢秋天，却在秋意最浓时装扮了自己的婚礼。

牧原白听闻，那日她身穿的婚服是自己一针一线绣出来的。她的女红并不出彩，小时候府里很多教习妈妈都批评过她针脚不齐，王懿也不多加矫正，说她能绣个样子出来就可以了。

说是给她请了许多老师，琴棋书画、诗词刺绣一样不落，卿如安学得最好的却是泡茶和抚琴。

那时的卿如安是滋州城里最惹人羡慕的存在，所以她傲视一切，随心自由。如今她从雪地里一步步行至自己面前，就像过去一样，目光坦荡傲气，有自由自在的气息在这个雪夜里升空，然后变成一片片冰凉的雪花，落得他满心湿凉。

踩着尸山走到今日，他其实是要为她祝贺的。

牧原白眼眶微湿，躬身请安。卿如安抬起他的手，将他浑身都扫视过一遍，才问："可有受伤？"

牧原白往后退了一步，与她保持着君臣之间的距离，轻声答："谢娘娘关心，微臣并无大碍。"

战场刀剑无眼，她从不信牧原白那一套说辞，打小她就知道牧原白的低头从不是示弱，而是讨好。卿如安见他疏离，眼里闪过一瞬的落寞，终究是走到了今天，那份亲近好似一根脆弱的丝线，隐匿在雾霭之中。

牧原白早已熟悉了她的一举一动、一言一行，低着头解释："宫中耳目众多，臣不敢逾矩。娘娘有事要交代，尽可让云蝉代为传达，不必冒险。"

卿如安要他抬起头来，两两相看，他总是会先错开眼神。他今日一身劲装赴宴，身形挺拔健硕，多了些沉淀，显得整个人的气质十分肃杀。

她忽而想起自己为他作过一幅画，十三岁的牧原白挽弓向天，铁骨铮铮男儿郎，英姿勃发，与今日的模样终于重合了。

她说："原白，替我再捏一只雪兔子吧。"

牧原白对上她的视线，寒风吹红了她的眼，眼睫一眨，就同过去一般天真无邪。他蹲下捏了一团雪，紧紧压实，没多久，掌心里就蹲着

一只栩栩如生的兔子,他递给卿如安,带着笑说:"我以为你不喜欢了。"

卿如安没接这句话,仔细端详着他的作品,从一个雪球到今日的雪兔子,他也花了许多年。

她心里有些不是滋味,却知道一切都是必要的,即使再来一次,她仍旧会义无反顾地走上这条路。

卿如安说:"原白,此路多艰,你要好好活着。"

牧原白眼神一颤,心里有个地方开始不断翻涌浪潮。风很大,他却只能挡在风口处,为她遮一遮,说:"你只管安坐高台,我陪着的。"

除夕夜宴之后,牧原白领天子令组建精兵营,后改名为"冲锋军"。

冲锋军是一支游击型精锐部队,从选拔到训练,牧原白都亲力亲为,一把大刀立于旗下,灭了不少威风。

在老一辈的人看来,牧原白犹如异军突起,论资排辈实在瞧不上他,可他有齐修远撑腰,也不必与各个势力打交道。

领旨那日,牧原白就跟齐修远表了忠心,于是京畿校场外的回燕山直接拨给了牧原白练兵。

齐修远赐了一处天门巷的宅院给牧原白,落匾"将军府"。刘元成了牧原白的得力臂膀,带着几个战场弟兄同居天门巷。大将军燕震在元宵之后返回北境守关。

出发那日,齐修远在眺望楼为燕震送行,一出城门,牧原白便提酒策马而来,谢他提携关照。

燕震很是欣赏牧原白的魄力,他很有一个卫国大将军的威风,却没有与人交往的官架子。

燕震饮了他的酒,开玩笑说:"不过半年,本将就在北境等着,倒要看看你的冲锋军与我的虎贲营谁更胜一筹。"他把酒袋还回去,按着牧原白的肩膀,"到时输的人要去刷马桶。"

牧原白姿态放得很低,决心很强:"将军,原白不会负陛下所望的。"

第八章：戏中柔情

自以为逢场作戏，
却不想入戏三分。

(一)

福祥宫里,观星台很安静,卿如安惯常在此煮茶看书,身边并无旁人。

齐修远来时,脚步放得很轻,端了茶点上楼,她毫无察觉。齐修远就在她身后站着,蓦地红了脸。

"咳。"

齐修远放下茶点,卿如安一惊,整个人扑在案上,来不及行礼,却来得及责问:"你怎么走路没声啊?吓到我了。"

私下里,她在他面前总是没什么规矩,齐修远也从不介意,这会儿噙着笑,坐在她旁边伸手要去拿那本图册。卿如安死死捂住,脸涨得通红。

齐修远说:"给我看看怎么了,我也得学啊。"

卿如安就知道他看到了,却还是觉得很尴尬:"母后说让我一个人看,你不要凑热闹。"

齐修远一把将她捞进自己怀里,捉着她的手不准动,眼神瞟向案上的图册,恶趣味地问:"床笫之欢本就是两个人的事,我不学怎么伺候你?"

卿如安狠狠瞪了他一眼，红唇轻启，还没出声，齐修远便吻了过来，轻缓地挑开她的腰带，将人整个搂在怀里。

这种事情，他好像都不用学，卿如安总是一味地承受着，也会迎合，就像此刻，她会勾着他的脖子，在情深时刻，呼吸节奏被打乱了，也要笑着蹭蹭他的脸。

要更进一步时，卿如安止住了他。齐修远眼中情欲浓厚，她的话却很煞风景："陛下，册妃之事不能再拖了。"

齐修远眼神一凛，那点情欲散了一半，问："母后让你来跟我开口的？"

卿如安不说话，理好衣裙也没从他怀里出来。齐修远见她一脸淡然，心中突然不快："你倒是大方。"

卿如安顿了顿，有点强颜欢笑："我不想成为陛下的绊脚石。"

齐修远愣住，她主动投怀送抱，轻声说："臣妾愚钝，自小夫子便教，天子承载天命，是一国之君，万民之主。为政首重民次重器，民心乃立国之本，军器为强国之刃，二者缺一不可。陛下勤政，以万民为先，正说明国家大业才是陛下的重中之重。前朝与后宫看似各司其职，实则环环相扣，臣妾如今身居中宫之位，也该司中宫之职，后宫充盈和谐，前朝才无后顾之忧。"

这番话并没有取悦到齐修远，她有时候太淡然了，齐修远抬着她的下巴，有些生气："我不要这种场面话，我要你自己说，你当真愿意看我与别人相亲相爱？"

成婚至今已有半年多，太后早就跟他提过册妃之事，利弊权衡之下，齐修远一拖再拖，他自然也知道，卿如安日日跟在太后身边，肯定没少听教训。但今日她主动开口提起了，齐修远第一反应是她必定受到责难了，心一软，抚着她的脸贴上去，叹道："告诉我，你真的愿意？"

"不愿意。"卿如安说。

她没有多余的解释，可恰恰是这三个字让齐修远喜上眉梢。卿如安

问:"我不愿意会有用吗?"

齐修远应着:"自然。"他拿她以前讲过的话来噎她,"就是名声可能不太好听。"

卿如安皱眉,齐修远将人抱进屋,说:"日后史官会写,大成宣德皇后善妒专横,明武帝……"

卿如安捂住他的嘴,急了:"胡说,我才没有!"

齐修远笑道:"那可怎么办才好,这就是你不乐意的代价。"

"那我问你,婉儿姐姐与你青梅竹马,情谊甚笃,册妃一事就等你一句话,你怎么做?"

齐修远拉下纱幔,倾身上来,"不要"两个字说得很随意,好似这根本不是一件值得他上心的事一样。

卿如安被他按住,外衫已被褪去,仍在追问:"日后史官写你昏庸无道,色令智昏,你就不怕?"

齐修远气息急促,附在她耳边说:"卿卿,这世上的人都想要一生一世一双人的爱,我也不能免俗。"

衣裳褪尽,青天白日,观星台的窗并未关,外面枝叶摇动,清风吹进来,落在卿如安身上有些颤意,她撇过头,不知该如何回答。天下权力最大的人拥有着最世俗的愿望,不知道是好事还是坏事。卿如安在这一刻,想起他说,你到我心里来看一看,我有多喜欢你,欢迎你来找我求证。

爱是可以被证明的吗?

齐修远不准她走神,捏着她下巴就吻了上去,在间隙中说:"我有很多的不得已,唯有你,我不想再让步。"

他总是把爱表达得很直接,卿如安时时刻刻都能感觉到,自己在他心里有不可估量的分量。

即便是逢场作戏,那也太真了,真到卿如安有时候会心生愧疚。

她曾经猜测过,为什么?可答案从未猜对过。

齐修远永远有很多考量，可唯独在她身上什么都不讲究。她以为是莫名其妙、满腹权衡的爱，其实是齐修远矛盾又不可自拔的一片真心。

第二天齐修远上朝，册妃一事果然有本上奏。他看着陈启，想起之前与之剖心露骨，要陈启站在自己身边。

陈启便说了，只要他有，尽数奉上。

召陈婉儿入宫为妃，这一提议本就是陈启自己开口提的。朝堂派系看似无波无澜，实则牵一发而动全身，陈启又素来瞧不惯张元慎的奸诈做派，朝堂无法牵制后宫，就必要制衡。

只是齐修远一直没应话，北境一战打得国库空虚，张元慎自割腿肉换来皇后之位，却也懂得做小伏低，士族削势不能逆转，他稍有动作，齐修远就能将刀架在他脖子上，而卿如安也在太后身边尽心服侍，言听计从，满心都是家门荣耀。

齐修远听他们讲着各种冠冕堂皇的理由，其实心里很不齿，这天下是他的天下，难道会因为一个女人就倾覆吗？

他忽而想到，如果真的需要一个血脉来堵住悠悠众口，他只想要卿如安生下的孩子。

齐修远起身道："既无事再议便退朝吧，册妃一事朕心中自有定夺。"他看了眼陈启，终是什么都没说，也不管群臣开口阻拦，径自走了。

陈启来到廉政殿，齐修远出门相迎，仍是恭敬温和的。

陈启开门见山地问，册妃一事到底有何不可。齐修远也没想过在他面前找借口，直说自己无心纳妃，后宫有皇后一人足矣。

那是陈启第一次骂他荒唐，将局势利弊反复摆明分析。齐修远也只是点点头，推来一杯茶要他慢点说。

陈启哪里还喝得下茶，道："老臣历经三朝，忠心天地可鉴，陛下今日当真要因为儿女之情为大成埋下祸根吗？"

齐修远眉头微皱，陈启这话说得太重，仿佛卿如安是红颜祸水，魅

惑了他的眼和心。

"老师，朕不愿毁了婉儿。"

"朕何尝不知婉儿入宫是利大于弊，但朕对婉儿并无情意，这对她实在不公平，也不负责。"

"陛下，你以为婉儿不知道吗？"陈启忽然就冷静了，嗓音干涩又沉重，"婉儿十岁便入宫伴读，怎会不知陛下志向与苦心。便是你无情她有意，那也是她自己选的路，我陈府满门绝无二心，也心甘情愿。"

卿如安昨夜被一番折腾，今日晚了请安时辰，太后也没有责怪，慈眉善目地说："往后再像昨夜一般，就不用来哀家这里请安了，多花些时间体贴陛下便好。"

卿如安应下，吴姑姑便端来一碗药。这不是卿如安第一次喝了，太后在她宫里插了人，卿如安虽没让人进内室，却也防不住人眼尖报备。

齐修远每次留宿福祥宫，第二日卿如安便会喝掉一碗汤药，太后说："这是给你补身体的药，要早早为哀家诞下皇孙啊。"

卿如安笑着点头，一点也没有犹豫地喝了。太后见她听话也是满意地点头，让人取来糖糕，哄着说压压苦味，又问："陛下册妃一事，你有何想法？"

卿如安摇头，十分温婉："臣妾不争气，成婚半年，肚子竟毫无动静，实在羞愧，辜负母后心意了。"

她一句话揽了错去，太后笑了笑，话也十分直接："新婚燕尔，陛下待你倒是很不错，这后宫没几个人，下了朝堂他便往你那儿去，若给他枕边塞人，你当真愿意？"

卿如安默了默，认真思考完这个问题后，才答："臣妾自知平庸，空有一副皮囊，既不知陛下心中沟壑，也不懂陛下眉目山河，若非陛下垂爱，臣妾实在卑微不起眼。臣妾也不愿拖累陛下，不求与陛下相知，但求相伴已经知足。母后不必担忧，若是心中已有人选，尽管告知臣妾，臣妾并无异议。"

太后点点头，夸了她一句识大体，便让她回福祥宫。

卿如安一走，太后身后便走出一人，知书达礼地一福身。太后便笑开了颜，要她坐，说："婉儿可都听见了？"

陈婉儿点头："皇后娘娘谦逊大度，臣女敬重。"

"哀家也算是看着你长大，你自小就聪明，若非变故横生，今日坐在陛下身侧的人当是你。"太后沉吟着，"是哀家辜负了你一片情意，如今要委屈你了。"

陈婉儿并没有过多的表情，只是垂着头应："不委屈。"

当日，齐修远来到福祥宫，已经是深夜了。卿如安已经睡下，他就在榻边坐着，给她掖好被子。

卿如安睡觉不喜欢关窗，此时月光盈盈，如水一般淌进来，照见她眉目清冷。齐修远心中柔软，忍不住替她撩开额间的碎发。

很久之后，他轻声问："你似乎很想将我拱手让人，是我的错觉吗？"

卿如安翻了个身，半张脸隐入黑暗，呼吸平稳，已经不再做噩梦了。

那几天，齐修远都没怎么去福祥宫，卿如安几乎见不到他的人，一问，常玉胆战心惊地答："陛下正在议事，实在抽不开身。"

卿如安便作罢，却在这时收到了牧原白的信件。

张绪入冲锋军了。

卿如安倒是意外，既然张元慎敢把他送进去，卿如安就敢要他的命，但她也并非真的良心全昧，还记得要牧原白给张绪留个好名声。

来日冲锋军投入战场，生死一线，谁也难料。

回燕山士气如虹，刘元在带兵操练，牧原白焚了信纸，抬眼看过去，张绪倒是不像其他士族子弟那般娇贵，他挺愿意吃苦的。

牧原白没有跟张绪说过话，但刘元总是会在他面前说这一期的新兵里面没几个能打的，都是些公子哥，手不能提，肩不能扛，还不能得罪，倒是那个张绪还愿意听管教。

冲锋军选召那日，牧原白就说了，这不是给大家镀金的地方，进了冲锋军便是生死难料，可尽管如此，也架不住血气方刚的少年人进来献忠心。

张绪说他要建立一个只属于自己的功名。他的身份何人不晓，个个都让着他，也打趣他，说他有个皇后姐姐，又有个尚书爹爹，即使无作为，浑噩度日也比别人命好太多了。

张绪听不得这话，血气方刚地与人打了一架，却没打赢，颜面尽失。刘元赶到时，张绪已经昏过去了。

牧原白知晓后，并没有表示关心，检阅那天，只说了一句话："入了冲锋军便没有王公贵族，谁也不比谁高贵。输赢、生死，都在你们自己手中。"

张绪当时是很仰望牧原白的，哪个男人不敬佩牧原白，年纪轻轻就能自建军队，号令雄军，是以他操练都是下了苦功夫的。

牧原白此刻看过去，也没有半分同情，卿如安说不留，那便不留。

人命有时候就是这么不值一提。余领头曾经不肯给他的刀开刃，因为不想他滥杀无辜，他说自己手中的刀是为了守护而饮血，如今这个理由仍旧没变，却开始有了缺口。

他偶尔也会用悲悯的眼神看向那些将死之人。

（二）

那夜突然急雨，卿如安被冷风吹醒，喊了声云蝉没有回应，正要起身，就看到床边立着一道身影。夜雨急来，纱幔飞扬，卿如安有些冷，起身关好窗，一双手湿湿的，抬头看齐修远，问："怎么了？"

屋子里没有点灯，窗户隔绝了外面的电闪雷鸣，一片黑暗之中，齐修远沉静地看着她，他记忆里的卿如安总是带着娇俏灵动的笑意，那双水汪汪的眼睛里装的是万顷碧波，令人沉沦。

他凭着感觉抚上卿如安的脸，又牵起她的手放在自己的衣袍上擦干。卿如安头一回见他如此沉默，又问："发生什么事了？"

齐修远搓了搓她的手，夜来雨冷，她那双手也跟着一道凉了。

"册妃一事你费心操持吧。"

他毫无征兆地开口，卿如安愣了下，转身要去点灯，却被他拽住，将人圈在案前。

"是觉得我言而无信，生气了吗？"

册妃一事不可逆转，张元慎早有话传来，谁都可以，唯独陈婉儿不行，这摆明了就是在牵制张元慎，是以要她在皇帝耳边多吹风。卿如安嘴上应好，实则从未开口，她巴不得要看张元慎的好戏。

她靠在齐修远怀里，柔声说："陛下心意，臣妾早已知晓，即便添了新人，臣妾也无所畏惧。"

岂止是无所畏惧，简直是无所谓。

她这一生要的东西不多，无非一个痛快，谁能助她，她便尽心扮演一朵菟丝花，物尽其用才是她的真面目。

"我知道你身不由己，但你一日是国君，就一日要担起国君的职责，你不想为我退步，我也不想让你为难。"她换了称呼，一番话讲得人心里发软，"我不懂其中有什么利弊，我只知道夫妻同心，我既嫁给了你，自然万事以你的考虑为先，更何况我是你的皇后，更不能只考虑我自己了。"

黑暗中，她拍着这个男人的背，像在哄小孩一样，笑着说："你不必觉得歉疚，让我知道你心里有我便可。"

"卿卿。"

他唤得沉重。这些日子因为册妃一事，他也倍感厌烦，他确实也是个俗人，在卿如安这里想要一个天长地久，从未想过她会亲口说出"册

妃"两个字，明明之前还说不愿意，他还为此沾沾自喜，想着即使千万般的压力，他也要顶下来，他就要一个卿如安便够了。可他到底是高估了自己，一颗权衡利弊、算无遗策的心早已不纯粹，嘴上说不想退步，心里却在盘算要怎么跟卿如安开口。

她会闹吗？会难过失望吗？

齐修远想过很多种，唯独没想过她如此体贴平静，就像早已洞察他的心，却不揭破还要安慰他。

"卿卿，委屈你了。"

"知道我委屈，可要补偿我的。"她语气调皮，齐修远任她予取。

"我对婉儿并无情意，选她是真的没有办法，你应当要知道，我心中只你一个。"

他急于保证，卿如安并未当真，知道自己总要开口向他要点什么，他才会心安理得，便道："陛下，既如此，便证明给臣妾看吧。"

"你要什么？"

"崇远寺的知元大师下个月要开坛讲经，我想去听听。"

她要的东西没有一个在齐修远意料之中，无关权势，无关钱财，显得莫名其妙。

卿如安说："去岁北境之战，我跟着母后去了几次崇远寺祈福，祈求此战大胜凯旋。这一次，我想去祈求一个安稳美满。"她抚平他的眉头，在浓厚的夜色里，话说得很轻很轻，"求一个白头偕老。"

齐修远沉默了许久，终是应了。

次日醒来，齐修远早已离去，内室的窗已经打开，案上还有昨夜未能擦净的雨水，院外一地落叶，好似他根本没来过一般。

云蝉伺候她洗漱用饭。太后派来的人早已候在一旁，一碗黑乎乎的汤药摆上桌，云蝉心有不满，却也不敢表现得太明显。

卿如安一脸淡定地喝完，让人回去交差。人一走，屋子里就剩下云蝉和卿如安，云蝉突然就哭出声来。卿如安拉着她坐下，为她擦泪，好笑道:"哭什么?"

"娘娘,我一定会想办法换掉那碗药的。"

太后第一次送药来时,卿如安便留了一个心眼,一口药没喝下去,借着漱口的空隙留了残渣,一查,根本就是避子药。这东西喝多了伤身,云蝉担心她,她却对太后这一出很是满意,极力配合着。

卿如安开解道:"云蝉,这宫里看似安稳,实则一步错,便是万劫不复。太后要我坐上皇后的位置,就不会再允许我有一个能继承大统的孩子。"

她说得很冷静,语调很柔和,仿佛这并不是一件值得难过的事。

"若不是北境突遭变化,皇后之位本该是陈婉儿的。你知道的,我的人生是偷来的,我没有选择权。在这座宫城里,个个都身不由己,但我起码还能护着你。"

她抹掉云蝉的眼泪,微微笑着:"我都替你打算好了,有朝一日你想离开了,就带着爹娘去滋州生活吧,我在那里为你准备了一套房产,本是想等你出嫁那日再告诉你,但总归是你的,现在说了也无妨。"

卿如安拿来一个盒子,里面是一张房契。云蝉不知道她什么时候置办的,也不敢要。卿如安要她安心收下,一片真诚:"就当舍命陪君子,这是我的回报。"

"小姐……"云蝉哭得更凶了,从未想过卿如安会对她如此用心,连后路都替她安排好了,"我不会走的,你在哪里我便在哪里。"

卿如安就是这样,谁对她用心,她便加倍还回去,谁对她不好,她也要加倍还回去,就连自己也没有发觉,原来她是一个睚眦必报的人。

齐修远这几日得了闲就往福祥宫跑,陈婉儿已经奉旨入宫,册妃大典定了最近的日子,那时正是盛夏,卿如安苦夏,脸色总是不见好。

齐修远无心搭理陈婉儿,除去入宫那日,跟她打了个照面便不再移步,只想着让尚食局做些开胃小菜给卿如安,他在卿如安面前献尽殷勤,

卿如安却要他莫怠慢了陈婉儿。即便不念青梅竹马之情谊,也要看陈启的面子,把该有的礼数做全了。

齐修远心中郁结,放下酸梅干就走了,卿如安听他气愤的声音传来:"既如此,我这就去全了你这份心意。"

卿如安回头,他已没了身影。热风扑进来,卿如安忽而觉得有些心浮气躁,倒了杯凉茶喝下没效果,便取来笔墨,一字一字抄着《清心咒》,这是她平稳情绪最有效的方法之一。

那时她还不肯去追究这股烦躁的背后理由到底是什么,只是一遍遍告诉自己不必在意。

齐修远怒气冲冲地走到清宁宫外,沉默了会儿,换上一张无懈可击的柔和笑脸进了门。琵琶声传来又戛然而止,陈婉儿请安,齐修远扶着她,要她不必多礼,问她近来怎么样,可有什么还要添置的。

陈婉儿微微笑着,给他奉茶,道:"回陛下,一切都好,清宁宫一应俱全,无须再添置什么了。"

话一下子冷场,齐修远喝了茶,又问:"你方才弹的什么曲?朕可有打搅你?"

陈婉儿摇头,抱着琵琶,语气疏离:"不是什么名曲。婉儿才拙,自己谱了一曲,取名《倦鸟归》,陛下可愿赏光听一听?"

齐修远来了三分兴趣,要她开始。

陈婉儿身段柔软,手一摆,便很有大家风范,琴弦颤动,琵琶声倾泻而出,带了些许愁怨,齐修远在此刻却想起了上巳节的洛水河边,卿如安在盛放的桃花之下说心悦他。她有一双清澈含情的桃花眼,泫然欲泣时最惹人怜,所以时觉亏欠。就连此刻,他都在想,自己出门时那句话语气太重了,以她的性子,搞不好要哭一场的。

一曲毕了,陈婉儿赢得他的掌声和夸奖。齐修远问:"《倦鸟归》可有什么含义?"

"倦鸟归林,鱼翔浅底,叶落归根,这种平和安稳的结局是很多人的追求,父亲与陛下为此呕心沥血一生,婉儿也想尽一份力。"

陈婉儿自小就在宫中走动,心中志向远大,齐修远是知道的,只是觉得实现理想的办法有千万种,怎么会甘愿埋没于深宫之中呢?

陈婉儿的回答却很直接:"局势如此,婉儿知道陛下与皇后娘娘伉俪情深,也无心与陛下玩感情游戏。婉儿入局只为表忠心,圆父亲夙愿。"

齐修远笑了起来:"别把朕说得这么难听。朕知你心有不满,但同行一条路,朕也不会亏待你。"他语气变得正经起来,"朕信你,有件事还望婉儿相助。"

陈婉儿也敛了笑,神情变得严肃,听他说完之后,又觉得不妥:"这样真的可行?"

齐修远只是点了点头,喝完一壶茶,又走回了福祥宫。

卿如安在观星台午睡,屋里放置了冰块,云蝉在一旁摇扇,见他来要请安,被他抬手止住了。云蝉识趣地退下,又被他喊住,齐修远问:"皇后今日用饭如何?"

"回陛下,娘娘苦夏,只用了一碗绿豆粥,尚食局送来些酸甜的果干,娘娘也吃得不多,这会儿才睡下。"

齐修远点头,要她退下,拿过一旁的扇子,坐在卿如安的身边轻轻扇着。她睡颜恬静,额头布了一层薄汗,齐修远拧来帕子为她擦汗,扇子一扇,凉飕飕的,卿如安很满足地朝他靠了靠。

齐修远也侧着身子躺下,手上动作没停,嘴上怪罪:"早就说你没良心了,婉儿入宫,我向你赔罪都不够,你竟还将我撵出去哄别人,怎会有你这样的人?"

卿如安又向他靠了点,他的话没停:"你看,嘴上说让我别怠慢人家,现在还不是委屈巴巴往我怀里拱。"

卿如安真是冤死,他又说:"我就在那里坐了一盏茶的工夫,记挂你不肯好好用饭,难道你真想看到我跟别人相亲相爱?"

齐修远总觉得卿如安比他用情要多,以为自己在她心里无可替代,

是独一无二的。她明明是个很有气性的人，却在该生气的时候理智得可怕，换作别人，会跟自己的夫君说娶别的女人吗？

想到这儿，齐修远就觉得心中气结，捏着她的鼻子道："你竟还睡得着？"

卿如安哼出声，齐修远原本还责怪的心顿时充满宠溺，轻轻刮着她的鼻子，说："睡吧。"

能在他身边安心睡着也是一件好事。

卿如安这一觉睡得心满意足，睁眼先看到齐修远的衣袍。他下朝之后，总会换上一身常服，不像个皇帝，倒像个世家公子哥，卿如安当初也正因此无法确定他的身份。

她抬头，齐修远闭着眼假寐，摇扇的动作却没停。一时间，她心上涌出一股复杂的情绪，鬼使神差地抚上齐修远的脸。齐修远懒洋洋地睁开眼，撞进她含情的眼眸里，微微愣神，又不由自主地凑近她的唇边，轻轻一吻也很满足。

卿如安这才回神，脸蓦地红了，齐修远笑："难道是我会错意了？"

卿如安起身，倒了一杯凉茶，问："陛下什么时候来的？"

"约莫半个时辰前吧。"他摇着扇子坐到她身边。

云蝉端着一碗冰镇酸梅汤进来，齐修远端给卿如安，说："云蝉说你近来没什么胃口，夏日酷暑，就连睡觉也不安生。"

酸梅汤冰凉可口，心里的燥意退了不少，她问："我做噩梦了吗？"

齐修远一顿，笑了："要我别走算噩梦吗？"

卿如安啧了他一句，让云蝉拿来折子给他看，说："这是册妃大典的流程，还有婉儿姐姐的起居用品，我都核对好了，陛下看看，是否还需要添些什么？"

齐修远淡了笑意，接过折子扔到一边，道："一切按礼制来办。"他将卿如安拉到自己身前，似有些难过，"我的皇后还真是体贴。"

卿如安有些没心没肺，说出来的话却扫平了齐修远心中的郁气：

"我知道你一颗心在我身上,自然无所畏惧,哪怕再多来几个陈婉儿,也无妨。"

齐修远这才笑了起来,但其实她从不信任齐修远的每一句情话,却也会用深情去回应。论装模作样,没有人比她更会了。

(三)

册妃大典那日,陈婉儿与齐修远携手接受朝臣跪拜时,卿如安目光沉静,恍然想起去年秋分的那场婚礼,那时齐修远不如今日这般严肃,他眉眼间的笑意遮不住,谁都能瞧出来他是真欢喜。

晋安见她出神,话说得很轻:"我曾为婉儿可惜过,觉得你抢了她的位置,今日再看,竟觉得有些可悲。"

卿如安脸色柔和,道:"进了这宫门,便都有一份不容推辞的责任。"她微微笑着,"能为陛下分忧,让他舒心几分,我已经很满意。"

晋安佩服她的觉悟,曾以为她是个乡野丫头,会说些场面话,可没想到很多时候,她看事情要比旁人通透得多、用心得多。

陈婉儿过来奉茶,向她行礼。卿如安将早已准备好的礼物送她,要她尽心服侍陛下,话说得很体贴。陈婉儿温声应着。

洞房花烛夜,清宁宫很是热闹,扇面揭了,合卺酒也喝了,两人对坐相看,都有些无言。

齐修远的心思并不在这里,但也不会伤了陈婉儿的面子。云蝉带着一抬抬礼物过来,报菜名一般开口。陈婉儿看齐修远的脸色越来越难看,心里已如明镜。

她将自己的位置摆得很正,这场婚姻实非良缘,人人都说她与皇帝青梅竹马,情深意笃,可只有他二人知道事实不是这样。

齐修远欣赏陈婉儿,是因为她气魄不输男儿,冷静自持,十分看得清局势,早已明白自己不过是局中一枚棋子。陈婉儿若是男儿身,仕途必有她一抹浓重色彩,可她如今最大的作用不过是协助齐修远制衡后

宫,换来朝堂平稳坦途。

她没有怨恨,她坦然接受。所以在云蝉离开之后,她淡声说:"陛下,恕臣妾无礼,今夜烦请陛下宿在偏殿。"

终究不好把他赶出去,让人看笑话。

齐修远应声,还是那副温和好亲近的模样:"你今日劳累,早些歇息。"

他往偏殿走去,一院子的人都噤了声。

卿如安今夜无眠,打发云蝉去休息后,便上了观星台。月色如水,夜风清爽,寥寥几声蝉鸣扰人清静。

她掌了灯,研墨镇纸,《清心咒》都能背下来了,彼时尚未摸清心里的那丝愁绪是为了什么。

她在案前坐了一夜,丝毫不觉困倦。陈婉儿来请安时,她已然换了平日柔和的一张脸,一派天真的模样,与陈婉儿说话。

陈婉儿并不讨厌她,甚至有一些内疚。在陈婉儿看来,卿如安与齐修远情真意切,她的出现犹如两人感情的一道裂缝,轻易缝合不了,是以整个人的姿态都很恭敬。

卿如安留陈婉儿一起用午膳,齐修远便是这时来的,一进门,就见两人言语投机,相谈甚欢。

两人见礼,卿如安让云蝉再添一副碗筷。齐修远本不想留下来,奈何两人一再挽留,齐修远怕是第一次在卿如安面前逢场作戏。他摆起了帝王的架子,一碗水端得很平,面不改色,可他内心却如坐针毡,一顿饭吃完,立刻回了乾元殿。

常玉见他脚步匆匆,就知道他心情不好,一整天都小心翼翼的。

这样的日子持续了小半个月,到卿如安来请旨去崇远寺那天终于结束。

知元法师开坛三日,卿如安打算在崇远寺小住半月为国祈福,这事齐修远一早就答应过，没法反悔，只好将所有事情都安排好，生怕她有一丝不满。

其实后来想过，卿如安几乎不会跟他吵架，对他事事顺从有回应，好得有些不正常了，只是当时的齐修远陷在她的懂事之中出不来。

他亲自送她出宫，拉着她的手一再嘱咐，要吃好喝好不要受伤，又把自己的平安扣送给她，道："这玉开过光，邪魔怪物会离你远远的，晚上要是害怕就摸着它睡，知道吗？"

他其实是想说：我不在你身边，你夜里做噩梦了，怎么办呢？

卿如安笑得甜蜜："知道啦，我过几日就回来了。"她凑过来小声说，"我在乾元殿给你留了东西。"

"是什么？"

"你去看了便知。"她上了马车，又回头弯腰吻了他的脸，用只有两个人能听见的声音说，"我会给你写信，你不许不看。"

齐修远的心软得像熟透了的柿子，轻轻一捏就能溢出汁水，他就是喜欢卿如安这种时刻记挂他的模样。

那日回了乾元殿，并未找到卿如安留给他的东西，问常玉，常玉也是摇头。一直到夜深时，他闻到枕头上的香气，忍不住深深吸了一口气，拆开枕头一看，里面是卿如安为他缝制的安眠药包。

这一夜倒是睡得香甜。

卿如安在崇远寺住了下来，宫中一切事宜都交给了陈婉儿。

牧原白来崇远寺的那天下起了雨，崇远寺的后院有一处僻静的院落，一弯池水落叶漂浮，有小和尚戴着斗笠打捞落叶，卿如安就站在檐下赏雨。

雨落屋檐滴浅塘，油纸伞面"噼啪"作响，风动竹林，声声不息，牧原白就与她在雨中对视，发觉她瘦了些许。

卿如安走到与书斋，不多时，牧原白就进来了。

217

牧原白如今留在京中训练新兵,齐修远只给了半年之期,他就要回到北境协助燕震收复羯奴,他虽在京中,却也没什么机会见到卿如安。

现下见到了,许多想说的话,终是浓缩成了一句:"你近来还好吗?"

卿如安倒茶的动作一顿,茶水溅了出来,眼神清冷地看他:"我很好,你近来如何?"

她要他坐,又说:"好些日子不曾收到你的消息了。"

"是,军中繁忙,我也一切都好。"他提了句张绪,"他在营中倒是刻苦,与张元慎不一样。"

这话已是在求情了,虽然他觉得卿如安并不会改变心意。

"卿赞十五岁时,也曾与你舞刀弄棍,梦想有一番丰功伟绩。滋州山匪横行,你还记得你对他说过什么话?"

牧原白听着她平静的口吻,却能感受到心脏缺了一处,风"呼呼"灌着,有些难受:"我说若有一天他被山匪掳走,我定学那武松上山打虎,带他出匪窝。"

卿如安也不喜欢一遍遍回忆过去,但能支撑她走下去的,恰恰是这段无法跳过的过去。

"卿家的覆灭从一开始就是张元慎设的局,三十二条人命,我过不去。"她摩挲着杯壁,神情冷漠,"我不能放过他。"

牧原白从来不会忤逆她,只是觉得她有些陌生,瞥见她腕间的疤痕,恍然间想起她拿着匕首,一刀一刀割开皮肤的样子,有些惊心。

他移开眼神,说:"好,你不用操心,尽管交给我来办。"

他从怀里掏出一个盒子来,旋开盖子,药香顿时散开。他说:"军中的祛疤膏似乎比外面药房的要管用,你试试。"

卿如安身上的疤痕已经淡了许多了,新婚夜,齐修远就对着她身上的疤痕叹息,而后找来各种祛疤的药,说不知道她受了这么多苦,往后会好好待她。

突然浮现这段记忆,她的脸上有了笑。牧原白能辨识出她笑容的含义,知道她现在心里想的是另外一个人。

"陛下待你很好。"他说。

卿如安没有否认,撩起袖子要他抹药。牧原白忽然手有些抖,不敢直接上手,找来竹片挖了一小块药膏,抹在她的疤痕处。他总是小心翼翼的,不敢冒犯她,也不会拒绝她。

卿如安忽然问:"原白,你可有后悔过?"

牧原白曾经也思考过这个问题,但在生死关头,走马灯一幕幕闪现时,他只怕自己无法信守承诺。

"不曾。"他收好药膏,俊朗的面容上带着温柔的笑意,"无论问多少次都不悔。"

他要她安心,他是心甘情愿的。

这场雨没有要停的意思,牧原白不能久留,一盏茶的工夫于他而言已经足够,只是没想到,会半路遇上晋安公主。与他隔着一个回廊,在雨幕之下,晋安正往这边走来。牧原白装没看见,立即换条路走,却还是被她喊住:"牧将军,巧遇。"

牧原白躲不过,只好转身,撩袍要跪时,被她稳稳接住,笑问他:"牧将军也信佛啊?"

牧原白答非所问:"殿下勿怪,卑职营中还有要事,先告退了。"

自上元节被牧原白救了之后,晋安便对他有了兴趣,那是一个女人对男人的倾慕,但牧原白从未放在眼里,这使得晋安兴趣更甚。

身旁的小和尚适时提醒道:"前方穿过小院和浅塘,便是与书斋,公主请随小僧来。"

晋安这才想起自己是来跑腿的。与书斋简陋却雅致,当时卿如安正在提笔写书信。晋安凑过来看了眼,便如鲠在喉:"嫂嫂,既如此想念,何不随我回去?"

卿如安把信纸交给她,只是笑着摇头。晋安自然明白,册妃大典之后,卿如安就请旨出宫,甚至六宫治理之事都交给了陈婉儿,谁都能看

出来,这是在给陈婉儿伴君侧的机会。

卿如安下榻崇远寺的当天傍晚,张元慎便怒气冲冲地来了,将她好一顿骂,什么父女温情全见鬼了。

卿如安一如既往地装傻,战战兢兢地说自己愚蠢,以后不会了。

晋安以为她心里难受,毕竟这世上没有谁会真的心甘情愿将爱人拱手让人,便问:"嫂嫂心中可有怨恨?"

卿如安摇头,一只手拂过案台上的物什,都是齐修远送的。

"世事并非都能两全其美,他记得我雨夜难眠,肯费心便够了。"

齐修远才不管她要不要,能想到的,有的东西都会拿来给她,像在讨好一般。卿如安确实在某些时候,会因为这种举动而犹豫恍神。曾几何时,她也是这样被人捧在心尖尖上的。

晋安说:"婉儿与皇兄虽有青梅竹马之名却无其意,或许你不会相信,婉儿与皇兄谈论最多的是治世之道,若她是男儿身,或许早就入仕了。"

卿如安不可否认。

晋安也不是刻意要给齐修远说好话的,便道:"你比我想得要清醒些,知道什么该争、什么不该争,皇兄爱的或许正是你这份淡泊。"

有个词叫有恃无恐,卿如安恰是仗着齐修远的偏爱,才会切身感受到这个男人似乎是真的把她放在心上,不论旁人说什么,他只在乎卿如安怎么说。

卿如安泡了晋安带来的茶,接着她的话道:"我并非淡泊之人,只是不想让陛下为难。坐在那个位置上,有太多的声音了,陛下不能不听,也不能都听。他已经做好了对我最有利的打算,我只管信他便是。"

这模样任谁看了,都要说一句用情至深,卿如安入戏三分,演技已经炉火纯青了。

不过分开三日,齐修远总觉得身边空荡荡的。乾元殿的茶台上,早就摆着今日卿如安送回来的信件，上书啰唆，一日做了什么，全说了个遍。若这是官员们呈上来的折子，他早扔下桌了，但这一刻看着她的长信，不自觉弯了眉眼。

常玉端来清茶，明知故问："陛下想皇后娘娘了？"

齐修远横了他一眼，常玉便装模作样地掌嘴，笑眯眯地退下了。

齐修远此刻心情是很不错的，他才从太和宫讨了顿骂，无非是说他冷落了陈婉儿，要他哪怕是装模作样，也要去人宫里坐坐。

齐修远闷声应着，出了太和宫就往清宁宫去，不想陈婉儿也不太想见他，甚至说："若是陛下没有要事可以不来。"陈婉儿如今替了卿如安的事，才知晓原来管理后宫也并非嘴皮子一碰就过的易事。

齐修远如临大赦，笑说："好，婉儿也别太操劳，早些休息。"

陈婉儿立刻就关了门，齐修远还是听见了她说："答应了你的事我自会做到，陛下不必再来了。"

齐修远一天下来都没落下个好脸色，这会子收到卿如安的来信，终于觉得舒心了。他喜欢卿如安这样啰唆的样子，想着又抬脚往福祥宫去了。

坐在卿如安泡茶的茶几前，想起她端坐的模样，总是认真得不行。躺在美人榻上时，似乎怀里还有她的温度，齐修远只觉得心中有些地方被她填满了。

他突然坐起来，展开纸笔，急速写下一行字"孤枕难眠，盼卿归"，又往外喊："常玉，快滚进来。"

他迫不及待地想告诉她：想你得很，快些回来吧。

第九章：黄沙埋骨

她要他封侯拜相，
护她一世平安。

（一）

半月之后，卿如安回宫吃坏肚子，又病了一场，反复不见好。

齐修远心急如焚，日日守在她身边，换了谁来看都要觉得荒唐。是以太后十分生气，在卿如安好转前，不许他再踏进福祥宫一步。

齐修远自然不肯，但卿如安也不准他来，怕传染给他。

那几日福祥宫里弥漫着阵阵药香，林秋书听闻便请旨入宫，贴身照顾了两日。

卿如安那一点点拴不住的同情心，或者被她称之为未泯的良心，让她无法对林秋书太过冷淡，扮着乖女儿的样子，连哄带骗将人送出宫后，就做起了噩梦。

梦里仍旧是撕心裂肺的声音，只觉得自己身体摇晃，后背一下一下被人推着，惊醒时，自己就在齐修远的怀里。

齐修远抱着她慢慢晃着，轻哄着："没事了，我在呢。"

卿如安涣散的瞳孔渐渐聚焦，一抬头，两行泪就从眼角滑落。齐修远将她搂得更紧了，安慰道："别怕，我陪着你的。"

那一刻，卿如安似乎听见了有什么东西碎掉的声音，泪不停地往下流。

她问:"陛下,你怎么来了?"

她身上全是药材的味道,齐修远甚至能分辨出她今日喝的是什么药。

"你一生病就做噩梦,不陪着你,我怕。"

他见过卿如安噩梦不醒的样子,那像从骨子里迸发出来的疼痛一般,他怕卿如安又要睡好久。

一阵强风吹开了窗,外面月光晃晃,枝叶颤动送来凉意,卿如安忽然问:"要是明天我就死了,你怎么办?"

齐修远愣了下,瞧见了她的脆弱不安,她问:"你会立陈婉儿为后吗?"

齐修远以为她在撒娇,哄道:"不会,这个位置永远是你的。"

他说:"结发夫妻,便是死后入坟,你也得在我身侧。"

这或许是一个帝王对爱情最至死不渝的誓言。

齐修远从小到大学的是谦卑,是谋虑,是大爱,可他何尝不是一个渴望被爱的人。太后将他视作固权的棋子,扶他登基,只为保家门荣耀权倾朝野,所以才会有贺从如的目中无人,贺朗的一方独大,还有张元慎的有恃无恐。他从每日吃什么,到每天见什么人,都被太后掌控安排着,他不需要有自己的想法,只需要乖乖坐在龙椅之上,便有万人跪拜。

可是齐修远会长大,会思考,并不甘心做一个傀儡。他在至亲之间周旋心计,与百官斗智斗勇,温和谦卑的少年天子,如今成了雷霆手段的江山执掌人,多的是人忌惮了。

陈启说,王道便是一条黄泉道,是无数尸骸堆积出来的路。

他允诺晋安自由,是希望她能替自己活得更快活些,因为他早就不再期待有人能真心交付,站在他身边只是纯粹地看着他,也早就知道,自己的一切都只是这朝堂之上的交易,而这时,卿如安出现了。

她说:"一个人要做到至善至美,背后一定有无数个辗转反侧的无眠夜吧?"

她不像旁人那样对皇帝心怀敬畏，也不像旁人那样，去歌颂和仰慕一个皇帝的功绩。她从一桩桩、一句句里揪到了齐修远最希望别人问的问题。

齐修远在这时才知道自己爱她什么，不过是这样一双清澈纯粹的眼，这双眼里全是对他的私情。

夏日暴雨之后又是艳阳高照，卿如安病得反复，太医也说不出个具体缘由，只能日日往福祥宫送药。

齐修远夜夜都来，有日白天来得急，正好撞上吴姑姑过来送药，才知道太后担忧，也煎了味补药来给卿如安固元补气。

齐修远心里忽然好受了许多，在这种时刻瞧见了血脉温情，不再是冰冷的权衡与掌控。

卿如安好了许多，但还是有些病态，瞧着像雨打的蔷薇，美得可怜。

齐修远三步并两步到她身边，要她不必多礼，问她今日感觉如何。

卿如安笑说好了许多，泡了壶凉茶给他散热，摇着扇子道："日日往我这边来，传染了可怎么好？"

齐修远见她隔得远，风一阵阵往自己这里吹，长手一伸就将人拉了过来，说："若是能分担你一半痛苦，倒也无甚可怕。"

卿如安一下一下地摇着扇子，安慰他："自幼便是这样，也不必太过费心的。"

"这宫城如樊笼，不似青州山水养人，我如今倒真是有些后悔了。"他挑着卿如安的下巴，将她看得仔细，"我离不开这宫门半步，要委屈你陪我一起吃苦分担。"

卿如安靠着他，没什么力气地开口："臣妾会努力长命百岁的。"

齐修远默了会儿，说："六宫之事繁杂，你如今身子不好，就全权交由陈贵妃代管吧。母后那边我去说，往后免了定省，你就安心调养身体。长命百岁不能只是说着哄我。"

他话说得轻，不像在商量，倒像是来通知她的。

卿如安一切听安排，翌日旨意便送到了清宁宫。卿如安亲自登门，陈婉儿有些摸不透意思，以为对方来兴师问罪，结果卿如安带着礼物一起来谢她。

陈婉儿有些哑然："为什么？不怕我抢了你的位置吗？"

卿如安坐下，抬手让屋里人都出去，这才说："你要的不是皇后之位，而是这个位置上的权力。"

陈婉儿泰然陪坐，卿如安说："本宫虽出身乡野，但也看得出，人与人之间的牵连是什么。有些事本宫不愿插手让陛下为难，放权给你只是迟早的。"

"你果然看出来了。"齐修远是早就打算将后宫之事交给陈婉儿管的，陈婉儿出于各方面考虑应了，却没想到卿如安一早就看破了，甚至崇远寺一行都是在给她暗示。

卿如安笑了笑："婉儿姐姐。"

抛开尊卑礼制，她好像又回到了初见时那般烂漫的模样，陈婉儿知道自己小看了她，却并未从她身上感受到一丝丝危险的信号。

她说："皇后之位本该是你的，是我横插一脚，抢了你的位置。我自知没有这个能力，今日过来，也不是要与你争什么，而是拜托你。"

"拜托我什么？"

"陪陛下坐稳这大好江山。"

卿如安从清宁宫出来后便越发清闲，从乾元殿移了几株爬架蔷薇在观星台下。牧原白也送来了一棵常青藤，绕在蔷薇花架上，被卿如安悉心照顾着，竟也长出了气势，青翠的叶子在观星台探了头。

齐修远来时，她就踩在云梯之上修剪枝叶，老远见到他就喊："夫君，快来瞧瞧，这是你的花。"

她私下没什么规矩，齐修远都放纵着，也爱听她这样唤自己，就好似他们只是平凡的一对夫妻，恩爱不疑。

齐修远快步走过去，双手张开，心情很好："卿卿，别摔着了，慢点下来。"

卿如安搭着他的手，落在他怀里。齐修远抱着她上了观星台，云蝉端来茶点，便退至一旁。

齐修远捏着她的腰，说："圆润了些，好事。"

卿如安怕痒，一骨碌站起身坐在他对面，问他今日怎么来这么早。

齐修远笑盈盈的脸顿时垮了些，闷声喝了口茶，又看了她两眼，欲言又止。

卿如安不明所以："何事心忧？"

齐修远招手，卿如安便顺从地在他腿上坐下，他撑着脑袋说："今日在朝堂上跟张尚书吵了架。西关大月是蛮夷之地，却很有经商头脑，早些年与滋州首富搭上线，想做茶叶和铁器的生意，却差点引起战乱，如今大月遣来使者，想求一条商路，我不愿意。"

在他看来，这极有可能就是大月人的花招，滋州首富的陨落是齐修远目睹的，也正因此，他当年才能在士族威压之下杀出一条血路，坐稳龙椅。这背后有张元慎的助力，如今情景再现，齐修远却已经不再是张元慎能左右的人了。

"我一怒之下，将他遣去了西关，要他摸清楚大月人的意图再说。"齐修远目不转睛地盯着她，好似在判断她会说些什么。

"朝堂之事我也不懂，但陛下这么做定有考量的。"卿如安也答得坦然。

"西关艰苦，你不怪我吗？"

卿如安笑了起来，说："普天之下莫非王土，陛下应该在意的是为什么西关艰苦，在那里生活的百姓繁衍一代又一代的人，哪一天能过好日子呢？"

齐修远眼神变沉了些，卿如安说："京城繁华，却不能代表大成的每一寸土地都是繁华的。父亲这一辈子都没出过长安，能有这一趟际遇，

本该是好事,食民之苦方知苦何,臣妾谢陛下都来不及。"

齐修远笑了起来,摸着她的手说:"卿卿果然体贴。"

约莫一个月之后,卿如安又从齐修远口中得知,张元慎失踪了。

张府顿时乱作一团,齐修远一边派人去安抚林秋书,一边派人去搜寻张元慎的下落。要知道这事处理不好,便是两国交战,齐修远其实不太想看到这一幕的。

卿如安有些出神,齐修远以为她担心,安慰道:"没事的,我会带回张尚书的。"

卿如安安抚一笑,并不答话。

没几日,牧原白来信,说张元慎被大月的商队绑了,他的人甚至还没能来得及下手,张元慎便不见了。

卿如安攥紧了拳头,深呼吸了半晌,在跳动的烛火里,看着化为灰烬的字条,冷冷地吐出一句:"没落在我手里,算你命大。"

(二)

牧原白在营中练兵,突然接到了齐修远的圣旨,要他拨人去西关寻人,正好检验一下冲锋军的能力。

牧原白自然不会推辞,让刘元点人。张绪便立刻跳出来,说他必须去西关寻回张元慎。

这是人之常情,但刘元没应,只因他年纪尚小,又是尚书之子,地位不同平民,要是路上出什么岔子,刘元这条命都不够赔。

张绪还想争取,他实在太想证明自己了。

牧原白扫过一眼,那眼神实在冷漠,就像在看一个将死之人。

他站到刘元身前,无视了张绪的急切,给点了名册的士兵倒好酒,朗声道:"这是冲锋军的第一次任务,入了冲锋军,生死不论。诸位,请握紧你手中的刀剑,本将在此恭候凯旋。"

一时间呼声阵阵,无人会关心一个少年心里在想什么。

天气开始变冷，秋天来得太快，叶子黄时，雨也一阵阵地来了。廉政殿里气氛压抑，哀号声声，齐修远立在窗边，被这一场雨扰了心神。

张元慎灰头土脸地跪在地上哭诉："求陛下为老臣做主，犬子年幼，是寻父心切才会去西关，如今身死他乡，老臣痛心疾首。"

他陡然指着一旁的牧原白，狠狠道："牧将军身为冲锋军统领，怎么会发现不了营中人数不对呢？这是失职，是你杀了我儿！"

大月人素来狡猾，一直野心勃勃，张元慎被遣放西关，就是遭了大月人的算计，将他掳了做人质献给大月王，好让大成吐些好处来，什么商路财路，都是天花乱坠的哄人话。

齐修远早已看透，奈何张元慎非要跳脚力争，说白了就是舍不得银子。齐修远便放话让他自己去西关跟大月人谈，结果落得监禁下场。

冲锋军扮作商户，探查到了监禁地址，秘密将他救了出来，却不想张绪竟然也跟了过来，在逃亡途中，不慎陷入流沙之中，张元慎眼睁睁看着他被埋没，连一片衣角都扒不出来。

牧原白倒是沉得住气，跪在一旁叩首，道："禀陛下，西关之行，张绪并不在名册之列，私自出营已犯军规，可视作逃兵，按律当斩。"

张元慎一听这话差点晕过去，气得直发抖："牧原白，你！"

"张绪寻父心切，这也是人之常情，臣发觉时便已加急告知刘副将。从大月撤退必要穿过一片沙漠，张绪身陷流沙，同行将士也倾力搭救，但结果可惜。"牧原白将事情经过又说了一遍，似要张元慎听明白，若真要论起罪魁祸首，是谁也绝不会是他牧原白，"臣监管不力，按军法该杖三十，无从辩驳，请陛下责罚。"

"杖三十？"张元慎喊道，"我儿可是活生生一条命啊。"

"张尚书。"牧原白还是冷静的，"人在做，天在看。若真这般疼惜自己的儿子，何苦让他加入冲锋军？

"你想找人给你儿子的死买单，何不想想你为何一定要去西关。"

霎时间，廉政殿清静了。

齐修远这时才开口:"此事朕心中已有定夺。原白,你自请军法,退下吧。"

"是,臣告退。"

牧原白一走,张元慎还是痛心疾首的模样,御龙台前,还有林秋书和卿如安一同等着。

齐修远道:"张尚书,节哀。"

张元慎的头垂得更低了,自食苦果便是如今这模样。

齐修远有些心烦,却还是耐着性子道:"张公子血性,是我大成男儿的榜样,尚书大人该以此为豪。西关之行,什么妖魔鬼怪,朕想,你心中也有数了。你今日这般纠缠牧将军,实在不好看,是非功过朕不瞎。这段日子你便休息会儿,陪着夫人散心,待伤痛抚平再回朝。"

张元慎简直不可置信,齐修远竟然会借此动了架空他的心思,忙道:"陛下,臣……"

齐修远抬手止住:"尚书大人,朕都是为你好。"

那双清亮的眸子里此刻迸发出令人胆颤的寒意,张元慎有些怔住了。齐修远喊:"常玉,送尚书大人出宫。"

当天夜里,他没去福祥宫,倒是卿如安来了廉政殿。雨后寒凉,她穿得有些薄,齐修远不由得想,她是故意的。

他拿过自己的披风将卿如安裹住,难免责问:"要是受了寒,你便是存心让我难受。"

卿如安突然哽住,揪紧了外袍,像个做错事的孩子。齐修远有些不忍了,问:"怎么过来了?"

"一直没等到你,去了乾元殿你也不在,心想你还在廉政殿劳累,便带了些夜宵过来。"她厨艺实在不好,齐修远却肯一直赏脸。

云蝉拿出食盒里的红豆粥,汤汤水水的卖相不好看。齐修远喝了口,也不知道她放了什么,舌尖直发麻,他喝了小半碗却面不改色。

卿如安见状便要告退,齐修远忽而觉得莫名其妙:"你就过来给我送碗粥？"

"嗯。"卿如安顿时意会，"难道陛下还有什么想吃的？臣妾去给你做。"

"你——"齐修远哽了下，忽而觉得这场景对话似曾相识，耐着性子道，"没什么想问我的吗？"

卿如安知道他想说什么，只是她实在没什么好问的，她只是可惜，死的人不是张元慎。

"陛下，今日之事，臣妾心中也有数，怨不得旁人，这是阿绪的命。"她到底还是要演一段血脉亲情的大戏，顿时红了眼，"阿绪年幼，投冲锋军时曾夸下海口，要当个威风凛凛的大将军，他性子骄傲，在父亲的约束管教之下，却变得越来越急躁，与父亲之间多有隔阂，可……"她顿了顿，调整呼吸道，"可一码归一码，若他留在营中，便不会有今日，私行西关没有破坏陛下的安排已是大幸，父亲也是伤心过度才会胡搅蛮缠，陛下不必觉得对臣妾有愧。"

齐修远有时候会生出错觉，卿如安的明礼分寸总是拿捏得极好，给出的答案从来不会出错，可是……齐修远有些复杂地看着她，道："卿卿，你偶尔让我觉得看不透。"

时而单纯得可怕，时而又冷静得可怕，仿佛是两个人。

卿如安拉着他的手放在脸边蹭了蹭，发自肺腑地说："人有千面，我会毫无保留地给你看。"

齐修远的指腹擦去她的泪，说："你好像对我无所求。"

"有的。"她说，"求你所行之路无后顾之忧，我不会拖你后腿。"

那年的秋天实在萧瑟，张元慎丧子后闭门不出，林秋书哭得消瘦了许多，齐修远看在卿如安的面子上，还是给了张绪一个宣节副尉的头衔。

卿如安在朱门楼的城墙之上，宽阔寂静的宫道有两道身影并着，风有点冷，牧原白的臂弯还搭着她的披风，这会儿展开替她系上。

"张绪私行西关之事让你受了三十杖，可觉得委屈？"卿如安问。

牧原白摇头。秋日的阳光还有残夏的余温，他挡了挡，一片阴影落在她的脸上，不知不觉中，让人觉得有压迫感了。

"原白今生许你一场生死，荣幸之至。"

卿如安不能说不感动，积年累月的愧疚堆积得像一座山压在心头，他就在山头上朝她笑，说是他心甘情愿的。

或许有那么几个瞬间，卿如安想要从他嘴里听到"后悔""怨恨"这样的字眼，可从小到大，牧原白都像个木头。

卿如安笑了起来，扫去他肩头虚无的灰尘，说："大将军如今是越来越会说话了。"

牧原白就这么红了耳朵。

卿如安愣了愣，似有所感却不敢面对，平静地收回眼神，望着西垂的落日，让他快回去，别让人瞧见。

牧原白走出宫门，回头看时，满心的爱意被人潮淹没。

他知道，有很多话他是不能说出口的。

卿如安回了福祥宫，齐修远已经在等着了，见她来才让人传膳。卿如安心跳漏一拍，却面不改色道："陛下今日来得好早。"

"今日不忙，想同你一起用饭。"齐修远这才问，"你去哪儿了？"

"随便走走。"

云蝉替她脱下披风，齐修远就看到她怀里还抱着一只兔子。

卿如安抱给他看，说："我路过朱门楼，正好看到采买的宫人抬了一笼兔子，这只掉出来被我捡到了。"她逗弄着小白兔的下巴，问，"陛下，可不可以将这只兔子赏给臣妾呢？"

也不是什么大事，齐修远怕她心中苦闷便应了，席间察觉到她虽然话少了些，但食欲还不错，想来张绪的事也没有影响到她多少。

卿如安对上他的视线，愣愣地问："怎么了？"

"瞧你脸色不太好，近来可有哪里不舒服？"齐修远说道。

卿如安摇头，笑说："臣妾可是谨遵圣旨的，天冷加衣多添饭，不敢懈怠。"

齐修远被她逗笑，给她添菜，说："那就好，在我身边，我希望你无忧无虑。"

他又说："若是觉得我哪里做得不好，你不要同我置气，要来和我说知道吗？"

卿如安应着，这时才品出来，自己近来的表现太冷静，换了别人，总该要大哭一场来宣泄，她却日日笑脸，落在齐修远眼里自然奇怪。

于是那晚她靠在齐修远的怀里，聆听着他的心跳，轻唤："夫君。"

"嗯。"

"我不会质疑你的任何决定，你也不要再猜测我是何居心了。"

齐修远没说话。

卿如安搂着他的腰，气息喷洒在他脖间，令人心猿意马。她说："我永远站在你这边，所以，无须顾虑我。"

齐修远一颗心被她的话刺得发酸，以至于后来他觉得自己的万般算计，在卿如安眼里如同过家家，所得到的幸福是她刻意编织的假象。每每想到这个夜晚的对话，他都能感受到一种锥心刺骨的痛觉。

可彼时的齐修远只觉得羞愧，摸着她的头发，一下一下摸到她的腰上，说："卿卿，你也是最重要的。"

（三）

这一年的冬天雪下得晚，冬宴之后，牧原白又跟燕震喝了一场。

齐修远与卿如安携手回宫，夜里风大，氅衣之下的一双手握得紧，齐修远时不时地问她冷不冷。

卿如安摇头，与他贴得近，甜蜜的模样都让人不好意思多看一眼。

她不知道，这般幸福的模样，在宴席上几度让牧原白无地自容，所

以他才甘愿藏在阴沟里。

齐修远说:"今夜月色不错,我记得你会抚琴。"

卿如安笑问:"怕是都忘了,陛下想听?"

"还没听过,卿卿乐意,那自然是好。"

卿如安想也没想便应了,于是齐修远拉着她加快了脚步,却不是往福祥宫去,而是拐去长春林,还吩咐常玉等人不准跟来。

卿如安有些疑惑,可到了长春林时,她一句话也说不出来。那夜的月色淡而冷,照在甲胄之上泛寒光,照在红梅之上,却意外柔情。

"怎么会……"

齐修远在她身旁有些骄傲:"宫中梅花少,去年雪大,与你同行御花园时,你驻足望了会,我便记住了。"他拉着她边走边说,"虽然花了不少工夫,但我想你应该喜欢的。"

他说得轻缓,落在卿如安心上却字字千斤,在这个时刻,她好像没办法再说服自己忽视齐修远的示爱。

"陛下。"

"嗯,此时该唤我夫君才对。"他垂眸,抬着她的下巴便吻了上去,"总是不知该如何讨你欢心,不知这份礼你可还满意?"

"喜欢的。"

卿如安主动献吻,勾起丝丝情欲,在月色下跳动。齐修远缠绵不舍,却还是有理智的,掌着她的后脑勺,轻笑道:"长春林虽然偏了些,但胜在清静,便是与你这般厮磨,也不会让人瞧了去,我也很满意。"

卿如安身子一僵。齐修远将人打横抱起,走到暖阁之中,窗开半扇,窗外正好是一幅冬夜寒梅的景。屋子里弥漫着恬淡的梅花香气,卿如安抬手拨了拨弦,古琴音色沉厚,像一壶尘封多年的老酒。齐修远饮着早已温好的梅子酒,噙着笑,看卿如安正襟危坐的样子。

卿如安认真起来的时候有些忘我,一曲毕了,她抚着颤动的琴弦,抬眼看齐修远。他已有三分薄醉,眉目清澈似孩童,说:"卿卿果然多才多艺！这把琴还是你修的，如今落在你手上也算有个归处。"

"陛下要送我？"卿如安笑问。

齐修远当然点头，将人拉进怀里，抬头说："涛声亭断弦那日，你不是拆了自己的琴赔给我了吗？"他抓着卿如安的手说，"这天下我都能与你共享，我的便是卿卿的，卿卿要什么，我都会给。"

卿如安心中像是迎来一击，眼神不自觉放软了许多，低头捏着他的脸笑道："夫君，你喝醉了。"

"没醉。"

"没有我可要当真了。"

齐修远还是问："你想要什么呢？"

卿如安想了想，在他耳边轻声说："最想要你功德圆满。"

这是实话。

她想要的东西很多很多，却只有这一个与齐修远有关。她看着齐修远那双动情的眼，有些愧疚，哪怕自己万劫不复，也不想让眼前这个人失意破碎。

齐修远将人拉得更近，吻得急躁，说不出是满意还是不满意，那一夜总是气势汹汹，卿如安求饶一次，他便更狠。

在凌乱的欲望中彻底沉沦之前，他祈求般开口："卿卿，不要骗我。"

卿如安的回答被呜咽声代替。

一直到后半夜，月光被隐去，风呼啸而来时，下雪了。

卿如安精疲力竭地睡去之前，看到齐修远关了窗，不知何时折的梅花被他插在瓶里，很珍重地放着。

除夕一过，牧原白便在准备北上之事，跟燕震一同出发那日，齐修远亲自相送，晋安也跟来了。万众瞩目之下，她将从崇远寺求来的平安符赠予牧原白，眼里那点爱慕丝毫不遮掩，齐修远看得清楚。

牧原白不接，一颗心比路边的石头还硬，道："殿下恕罪，战场凶

险，卑职不信神佛，只信手里的刀。"

这也不是他第一次扫晋安的面子了，那目中无人的模样，连齐修远都有些替晋安犯难。要不说光脚的不怕穿鞋的，换成别人，晋安可能就拿诛九族压他了，可牧原白孑然一身，根本不怕威胁。

他翻身上马，对齐修远等人行礼告辞。刘元竖起冲锋军的旗帜，喝道："出发！"

一行队伍浩浩荡荡，晋安看他毫不留恋，笑得得意。

齐修远问："晋安觉得牧将军此人如何？"

"英姿飒爽，血气方刚，不卑不亢，大成将士合该如此。"

齐修远提醒道："若是喜欢，皇兄不阻拦。"

晋安突然就有些羞涩，口吻仍是傲娇的："自然，好女当嫁好儿郎。"

卿如安在一旁听着，看了眼渐远的队伍，微微笑着："英雄配美人，这是牧将军的福气。"

"自然。"晋安对齐修远说，"皇兄，今年冬宴给晋安赐婚吧。"

齐修远笑她不知羞，拉着卿如安在前头走，却开始替晋安操心，公主府该早些修葺出来了。

牧原白与燕震守在北境，仅用半年时间，便打败了羯奴的好战势力，冲锋军攻下三城，并入大成版图。齐修远龙颜大悦，冲锋军因此名声大噪。北境流传冲锋军是一支神出鬼没的军队，没有人知道他们什么时候，会从哪个地方就冒出来，羯奴人因此很是忌惮。

燕震也对此刮目相看，五千人的冲锋军，兵种齐全、近战、偷袭、探查、伪装……样样出类拔萃，实在不像一群新兵。

他问牧原白是如何训练的。

牧原白还是那句话："既入冲锋军，生死不论。"

燕震愣了下，牧原白没什么情绪地说："他们都是签了死契的，誓死保家卫国，效忠陛下，绝不背叛。"

"你也签了？"

牧原白只是笑笑，踢起一杆枪喊："刘元，瞎走什么呢！"

刘元一个空中旋转，勾住来势汹汹的长枪，心差点跳出来，道："将军，好险！"

牧原白让他赶紧走，再次看向燕震，毫不在意道："燕将军，并不是谁都有机会签死契的，虎贲营的将士有家，冲锋军的将士只有我。"

冲锋军就是一群孑然一身的人拿命搏功名，各个都幻想自己是下一个牧原白。

那一年，北境有了一座牧原白的石像，大刀矗立，战袍飞扬，人人夸他如战神降临，又一次打进了羯奴王宫，新王头颅挂在城墙上时，羯奴人终于向大成俯首称臣。

年关回京受赏，从常胜门打马而过，京城万千好女朝他丢手帕、扔花枝，崇远寺的姻缘牌写满了他的名字。

牧原白曾经想象过自己意气风发的样子，想象过那时该千里飞奔到卿如安面前，要得她一句赞赏，更要斗着胆子问问她，如今我算不算天底下顶顶好的男人？

你想要自由、想要安稳、想要幸福、想要圆满……想要什么都可以，我已经有能力给你了。

但卿如安不要，她说，要他封侯拜相，护她一世平安。

第十章：大梦方醒

高台千里，勿沾风雪。

（一）

牧原白是被刘元摇醒的。院外白雪覆盖，他凑过来一张胡子拉碴的脸，喊："将军，这都什么时辰了，公主殿下还在厅里候着呢，你咋还没醒？"

牧原白昨夜喝多了酒，做了个漫长的梦，此时脑子还没反应过来，问："谁来？"

"晋安公主殿下，听你没起，一直在厅里候着，我这才来喊你。"

牧原白默不作声地起床，以冷水扑脸，冻得手都要断了。

这府里没个女人，起居生活便糙得不行，一群男人不讲究，牧原白自然也精致不到哪里去，匆匆换了件衣裳，收拾干净，又让人多送两盆炭火去正厅。

晋安等得久了也没有不耐烦，见牧原白脚步匆匆往自己面前跪，笑出声来："牧将军这一觉睡得可好？"

牧原白恭敬地回答："不知殿下驾到，有失远迎，请殿下恕罪。"

晋安坐在上位，居高临下地看着他，嘴边虽是挂着笑，但瞧不出欢喜："知道本宫为何会坐在这里吗？"

牧原白低着头，眸色晦暗，自然是知道的，他却不答。

晋安还是不恼，起身走到他面前，缓缓蹲下，捏着他的下巴，迫使他看向自己。他这张脸确实经得起仔细看，在一众文官武将的对比下，属上乘，便是不当将军，凭美色做她的男宠也是绰绰有余。

晋安自认为也不是一个注重男子样貌的人，但这一刻还是会觉得很动心，就是可惜了："本宫看上你是你的福气，你却好不给本宫面子，莫非这天下还有比本宫更好的人与你相配？"

"殿下姝丽妍华，是绝代佳人。原白福薄，无心儿女情长，辜负殿下。"牧原白对上她的视线也不退缩，倒是晋安眼波颤动，松了手。

"牧原白，这个理由可说服不了本宫。"她只要回去求一道圣旨，牧原白不从也得从，可她不屑这么做，她也有她的骄傲。

牧原白跪在地上，原本还在屋里站着的几个男人如今都不见了，府里死一般沉寂，只有晋安的人还在边上伺候。

牧原白知道今天必须把话说明白了："殿下青睐，原白感激不尽。只是原白心中的良人并非殿下。"

晋安这时才见恼怒的神色，问："是谁？"

牧原白垂下眼，道："殿下不必知道是谁，她死了。"他一字一句道，"死在歹人刀下。"

"你拿一个死人来搪塞本宫？"

"臣立过誓，此生绝不负她，宁死不从。"他讲得铿锵有力，掷地有声。

晋安无意识地攥紧了拳头，直到痛意传来时才觉荒唐，一甩袖，怒气冲冲地走了。

刘元躲在门后，见状心里直骂牧原白死脑筋，忙跑去求晋安留情。

晋安睨了他一眼，威压十足地问："他心上人是何人？"

刘元瞬间哑然。

晋安怒道："你想掉脑袋吗？"

刘元只好把自己知道的讲出来："回殿下，卑职知道的也不多，将军并不是一个爱提起过去的人。卑职只是听说,将军年幼时曾被一个富小姐买了,那富小姐人极好,教他认字习武,供他吃穿不愁,只是后来富小姐家道中落,被歹人劫杀,将军这才投了军。"

这话牧原白在冬宴之上便说过了,齐修远转告给了她,也正因如此,才没有立即下旨赐婚,只说让她好生考虑,牧原白或许并非良配。

晋安不信,除夕夜宴几番示好,没能得到牧原白的回应,也不觉得气恼,可现下却气得恨不得再回去给牧原白泼一盆冷水,让他好生清醒一下。

她堂堂一国公主,竟然要被拿来跟一个死人比较。若这富小姐还活着,她还有本事去耍耍手段,可人都死了,她连敲开牧原白心门的机会都没有。

牧原白这张嘴,为了抗拒她,当真是什么话都敢说。

"告诉你家将军,本宫心胸宽广,大人不记小人过,下次再敢顶撞,本宫饶不了他。"她上了车驾,又掀开帘子道,"叫他跪满两个时辰。"

牧原白当真结结实实跪了两个时辰,膝盖一下不受力,刘元扶着,还在说:"将军啊,你这是何苦呢?要为一个死人赔上自己的一生吗?"

牧原白却落得轻松:"因为她在看着我。"

卿如安已经死在十三岁的那场火里了。十八岁的卿如安叫张倩,二十三岁的卿如安有了更高规格的称呼,是这天下万人跪拜的皇后。

牧原白也不是过去的自己了。

这世上好像什么都会变,可唯独牧原白一直压抑在心里的这份感情没有变。

在卿如安面前再三缄默的话,对别人却能够做到脱口而出。他要感谢晋安的逼问,让他彻底看清了卿如安在他心中的分量,已经超越了这世间的一切。

他珍而重之的人,他要亲手将她托举,成为她永远的退路和后盾。

哪怕,她对此一无所知,但只要她还需要他就好。

（二）

齐修远在廉政殿跟几位重臣议事，晋安怒气冲冲地来了，见状又鹌鹑似的退下。齐修远皱了下眉，等议完事，晋安还在等着，他不满道："朕有没有告诉过你，内殿不可擅闯？"

晋安喏喏点头，齐修远一直以来就不喜欢有人闯进内殿来，卿如安无心闯入两次，他都没留情过。

齐修远问："找我何事？"

"我……"

"若是关于牧将军，朕希望你慎重考虑。"似是料到了晋安要说什么，他提前摆出了自己的态度。

晋安哑口无言，垂头丧气地坐着，道："皇兄，牧原白说我并非他心中良配。"

齐修远有些惊愕："他有人了？"

晋安摇头又点头："人死了。他说宁死不从我。"

齐修远静了会儿，突然笑出声来："果然有血性。小幺，你挑人的眼光倒是不错。"

晋安有些恼："皇兄别笑了。"

大年初一，她出宫要一个痛快，没想到牧原白直接坦诚，她的骄傲被击得粉碎。

"我回来的路上也想了许多，世间好男儿一大把，不缺他一个，今日来见皇兄，就是想告诉皇兄，赐婚圣旨不必下了，是他配不上我。"

齐修远了然地点头："去岁翰林院新入一位侍读学士，朗朗君子，一表人才，你若有意……"

"皇兄！"

齐修远笑了起来："谈婚论嫁，你也到年纪了。不过朕说了，婚姻之事你自己说了算，朕不会让任何人插手。"

晋安叹道:"若是能遇见你与嫂嫂这样的姻缘,我是很乐意的。"她问,"皇兄,这两年后宫人如春草,一茬接一茬,比嫂嫂美的有,多才的有,温柔的也有,你当真没有别的心思?"

齐修远敲了敲她的脑门,想起卿如安,就不自觉连语气都温柔三分:"弱水三千,我只取一瓢。"

他垂下眼,试图告诉晋安,纵然人有七情六欲,但真爱一个人的时候,才会懂得珍惜。

谁人不知道,卿如安宠冠后宫,哪怕权力架空,但得到一个帝王毫无保留的爱,也足够让人夸一句有本事了。

张元慎便是凭着这一点重返官场,就算与人政见不合,也无人敢真的与之争得面红耳赤,就怕他跑去告状,到时卿如安枕边风一吹,就要落个好下场。可哪有人知道,卿如安从不与齐修远谈论政事,只关心他今日累不累,一杯茶倒上,齐修远就卸了伪装。

他告诉晋安:"小幺,在这座宫城里,真心最难觅,她肯给,朕便敢信。"

他们见过太多的唯利是图和心机算计了,就连血脉亲缘都逃不过。

晋安几乎是瞬间就明白了,这后宫的妃嫔就是这座宫城的榫卯,每一个人看似独立,实则不可或缺,就连最无关紧要的卿如安如今也成了最重要的一环。

卿如安倒不觉得自己多有本事,听完晋安绘声绘色的讲述之后,笑得不能自已:"哪有这么夸张,不过是寻常夫妻该有的模样罢了。"

"这份寻常恰恰就是皇兄要的。"晋安突然说,"今年寒冬,长春林的梅花冻死一棵,你直接将皇兄赶了出去。这世上敢给皇兄脸色看的人,除了母后便只有你了,你真是好大的胆子。"

后一句话不是怪罪,而是打趣。卿如安愣了下才掩面,尴尬道:"人非圣贤,孰能无过,便是帝王犯了错也该骂。我早告诉了他,今年天寒,该派人去护一下新移来的树苗,谁知他听过便忘。"

长春林的梅花如今品类多了起来，白梅、红梅、蜡梅应有尽有，都是齐修远拿来哄她开心的玩意儿。

卿如安费心照顾，齐修远见了就说他会派人来管，不许她劳累。谁想到前两日去看，死了一棵，卿如安就拔了那根枯苗，怒不可遏地喊："齐修远！"

齐修远顿觉大事不妙，脚步不自觉地往后退。卿如安抄起那根死透了的枯树苗，就要往他身上招呼，幸得当时长春林没几个人，没见到他被卿如安追着跑的样子。

倒是那句"齐修远"传得远，是个人听到了都要说一句"陛下惧内"。后来太后知道了，气得不轻，说她没规矩。

卿如安认错态度很诚恳，回去就恭恭敬敬，与齐修远相敬如宾。齐修远二话不说将人往怀里抱，话说得十分真诚："这是我们的日子，你是我的妻，你想怎么样就怎么样，便是我的话你也不用听，这是你作为一个妻子的权利。"

齐修远在她面前，就是把自己放在一个很平凡普通的位置上，什么身份、什么男尊女卑，他都不理。他要卿如安在他面前自在，要卿如安从前怎么活，以后就怎么活，不必为了任何人改变，因为这是他用皇帝的身份给她最大程度的自由了。

卿如安自然体会至深，而晋安也有目共睹，心也放诚恳了许多，道："皇兄身上的担子很重，我没有母后那般志向，也做不到永远冷静自持，所以我很开心皇兄在母亲那里没有得到过的关心，嫂嫂都给了。"

当年立后，卿如安并不是最好的那一个，只是在当时，她是对情况最有利的一个。

晋安曾以为这桩以权力为基础的婚姻并不会长久，谁承想，权力之下铺盖的真心足以挡过万千计谋。

她笑说："嫂嫂与皇兄好，便是真的好。"

卿如安由着她玩笑了几句，才说："你如今也到了谈婚论嫁的年纪，若是真的非牧将军不可，嫂嫂可替你去陛下面前多说几句好话。"

晋安方才还浓烈的笑意突然就淡了下去，对着卿如安也没什么好隐瞒的，于是把跟齐修远说的话又说了一遍。卿如安听完后久久不能平静，面上还是装得可惜，劝慰她，这世上比牧原白好的人多的是。

可晋安一走，卿如安就有些腿软，好多事情突然浮现于脑海，一桩桩一件件，那些刻意忽视的东西，在这一天被晋安无意间和盘托出，呈至在她面前。

卿如安这时才真真切切地感受到，自己害得牧原白好苦。

（三）

元宵一过，牧原白与燕震镇守北境，返边当日帝后相送，晋安没出现了。

牧原白的婚事无人再提起，就像从来没有发生过一般，但他回头望的那一眼，就知道，卿如安什么都知道了。

初春的风太凉，吹得卿如安红了眼。齐修远为她裹紧氅衣，问她是不是很冷。

她收好情绪，一双手被齐修远握着揉了揉，说："回宫吧。"

卿如安没再回头，这条路本就回不了头。

这一年的日子过得快，乾元殿的桃花落尽，涛声亭的风变得越来越热，日落时分，卿如安总喜欢站在这里眺望远方。

云蝉有时候也好奇，问她在看什么。

她说："看我来时的路。"

云蝉跟着看过去，楼宇耸立，街道交错，她要分不清哪儿是哪儿了。

卿如安却清清楚楚地记得，这一路从滋州到青州，再到长安，死里逃生几百回了，如今回望来时路，心中已经没有悲痛，痛觉过后只剩麻木。

后来几日，廉政殿灯火通明，卿如安几乎见不到齐修远。常玉前来

传话，要她不必等。卿如安不得不多问一句，发生什么事了。

常玉只当她关心皇帝，便知无不言："张尚书西关之行的后续一直未处理妥当，大月并不死心，总是借着谈生意的名头，变着法儿入境骗财骗货。滋州钱行的华公子在西关开设了分行，不料想被大月人空手套白狼给套空了。陈世安将军抓获了一行大月人假扮的商队，这才知道，西关境内到处是大月人的伪装，他们手法干净利索，实在无从揪错。"

他叹道："西关乃是大成与外国邦交的一条重要道路，陛下曾因大月扰边而闭关锁国，可这终究不是长久之计。"

西关，又是西关，西关要了卿永的命，也埋过张绪的尸身。不知这一回，又该是谁命殒此地。

卿如安是听明白了，大成与大月的矛盾会因为一条商路而迎来两个结局，是战是和，这条商路都必须打通。

卿如安问："张尚书可在？"

常玉点点头。

卿如安很是嘲讽地笑了声，让云蝉把晚膳装好，交给了常玉，说："要陛下别太操劳，否则本宫会忧心的。"

常玉恭敬应着。齐修远疲惫之际，看到小食桌上热气袅袅的几碟菜，根本没胃口，却还是吃了两口，不是卿如安的手艺。

晚间，卿如安睡眠素来就浅，感受到床侧传来声响，立刻就醒了。屋子里没掌灯，齐修远抱着她沉声道："吵醒你了。"

卿如安声音也疲倦："无事，陛下也要多休息才是。"

"廉政殿的椅子太硬，不如福祥宫的榻舒服。"

卿如安轻声笑着，齐修远一下一下轻拍着她的背，说："接下来这段日子不要等我，朝堂之事费神，我分不了心。"

卿如安轻轻应着，好一会儿才问："很难处理吗？"

齐修远应了声，她接着问："跟我父亲有关吗？"

齐修远默了会儿，还是应了句"嗯"。

卿如安便不再问了,道:"睡吧。今夜的福祥宫不只是避风港,也是安乐窝。"

齐修远突然叹出一口气,整个人贴得更近,被卿如安抱在怀里,他蹭了蹭,喊她:"卿卿。"

"嗯。"

"我们要个孩子吧。"

卿如安没应话,齐修远等了会儿,听见她均匀的呼吸声,没再说话,偎在她怀里相拥入眠。

不多时,整个屋子都静了下来,卿如安自黑暗中睁开眼,齐修远已经熟睡。

两个时辰后,卿如安伺候他更衣上朝。齐修远瞧她两眼发肿,没什么精气神,不免担忧:"不必忙了,你再去睡会儿,下回太晚的话,我还是不来吵你了。"

卿如安说:"没事,你在才好眠。"

齐修远被取悦到了,但此后过了子时,便很少再夜宿福祥宫,若是来,脸上也是愁云惨雾,卿如安就问了一句:"事关大月,令陛下很头疼吗?"

齐修远枕在她的膝上,抓着她按摩的手"嗯"了声,主动说:"大月行径可耻,共谈商路不过是个幌子,你父亲……"他捏着眉心,有些疲惫,"这世上没有掉钱的好事,你父亲在这个位置上坐了这么多年,却还是会做白日梦,我都不知道该说他天真还是愚蠢了。"

卿如安一直就知道张元慎是个贪心的人,既要金钱还要权势,若是西关大门一开,张元慎不知又要从中捞取多少好处,哪怕这好处是以无数平民的尸身堆积而成,他也不在乎。

"臣妾与张尚书亲缘浅,并不了解。"她是这么说的。

齐修远看着她那双平静的眼,似要从里面瞧出些风浪来。

卿如安问:"那如今大月之事可有对策了?"

"无非战与和。"他反问,"卿卿觉得呢?"

"大月今日能套空西关钱行,明日就能掏空西关粮仓。早有前车之鉴可昭大月野心,若是能不费一兵一卒和平共处自然是好事,就怕大成有心,大月无意。"

齐修远悠然应着:"卿卿深知我心。"

齐修远有了开战的想法,但朝中大臣不同意,实在是战事伤民伤财。张元慎吐出的银子还没收回来,又要他拿钱,自然不乐意,却不想这一回齐修远没再听他众多借口和阻挠。

陈启是经过许久的思虑,才站出来主张开战:"与其与虎视眈眈的大月做邻居不堪其扰,不如马踏山河收作附属国。"

他这句话正是齐修远想听的,可堂下张元慎已经开始叫嚣,是战是和吵了半月。

陈世安突然急报,西关截杀一支闯关商队,大月王子在死者名册之上,大月王借此兴兵讨伐。

齐修远看完,怒气冲冲地将急报甩到张元慎面前:"张爱卿,不如你告诉朕,大月到底是何居心!"

张元慎即刻腿软,伏在地上,半天也没有下文。

齐修远立刻授令陈世安迎敌,对着堂下朝臣道:"西关守不住,诸位便做好以身殉国的准备。朕倒要看看,这江山之下,是谁人在笑,谁人在悲。"

那神情,那口吻,不知是因为太过愤怒还是太过冷静,听得众人战战兢兢,全跪下不敢吱声。

亲政这些年,齐修远最先学会的便是心狠手辣,那些谋虑与算计,他也不想用在这些臣子上,可偏偏总有人如跳梁小丑,一次次挡他去路。他要的大成,是海晏河清,民生安乐,是富强繁荣,官者清廉。为达此目的,他可以不择手段。

陈世安接到迎战旨意,即刻号令全军上边防前线,擂鼓声声,西关百姓已有撤退之势。

大月出兵犯境,气势汹汹,陈世安连连败退,守在了雁门关。战报一封封送到齐修远手里,西关已无人能挡,朝廷急成一锅粥,齐修远的脸色也是一日比一日难看,每喊一个名字就总有千万阻隔,张元慎仍旧蹦跶得最厉害。

齐修远都要气笑了,行步堂间,站在张元慎面前问:"这不行,那不行,张尚书可愿西行御敌?"

张元慎气势败退,在齐修远的眼神压迫下,终是低下头:"微臣不懂带兵打仗,大月如今只想要一个公道,若是开了商路……"

"张尚书,你的意思是西关锁门是朕错了?大月潜行闯关也是朕错了是吗?"他冷冷开口,天子威严就如一把利剑,直戳张元慎面门。

张元慎当即跪下,道:"臣不敢。臣只是就事论事,如今大月来势汹汹,和谈才是上策。"

一声冷哼让张元慎心头直跳,齐修远背过身,一步一步走向自己的龙椅,那是他必须守住的东西。

"西关之困关乎国朝安稳,大月屡次犯境,野心昭昭,诸位此般委曲求全,是早已准备江山易主,跪拜大月王了吗?"

"陛下息怒。"

齐修远脾气不算好,至少远没有所表现得那般温润。他看着堂下跪伏的张元慎,心中怒火在不断升腾,烧得越来越旺,连带着冷了卿如安好几天,太后也没有再给卿如安好脸色。

卿如安没有怨言,无言承受齐修远的迁怒。那日她照常带着一壶凉茶到乾元殿,齐修远看了她一眼并没说话。卿如安也不再有动作了,斟了茶就坐在一旁,对着未下完的棋盘若有所思。

齐修远此时无法当她不存在,折子也看不下去,总觉得那些字在摇晃,再看卿如安一副怡然自得的模样,又免不了想起张元慎,气得头脑

发涨。他放下折子，没好气地问："皇后到这儿来做什么？"

本以为她过来是要讨说法，这要换作其他人，肯定会装作无事发生一样，来问上一句"怎的这几日不来看我"，却没想到，卿如安说："臣妾来为陛下分忧。"

齐修远眼神一亮，忽然又是一沉："后宫不得干政，你身为皇后难道不知道吗？"

卿如安立即下跪，十分诚心道："臣妾明白，只是臣妾不愿看到陛下整日愁眉苦脸，也不愿陛下与张尚书心生龃龉。臣妾不懂朝堂，只想陛下一切都好。"

她总有本事一两句话就将他哄好。齐修远听完，心中成见便散了不少，过来扶她，问她夹在中间是不是也不好受。

卿如安一副深明大义的模样，开口："臣妾身为皇后，于公于私都应以国为重。儿女情长在国家大事前，都当往后放放。"

齐修远心里欣慰，愿意听她多说两句。

"你说说，有何法子？"

卿如安提笔在纸上写下三个字：牧原白。

齐修远皱眉，似在考量："虽说羯奴目前成不了气候，可也需要有人镇守。燕震年事已高，沙场老将本该安享晚年，朕才让牧原白一同北上，若是牧原白走了，谁能顶上？"

卿如安笑了笑，在那盘死棋中落下一子，局面顿时柳暗花明了。

"西关艰苦，不比北方富足，定有人肯换。"她顿了顿，又说，"换上去的人，陛下须得好好盯着，近年打仗国库空虚，北境战后百废待兴，百废俱兴，盯住它就等于盯住了银子。"

齐修远一副不敢置信的样子看她，半晌也笑了起来，抱着她在她额头上留下一吻，道："真是卿卿吾爱啊！"

不到三日，牧原白便做好了交接，带着五千冲锋军直奔西关。

两个月后,西关传来捷报,与此同时,张元慎被判贪墨北境,通敌大月,一时朝野震荡,齐修远更是怒不可遏,当即就将张元慎下了狱,择日问斩。

股肱大臣起异心,无异于在他心上戳刀子,他只当张元慎贪了点,却不想在银子面前国可卖,当真是令人心寒。

卿如安在太后那里听了一天的训,流了两滴泪,却并未求情。齐修远过来请安,见她跪在佛堂抄经,心中的火气还未消,转身便走了。

过了两日,卿如安来乾元殿请旨省亲,齐修远看她脸色憔悴,心中难免疼惜,可这一刻他生生压下感情,默不作声。过了很久,卿如安还在地上跪着,齐修远到底还是不忍心,面无表情地应了。

卿如安这才开口:"谢陛下开恩。"

齐修远一顿,抬眼时,她已经离开乾元殿了。

张元慎的罪名简直罄竹难书,齐修远不顾他求情,即刻将张元慎斩立决,想起卿如安,这才没有诛九族,只是抄了张府家产,让常玉亲自督办。

常玉来禀时很是吃惊,累累细数,张府家产已经远超齐修远想象,用一句"富可敌国"来形容也绝不夸张。

齐修远怎么可能不愤怒呢?

再看卿如安,张元慎用钱堆出来的皇后之位,她稳稳坐着,不知身后是多少民声哀怨,又是多少尸骨血海。她什么都不知道,可她明明什么都知道,所以不求情,不辩解,不争抢。

齐修远一句话就将她的皇后权力移交给了陈婉儿,为此曾心怀愧疚,却不想陈婉儿告诉他,皇后早就有心放权。她甘愿当一个傀儡,任他拿捏取舍。

齐修远曾说过,只要她安分守己,可以留她一条命。

如今他对着空荡荡的乾元殿苦笑,他斩断束手束脚的丝线,从一个傀儡成了主人,可卿如安何尝不是他亲手勾着线的傀儡呢?

张府被抄，林秋书被安置在一处不起眼的院落，这是齐修远做的安排。

卿如安进门时，林秋书坐在廊下台阶上以泪洗面，见到卿如安来时，忙不迭起身，一阵头晕目眩让她直直滚下台阶，气若游丝地喊："倩倩，你没事就好。"

林秋书想爬起来，奈何这几日滴米未进，一点力气也没有，但见到卿如安完好无损地出现在自己眼前，她一颗心也落了不少，起码皇帝是真心爱护自己的女儿。她此刻狼狈不堪，可也忍不住谢谢老天保佑。

卿如安让云蝉去外面等，不准任何人进屋，而后一步一步走到林秋书面前，居高临下地看着她，没有要扶她起来的意思。

林秋书伸着手，又哭又笑，要拉卿如安的手，却被卿如安躲开了，她一时愣住："倩倩……"

卿如安面无表情地看着林秋书，缓缓勾出一个温和天真的笑容："张夫人，你叫错人了。"

林秋书的手还伸着，不解道："怎么会叫错了人，倩倩，快扶娘起来。"

卿如安笑得更明媚了："张夫人，你再好好看，令爱跟我长得一样吗？"她蹲下身，要林秋书看仔细，又故意道，"本宫倒是忘了，你根本记不得。"

林秋书被她这模样吓到，有些害怕地看着她："什么意思？"

卿如安抓住林秋书的手，眼里的恨意弥漫成了杀意，林秋书本能地往后缩，卿如安却死死攥住她的手腕，撩开自己的袖子，露出洁白无痕的手臂给她看，道："是这里吧，我记得张倩的手臂内侧有一块月牙胎记，你身为一个母亲，怎么能连胎记和刀疤也分不清呢？"

"倩倩，你在说什么？你弄疼娘了。"

"还听不懂吗？我说真正的张倩早就死了。"

恍若晴天霹雳，林秋书不可置信地看着卿如安。卿如安朝她微微笑着,吐出来的每一个字都能要掉她一条命。

"是我杀的。"卿如安凑在林秋书的耳边,就像叹息一般开口,四个字让林秋书仿佛在被凌迟。

"你骗我。倩倩,你,你在骗娘是不是?"

林秋书伸手抓卿如安的衣裳,卿如安嫌脏地避开,看她这般模样,心中升起一股快感,不介意让人更绝望:"张夫人,我再告诉你一件事,张绪之死并非意外。"

"什么?"

张绪命殒西关沙漠,那条撤退路线本可以绕过流沙,但牧原白让刘元事事禀报,最终以险中求稳为由选了流沙线。

"那条路本来是要张元慎命的,阴错阳差下填了张绪。真是可惜。"

林秋书已经不会思考了,只是不断接收着卿如安的信息,在临近崩溃的边缘问:"为什么?为什么要这么做?"她突然反应过来,不可置信地看着卿如安,"这次也是你做的?"

卿如安又是那副天真无邪的笑脸,点头道:"张夫人终于回过神来了。"

林秋书只觉得头昏脑涨,身体的每一寸都在被卿如安碾碎一般。她叫出声来,发了疯般地往前爬,道:"你是谁?你到底是谁?为什么要这么做?我张府与你无冤无仇,你到底是谁?"

卿如安任她抓住自己的脚腕,被她一句句"你是谁"问得恨意滔天:"忘了介绍我自己了。我乃滋州首富卿永之女,卿如安。"

林秋书顿时没了声音。

卿如安敛了笑,轻蔑地看她:"想起来了?那你说说,我今日所作所为,比起当年滋州匪寇案,是不是要留情了许多?"

林秋书颓然松手,一时间,所有的记忆都涌上来。是了,当年滋州闹山匪,齐修远让林献之为钦差前去剿匪,张元慎便私联林献之,以大月通商为由,谋吞卿永家产。张元慎笑着在家里数金子的时候,卿府已

是血流成河了。

原来这世上,钱比命要重得多。

林秋书迟缓地感受到了锥心之痛,恸哭了起来,要卿如安杀了自己。卿如安偏不如她愿,见她越来越崩溃,心里就跟着越来越痛快。

她说:"你死了,谁来尝尝生不如死的滋味?你一定不知道,张倩死前还在喊你,要你救她呢。你怎么这么狠心,十八年不闻不问,金钱财宝,荣耀富贵比你女儿的命还重要吗?"

她笑呵呵地问完这句话,便狠狠地在自己脖子上抓了两道血印,一转身,悲痛欲绝的模样浮上来,边跑边喊:"云蝉,快去请大夫。"

(四)

林秋书疯了。

卿如安躺在美人榻上看完牧原白的平安信,趁着炉子里还烧着张元慎的信,一并投入火中。

烈焰灼灼,她弯了弯眼,伸出一只手,慢慢握紧成拳,似是享受着这掌中的玩弄。

张元慎贪墨罪名不假,通敌罪名却是卿如安一手安排的。

牧原白西行抗敌,北境兴业,替将正是张元慎极力推荐的门生,利用职务之便,为张元慎敛了不少钱财。卿如安提醒过齐修远,一定要盯牢了替上去的人,这实打实的证据都不用卿如安再费心,于是她所有的心力都放在西关上。

假借大月通商的名义,吸引张元慎的注意,再伪造通敌信件,由牧原白一举退敌并顺势牵扯出来,压上大月王子的一条性命,张元慎非死不可。

其中谋虑,只要一步错便是万劫不复。忍辱负重数年,认贼作父,苟且偷生,活着的每一天都与地狱无异,但此刻,她终于觉得痛快了些。

卿如安看着盆中熊熊燃烧的火焰,已经许久没有这般开心过了,可她还不能就此收手,戏还要接着唱下去。

自省亲回来后,卿如安便茶饭不思,整个人瘦了一大圈。齐修远来时,她在美人榻上睡觉,脖子缠着纱布,齐修远听说是林秋书悲痛过度弄的,他抬手抚上去。卿如安立刻惊醒,抓着他的手,眼里的慌乱无处可躲,问:"陛下是要来杀我了吗?"

齐修远顿时像挨了一记重拳,有些哑口无言。

卿如安渐渐垂下头,松开他,道:"那便给臣妾一个痛快吧。"

一滴热泪落在齐修远的手背,却在他心上灼出一个窟窿,霎时间呼声阵阵,填满了卿如安的声音。

齐修远那颗并不算仁慈的心,却总是在她面前变得柔软。他试探着将人拥进怀里,见她不挣扎,才道:"说什么傻话,跟你无关。"

卿如安在他怀里哽咽,他轻轻拍着她的背,想起她过去做噩梦时也是这般,不免又有些自责:"是我不好,这些日子让你不安了。"

卿如安揪着他的袖子,在他怀里好好哭过一场后才恢复理智,说自己失礼了,要他回去,免得讨太后责难。

齐修远哪里会顾这些,当夜留宿福祥宫就是在告诉所有人,张元慎是张元慎,张倩是张倩,她仍旧是大成的皇后。

齐修远对她上心了许多,知道她没什么食欲,就总是陪着一起用饭。卿如安却在他看不见的地方吐了出来,到最后人越来越虚弱,愁坏了齐修远。尚食局更是想尽法子变着花样做菜,卿如安看都不看一眼,趴在一旁干呕。

齐修远立刻叫太医,查出喜脉,福祥宫里顿时热闹了起来。

卿如安心猛地一沉,缓缓抚上自己的肚子,再看着齐修远喜不自胜的模样,又是一阵干呕。

齐修远激动地抱住她:"好卿卿,你要当娘亲了。"

卿如安勉强扯出一丝笑:"真好。"

当晚,卿如安便跟齐修远说要去崇明寺为孩子祈福三月,齐修远本

不同意,在她一番劝说下只得小心安排。

离宫那日,齐修远送她到宫门口,千叮咛万嘱咐,生怕出一点意外。

卿如安觉得好笑,说他此刻没有一点君王的样子,倒像个小孩子了。

齐修远也不恼,握着她的手吻了吻:"卿卿吾爱,亲亲吾爱。"

卿如安笑着受了,带着甜蜜上了马车。帘子一遮,她便敛了笑,眼底如一潭死水,仔细看又有悲情在涌动。

牧原白突然收到卿如安的信,差点从城墙上摔下来,肩膀上的灰鸽来回踱步,他笑了声说它真是个好信差。

打开信一看,里面寥寥数语,记的都是她的日常。

卿如安没将有孕一事写进去,牧原白不知,握着信件在城墙上笑得发狂,没被卿如安吓到,却被刘元吓得跌落城墙。

"砰"的一声,沙坑砸出个大坑。

刘元抢了他的信,在城墙上哈哈大笑:"让我瞧瞧到底是什么好消息,让你笑成这样。"

牧原白在下面气急败坏地喊:"刘元,你要是敢看,我军法伺候!"

刘元挥挥手:"来吧,我皮糙肉厚。"

展开信件一看,脸上的笑退了下去,他左看右看,朝牧原白喊:"这上面写了个啥?"

牧原白坐在沙坑里,又是一阵狂笑,三两下翻上墙,抢过信纸,说:"不识字就别装文化人,耍你的枪去。"

刘元憨笑,不死心地问:"你说说,我都好奇死了。"

牧原白大发慈悲,展开信件,指着上面的字说:"今宵红林尽染,来日落霞齐赏。"

"什么意思?"

牧原白指着西边渐沉的太阳说:"让你在日暮时分看看会不会有敌兵来犯,他们最喜欢干这种偷袭的事了。"

刘元听了立刻提枪，说："来一个，老子便杀一个！"

一语成谶。

当晚大月偷袭，军营大火，牧原白让人赶紧去保护粮仓，自己率五百铁骑攻破大月右翼，让刘元带两千冲锋军从左路支援，扰乱敌军视线，将敌军拦腰斩断，逼退边境。

牧原白身披铠甲，手握重刀，骑在马上发号施令："犯境者，杀！"

刘元拦住他："将军，此时不可冒进，这明明就是大月的陷阱，一旦踏破边境，后续支援跟不上我们……"

"副将刘元听令！"

刘元只得闭嘴接令："末将在！"

"本将此刻命你带一百冲锋军秘密前行，火油都带上，今晚我要看到西关的天是红的！"

刘元顿住，忽而笑了，接令就走。

当晚西关的天果红了半边，一直到天将明时，牧原白在营帐前来回踱步，他担心刘元恋战，又怕自己给的兵少了。

冲锋军虽然军种齐全，骁勇善战，但人数上实在没优势。牧原白喊来小兵牵马，正要集结人马去支援，就听见哨兵来报："报将军，刘副将与一百冲锋军全部归营。"

牧原白这才松了口气，笑骂了句"臭小子"，便回了营帐等他来报。

帐外传来沉沉的铠甲声，人还未见，声先到："痛快！什么不入流的兵，连我冲锋军的马尾巴都追不上，还敢来挑衅！"

刘元一入帐就倒了碗水尽数饮下，在他面前没什么规矩："将军，你真讨嫌！"

牧原白笑："烧人家营帐的可是你，我怎么就讨嫌了。"

刘元卸了枪，把战况一一禀报，甚至摸清了周边地形。牧原白当即召集将士商议进攻，就趁大月此刻元气大伤之时。

行军前，牧原白写了封信给卿如安，说成败在此一举，年关回来赏

红梅。

他在这边冲锋陷阵,卿如安在崇明寺礼佛,滑了胎。

齐修远有些腿软,稳下心神后,极力调查此事,最后竟查出问题出在太后身上。齐修远在廉政殿坐了一夜,常玉陪在一旁,大气也不敢出。

翌日下了朝,到太和宫请安,礼数周全,笑容温润,陪着太后一起忆往昔。

太后说:"你自小聪明,诗文辩论样样不输你大哥,却总爱藏拙,叫你父皇瞧不上你。哀家曾为此犯愁过,你到底是嫡子,这江山总有一日落你肩上,你却处处给你大哥显风头。"

齐修远垂首听着,他的幼年时光其实是没什么温情的:"朕与大哥虽不是一母同胞,但兄弟情深。若是今日大哥还在,朝堂之上有他辅佐,朕会轻松许多。"

"哼,若是还在,这龙椅之上的人说不准就是你大哥了。"太后没好气地说道。

大成帝位传贤不传长,大皇子齐瑾轩是先帝最喜爱的儿子,生来羸弱却聪慧谦虚、慈悲仁义,样样出类拔萃,只是锋芒太过刺眼,就容易威胁到其他人。

齐修远默了默,有些晦涩地开口:"母后,朕知道,大哥体弱,却远不到致命的时候,这么多年朕不问,是因为朕不愿意去怀疑母后。"

太后脸色一变,声音也凌厉了起来:"皇帝这是何意?"

齐修远摇头,眼中渗出晶莹,长长叹出一口气:"朕的兄弟姐妹不多,小时候,晋安受了委屈找朕哭诉,朕受了委屈便只能找大哥。大哥生来体弱,父皇才会多偏爱,但朕知道,父皇每夸他一句,他便多对朕好十分。小时候不懂,后来坐在这龙椅之上才想明白,大哥的示好是在求一条活路。"齐修远没体会过什么皇家温情,但这一刻,他还是怀着一丝期待地开口,"母后,朕今日只问一句,皇后滑胎一事,与母后有关吗？"

太后瞧着他泛红的双眼，有些哑然，抬手传人进来，显然早有准备。

一个宫女战战兢兢地出来跪下，太后也不答他的话，只是说："这是皇后屋里的人，近日发现皇后举止奇怪，总在屋里烧东西，她从火盆里抢出些残页，皇帝自己看看吧。"

齐修远通过几张残页，拼凑出令人心寒的计谋。他不敢相信："就算这样，为何要落掉孩子？"

太后看了眼宫女，她惶恐地答："回陛下，皇后娘娘有身孕后，太医开了养胎方子，是奴婢一直负责娘娘的汤药。那日闻着味道不对，便留了心眼，问过寺中药郎，才知娘娘的药方已经换了，其中便有一味麝香，而这麝香正是去岁太后娘娘送的东西，每个宫里都分了点，有身孕的娘娘懂得这些，自是不会擅用。娘娘滑胎之后，陛下下令彻查此事，奴婢去查询内务府记录才发现，娘娘出宫时就带了它。"

齐修远如遭雷击，却不会这么轻易相信，说："放肆！谁教你这么说的！"

"陛下饶命，陛下饶命。"伏在地上的宫女已经泣不成声，"奴婢所言句句属实，陛下饶命啊。"

他看向太后，一直忍着的眼泪终于掉落，始终不敢相信这一切："来人！将这奴才拖出去，乱棍打死。"

"陛下，陛下开恩，陛下饶命啊。陛下，陛下……"

齐修远也不知道自己是如何去的福祥宫，一进院子就看见卿如安躺在美人榻上默默流泪。

他心一紧，缓步过去，在她面前蹲下身子，握着她的手，问："今日可好些？"

卿如安摇头，泪自眼眶滑下。齐修远替她擦泪，温声说："太医说头胎都不好生，往后会好些。你别伤心，是这孩子与我们没缘分。"

卿如安握着他的手贴到自己的肚子上，声音喑哑："昨日，他还在的。"

齐修远心口一痛，见她这般伤心，太后说的那些话，他没有全信，却也是有过疑问的。

"换药的宫女已处死，谋害皇子，罪无可恕。"

他也是恨的，但没办法将心底疑问问出口，只能自欺欺人，她的眼泪是因为伤心，而不是做戏。

（五）

那之后，齐修远比往常来福祥宫还要勤快，来时总要带点小玩意儿哄卿如安开心。

太后摇着脑袋气得不行，只得派人监视着卿如安，她坚信卿如安绝不是表面上这样纯良。张元慎通敌一事没有废了卿如安，太后就知道她有些本事在身上，又觉得齐修远实在愚蠢，竟然会被美色所惑。可一连数月，到年关将近，卿如安都安分守己，这让太后也不禁怀疑自己是不是多心了。

齐修远倒是越来越黏卿如安了。

一夜旖旎过后，齐修远把玩着她的发，丝丝绕绕缠着他的手指，松手即散，他又绕，松手又散，如此几次，他突然抱住卿如安，脸庞陷进她的发，一只手慢慢滑到她手掌，捏着她的手心，叹息着说："犹记得初见你时害你跌了一跤，这儿还留了一道疤，给你送来的祛疤药，为何不用呢？"

卿如安握着他的手，往他怀里一动，弯着眼说："自是因为记仇啊，让它提醒我，陛下如此不懂怜香惜玉，往后可不能让你得寸进尺。"

齐修远笑，与她又是一番缠绵，不但得寸进尺，还要再进三分，说在她耳边的话却又是那么令人难过："卿卿，莫再伤我了。"

卿如安含糊应着，要说的话被他吻了进去。

那时，她心里闪过一丝迷茫，坠进来的光，只亮了一下便灭了。

年关送来西关捷报,牧原白率领的冲锋军大败大月国,大月国遣来求和使者,愿向大成俯首称臣,齐修远下令让牧原白与使者一同进京。一通耽搁,终于在除夕前夜回到长安,牧原白连夜入宫述职,一身寒气逼人,齐修远早已让人备好暖炉,忙让他坐。

这一番又到了天亮,齐修远回福祥宫,发现卿如安已备好早膳在等他了,他打趣她:"倒显得你比我还勤快些。"

卿如安接着他的话讲:"帝后同心,臣妾自与陛下同心同体。"

有时候一句话真的能哄人开心,无论真心与否,齐修远在这一刻的欢喜堪比牧原白带来的捷报。

他说:"有卿卿与牧将军,真是朕的福气。"

卿如安伺候他用膳,话题扯到牧原白,她就多问了一嘴:"牧将军少年英才,前平羯奴,今又战大月,所向披靡,战无不胜,陛下可准备好奖赏了?"

齐修远有点犯愁:"牧将军功勋卓著,已是封无可封,兵权如今一分为四,朕握不住不踏实。"

卿如安掩嘴一笑,齐修远看她这狡猾的样子就明白她有主意,也不在她面前分得那么清了,说:"卿卿既有主意,何不为夫解忧?"

与她之间,齐修远很喜欢这种民间情趣,喜欢听她喊夫君。

卿如安伸手:"那夫君可有报酬?"

齐修远握住她的手,放在嘴边亲吻:"什么都给你。"

卿如安心头甜蜜蜜的,抽回手故作姿态:"空口无凭。"

她如今是越来越骄纵了,齐修远抽来一张纸,当真方方正正地写下这句话:什么都给你。

还拓了印。

卿如安目瞪口呆,心头柔软处自此顶开,如涓涓细流淌过,让她想哭。她收了纸折好,放进胸口,就像放了块盾牌,让她更有底气地撒娇:

"君无戏言。"

"无戏言。"

卿如安笑了:"此事也好解决。"

齐修远认真听着,她说:"兵权如今四分,北境的燕震,东极的贺朗,南边的陈世安,西关的牧原白,前三位都是沙场老将,又是先帝亲自提拔的,自然封无可封。可牧将军是武将新秀,人际关系一清二白,除五千冲锋军外,还有三十万边防将士,收兵权可从牧将军先开始。"

"朕也是这么想,可怎么收是个问题。"

卿如安慢悠悠地喝了口汤,吊足了他胃口才说:"好说呀,封他为侯,三代承爵,冲锋军任他调遣,其他兵权回收。"

齐修远皱眉:"外姓侯从未有过,再说就给他留个冲锋军,他能肯?"

"就是因为外姓侯从未有过,所以显得无上荣光。划一方地,三代承爵,朝廷养他三代已经够了。再一个,冲锋军是牧原白一手建立的精锐部队,虽说只有五千人,但感情深厚,默契度高,陛下要是收了冲锋军,再谈收兵权才是真的难。"卿如安说,"将士是陛下的将士,冲锋军虽是牧将军亲自调教的,但要效忠的人是陛下。"

卿如安说完,齐修远大笑,直叹她真是只狡猾的狐狸。

除夕夜宴,齐修远问牧原白要什么奖励,牧原白也不客气,开口就是粮草:"西关风沙大,近沙漠,将士们大多水土不服。陛下若要奖励,那臣就要粮草,吃饱了才有力气打仗。"

齐修远满足他,当即就下令,年后准备粮草,由牧原白亲自送到西关。

牧原白跪恩,皇后淡然一笑,小小开了个玩笑:"前线兵马不可一日无粮,牧将军亲自护送这些粮草,可要放心些?"

牧原白答:"大成铁骑在哪儿臣都安心。"

齐修远大笑,连连叫好,卿如安也笑:"有牧将军和众将士们在,本宫与陛下也安心。"

牧原白："誓为大成效忠。"

他这忠心一表，齐修远后面的话就好说了。

他使了个眼色，常玉就递来圣旨，齐修远喊道："牧原白上前听旨。"

牧原白跪下，朝皇后递眼色，只看到她轻轻点头，抿了口茶，做了个口型："接。"

当晚，牧原白被封边远侯，兵权回收朝廷，另外几个武将面如土色，你看我我看你，都是利益算盘。他们不懂牧原白怎么这么轻易就答应了，一点反驳的话都没说，好像真如他说的那样，誓死为陛下效忠。可他们哪里知道，他不是为陛下效忠，是为皇后当牛做马。

宴散，牧原白离宫，半路被云蝉喊住，说皇后娘娘在前面等。

牧原白立刻就加快了脚步，瞧见前方人影时，赶紧整理仪容，确认一切都好才上前。

卿如安开他玩笑："牧将军如今前途无量，本宫都要喊不动你了。"

他忙说："饮酒误事，来的路上慢了些。"

瞧见她瘦了许多，滑胎一事已有耳闻，可她既不与他说，他便无权过问，只是忍了又忍，才问："你在宫里一切可好？"

卿如安淡了神色，好像又变回他记忆里的冷美人，道："都好。"

话到这里没了，显得四周空旷又寂静，牧原白都能听到她的呼吸声。天空飘起了雪，牧原白挥着大氅遮在她头顶，卿如安抬头，望向他的眼神有些动容。

他说："高台千里，勿沾风雪。"

雪落在大氅上，一点即化，化成一点青黑的水印子，落在他头上，白头就在一瞬。

卿如安心中涌出一阵痛意，错开了他炙热的眼神，道："如今你既是西关大将军，又是边远侯，大月国今来求和，必要开一条商路，雁门关一开，多的是人垂涎。户部侍郎唐镇的大哥曾与我爹一起商讨过西关

生意之事，此人奸诈，当年滋州匪寇案也有他一手，如今轮到他们拿命来偿了。"

牧原白温声应着："我来办。"

卿如安笑了笑，递给他一个平安符，仿佛刚才的狠绝不曾有过，说："原白，你一定要多保重。"

牧原白看着她的身影没入夜色，一点红影衬着白雪，成了他眼中永远的绝色。

手心一片冰凉，有雪落在符上，湿了红字，他放进胸膛，试图焐热。

除夕一过，大月国的求和使者便回了国，牧原白让刘元一路相送，以防使者探查周边布防，来时哪条路，回时依旧哪条路，多条狗吠都要刘元领军棍。

刘元压力如山，一边上马，一边骂他不是人。马吃了牧原白一鞭子，直接冲出去，刘元忙喊："愣着干什么，还不跟上！"

后面的兵一呼而应，齐齐跑出去。牧原白笑了起来，只有这种时候，才能见到一个少年的明朗笑容，无关权斗，只是开心。

上元节那日，他乔装去了唐家铺子，探查一番后，便说自己是来谈生意的，手里有条好路可让利。

做生意的谁不贪财？唐掌柜立即出来笑脸相迎，问他是什么好财路。

牧原白坐下，糊弄话张嘴就来，一副胸有成竹的样子，和唐掌柜谈了三盏茶的工夫，才把人哄住。离开时，唐掌柜还嚷着有空多来坐坐。

牧原白出了门也没回府，就四处溜达，年年回来，年年都没逛过这长安城，他边走边想，往年自己回来都在做什么？

想起府里那棵梅花树，又是一阵叹息，他知道，他可能再也见不到折梅比美的娇小姐了。

行至正阳门，恍惚想起卿如安嫁入宫中那日，那可比上元节还要热闹得多呢。

不知她是否真的一切安好。

返边那日,皇帝来为他送行,身边站着晋安公主。她笑容浅浅,说来看看大成男儿的飒爽英姿。

皇帝同她小声玩笑:"我大成好男儿,当是边远侯。"

晋安果真要生气,皇帝大笑。

晋安是个爽快的人,既然说放下,那便是真的放下。今日相送,不是以一个爱慕者的身份,而是以一国公主的身份,真诚祝愿他可以平安凯旋。

她走上前,道:"牧将军,本宫与你缘浅,但也不是心胸狭隘之人,将军有大情大义,本宫敬佩。"她端来一杯酒递给他,"这杯酒,敬将军赤胆忠心。"

牧原白心下松了一口气,接过酒一饮而尽:"谢殿下。"

晋安又倒上一杯,柔情化作了欣赏:"这杯,敬将军铁骨铮铮。"

牧原白饮尽。

第三杯,晋安注视着他,还是有些可惜:"将军忠情,晋安可惜没能早点与将军相遇。这一杯就祝将军岁岁欢喜,年年顺意。"

牧原白有些动容,曾经卿如安也是这样祝福他的,他说:"谢殿下,祈愿殿下早日觅得良人。"

他饮过酒,直接挥衣上马作别,威风凛凛的样子确实令人移不开眼。

行至城门,牧原白又回头看,正阳门上站着一抹红影,牧原白知道是卿如安来送他了。遥遥相望,都看不清彼此眼里的复杂情绪,就仿佛一条似有若无的线,看不见,却又将他们紧紧绑在一起。

马儿嘶鸣,牧原白张嘴,无声说了句"保重",便策马飞奔,就好像再多看一眼,就会彻底失去她一样,他还要留着这一眼,等年关再见。

卿如安一直站在城楼上,看到他策马离去,她才发现自己眼睛有点酸,一眨眼就落了两行泪。

她套出牧原白的口型,发现他在喊她卿卿,还要她保重。

嘴角尝到咸咸的味道,心也跟着泛酸,但是没关系,快结束了。

"你怎么在这里?"

齐修远的声音自身后传来,卿如安忙擦泪,却还是让齐修远看见了。

"怎么哭了?"

卿如安叹气,说:"梦到死去的孩子,在这门外说进不来,我就过来看看。"

这是齐修远的痛,他当即就搂着她轻声哄着,眼神望向西边,沉痛无比,那面牧字军旗终于隐进深处,看不见了。

齐修远问她想不想再要个孩子。

她红着眼说:"顺其自然吧。"

齐修远点着头,心却碎成了一片片。

过了两月,朝中出了一件大事,工部侍郎唐镇因徇私枉法,滥用公权为胞兄逃税走私,抄了家。齐修远顺道又治了一番贪污腐败,一时人人自危。

卿如安在福祥宫里烧信,嘴边笑意绵绵。

牧原白问她下一个是谁。

她想了想,提笔写下"太后"二字。

那封信还未出宫就被齐修远截了,初夏时节,却让他遍体生寒,险些要站不稳。

他开始想,到底是从何时开始,他的卿卿跟牧原白有关联的,又是何时开始,他的卿卿竟变得如此心狠手辣。

他顺藤摸瓜地查下去,越查心越凉。

以前太后说的话似乎还言犹在耳,她说皇后并非善类。

(六)

卿如安受尽宠爱,这皇宫里极少有人能像她这般有福气。

齐修远每天都过来用午膳，却不再夜宿福祥宫。有日卿如安问他最近在烦闷什么，总不见笑脸。

齐修远抬眼看她，眼神中带点冷意，一闪而逝，卿如安却准确地捕捉到了，心里是有慌张的。

"卿卿近日又都在忙什么呢？"

他素来温和，卿如安说："什么都没做。"

齐修远问："可想出宫陪陪你母亲？"

卿如安一顿，稳了稳心神："算了，母亲已然神志不清，臣妾去了，只会徒增悲伤。"

齐修远看了她许久，轻声唤："卿卿。"

他说："你真狠心。"

没有温度的声音，刺得卿如安别过头，不敢再看他，道："陛下还有要事处理，不要在这里耽搁太久了。"

当晚夜深时分，齐修远来了福祥宫，让所有人都退下，自己脱了衣服往床上躺，搂住怀里的人，叫她"张倩"。卿如安立即清醒，只觉得浑身血液都在翻滚上涌，渐渐觉得窒息。

齐修远一会儿叫她"张倩"，一会儿叫她"卿卿"，覆在她腰上的手越收越紧。卿如安难以呼吸，摸着他的手说："我在。"

齐修远问："你是谁？张倩还是卿如安？"

外面滚过一道雷，炎热夏季的雨水来得迟却猛烈。卿如安觉得自己此刻就像外面任雨浇打的芭蕉叶，噼里啪啦的，浑身都疼。

她反问他："陛下觉得我是谁？"

齐修远的脑袋埋进她的脖间，这个多次亲热的地方，一如既往地吸引他，他狠狠咬了一口，疼得卿如安倒抽一口凉气，却不吭声反抗。

他又问："你什么时候跟牧原白扯上关系的？"

窗外风雨交加，混着雷电，刹那的光亮让卿如安看清了齐修远的脸，天生的帝王相，天生的不怒自威，可那双眼里却蓄着泪，就等她一句话

267

判决。

"陛下既然都知道了卿如安,怎会不知道我与牧原白何时扯上的关系?"她笑了笑,抬手擦过他的眼,干涩却灼热,"陛下今夜是来赴云雨的,还是来问罪的?"

齐修远见她这般模样,心头郁结更深,掐着她的腰说:"假扮张元慎的女儿入主中宫,诬陷张元慎通敌卖国,逼疯尚书夫人,封牧原白为边远侯,拉唐镇一家下马,还要杀太后!这桩桩件件,卿卿真是好手段。"

声如鬼魅,凉意渗进深渊,卿如安第一次在他面前产生害怕的情绪。

她摇了摇头,齐修远眼里的寒意就散了三分,似乎只要她说一句不是的,他就会立刻相信,过去吻她。

可他却听见她说:"除了杀太后,这一切不都是陛下下旨的吗?"

齐修远试图透过一道道闪电,从她的脸上找出一丝悔意,可从始至终,一无所有。

外边雨声作响,屋内也是一触即发,两人都较着劲,最终还是齐修远先败下阵。

他痛苦万分地开口:"那个孩子,你为什么不想要?是否从未对朕有过真心?"

他的第一个孩子,他们的第一个孩子。

从查出喜脉那日起,他就盼着这个小生命的降临,听她要去崇远寺为孩子祈福,他万分不舍,却也是极高兴的。

卿如安闭了闭眼,觉得心脏一阵绞痛,道:"陛下还记得当年滋州匪寇案吗?滋州首富卿永一家被匪寇掠杀,卿家被洗劫一空,各行产业是陛下一条条剥皮拆骨,分给了各个商户。我没有怨言,我只恨你在这个案子上,批了'永不翻案'四个字。"

她依然浅笑,诚恳地问他:"为何呢?"

又是一道雷滚过,齐修远觉得自己此刻就像被雷击过。他少年登基,彼时不过十二岁,滋州匪寇一案,他批下"永不翻案"四个字的时候,才十五岁,龙椅之下的心机谋划,终于让他得到了想要的,却不料想,第一次出手狠辣,竟害得一家被灭口。

他羞于启齿,惊觉可能这就是报应。

齐修远翻身下床。离开福祥宫时,他站在门口,给了最后通告:"你最好劝牧原白在西关安分点,否则他敢贸然回京,朕便让他死无全尸。"

卿如安浑身发冷,一句话终于戳到她的痛点:"你不能杀他。"

"哦?"齐修远冷笑着回身,卿如安看不清他的神色,嘲讽的口吻却是听得一清二楚。

"西关地势关键,如今通了商路,若没有牧原白镇守,邻国就像过无人之境直逼长安。"她说,"他是忠于大成的。"

齐修远朝她走来,身影渐高,带着身后的冷风站在她面前,居高临下地看着她:"你是在提醒朕,牧原白只听你一个人的吗?"

卿如安摇头,齐修远笑了起来,伴着划破夜空的雷电,一点点砸进她心里。

"难怪他连晋安公主都看不上,原来早就看上了朕的皇后。"他蹲下来,直视她的眼,轻声道,"好,朕不动他。天亮朕就下令,边远侯此生永成西关,无诏不得回京。朕要你们见都不能见。"

卿如安暗松一口气,顶着压迫感问:"那陛下打算怎么处置我呢?"

牧原白在西关,一直没收到卿如安的回信,倒是等来了无诏不得回京的诏令。刘元看到圣旨时很疑惑:"不是才封了边远侯吗,怎么就不能回京了?那封地还给吗?"

牧原白把圣旨扔给刘元,沉声说不知道。

他心里一直很不舒服,总觉得出事了,于是给卿如安又去了一封信,等了一月还无回音,他便坐不住了。

他深夜牵了马要走,却碰到刘元拦路,提醒他无诏回京可是要掉脑袋的!

牧原白却等不了，什么功名利禄，如果对卿如安没有用的话，那他要了又有何用。

他骑在马上，一脸焦灼："别拦我，闪开！"

刘元不让："军中怎可无主帅！你告诉我，为什么就算掉脑袋，你也要回京？"

马儿变得焦躁，不停地蹬腿，牧原白抓着缰绳，突然扔给刘元一样东西，刘元接住后大惊失色："将军！"

"闭嘴！"牧原白去意已决，"我将冲锋军的调令给你，若我此去无回，冲锋军就交给你了，定要给大成守好西关这道口。"

"将军，到底是为何？"刘元都要急死了。

牧原白夹紧马肚，说："有人在长安等我，我必须回去一趟！"

闪开刘元，牧原白便陷进夜色，一路快马加鞭，不敢走官道，紧赶半月，终于到了长安城。

他扮成乞丐，在朱门楼前查探每日出宫的宫女和太监的出现时间和人数。

等了两日，他找到管事嬷嬷，捞出十两银子塞给她，求她发善心，带他去宫里谋份差事。

就这样混进了宫，去侍卫处换衣服，又买通了一个太监，换了身太监服进了福祥宫。

他端着茶水点心，上了二楼观星台，见到卿如安卧在美人榻上看书，身形消瘦枯槁，已经没有往日的朝气了。

牧原白突然湿了眼眶，手一滑，茶水点心落了一地，又慌忙低头拾东西。

云蝉见状立刻过来训斥，牧原白不说话，眼前却出现卿如安的鞋面，而后听见卿如安说："无事，你们都下去吧。"

众人要退，牧原白还跪在原地，云蝉拉了他一下没拉动。卿如安抬手，所有人都退下了，四周回归安静。牧原白的脑袋贴着地板，暗自庆幸，知晓她平安就可以了。

卿如安突然问："你叫什么名字？第一次来福祥宫送东西吗？"

牧原白不答，卿如安看了他一眼，没什么感情地说："抬起头来。"

牧原白深吸一口气，缓缓抬起头。卿如安没什么表情的脸突然变得惊恐，一只手在他面前握成拳，低声道："你怎么会在这里！"

牧原白的声音有些许哽咽："我来看你是否安好。"

卿如安似被气到："你没收到我给你的信吗？我一切都好，我让你不要回来！"

她压着声音，却压不住怒气，这模样让牧原白笑了起来，这般鲜活的泼辣样，还是当年在冰天雪地间，她高傲地说"我受你一拜"时见过。

"你笑什么！"卿如安都要气死了，"不要命了？赶紧给我回西关。"

牧原白起身，捞过一旁的毯子给她披上，眼里满是心疼，道："我会回去的，你又瘦了许多。"

卿如安如今的身子骨大不如前，她心里清楚自己时日无多，却始终无法开口跟牧原白说。与齐修远对峙的那夜，若不是突然吐血，还不知道她今天能不能站在这里呢。

想到这儿，喉咙一阵发痒，她止不住地咳。

云蝉听到，正要上来时，却被人拦住。

牧原白递来茶水给卿如安，拍着她的背喊了声卿卿。卿如安咳得泪都出来了，转头大喘着气看他："原白，你这辈子不欠我了，你赶紧走吧，别让陛下发现你。"

牧原白会回去的，只是现在见她这模样，真的迈不开步子。从小到大，牧原白都生怕她有一丝不爽利。

他不肯动，卿如安便撑着身子道："我命令你，赶紧走！"

"好。"牧原白摸出胸口的平安符还给她，"战场刀剑无眼，也不比你在宫中如履薄冰，它保你比较重要。"

卿如安看着这道平安符，又是一阵咳。牧原白塞进她手里，提醒道：

"高台千里，勿沾风雪。任何事我都可以替你办了，只要你还需要我。"

"好一个高台千里，勿沾风雪。边远侯如何出现在宫里的呢？"

齐修远不知何时来的，卿如安挡在牧原白身前，对齐修远摇头。这一动作，落在齐修远眼里是羞辱，落在牧原白眼里是惊喜。

她说："是我让他回的。"

牧原白立刻摇头："不是，是我自己回的。"

他怎么肯让她担罪。

齐修远拉过卿如安，满眼失望，看着牧原白，也不再有往日的温和："朕记得给你下过旨，无诏不得回京，边远侯是要造反吗？"

牧原白跪下，话还未说出口，一阵脚步声传来，御林军统帅出现在楼上。

卿如安拉着齐修远的衣服，拼命摇头："不要，你放他走，我不见他了，以后都不见了，你放他走。"

牧原白看向她，犹如被抛弃的小孩，刹那间，带他回到十岁那年，风雪交加的滋州城里，他像条无家可归的狗一样宿在路边。

"你不要我了？"

牧原白从心底生出一股害怕，死死看着卿如安，看着她摇头，她一边咳，一边流泪："不要了，都不要了。"

殊不知，她越像这样被揪着软肋，越让齐修远愤怒："御林军何在？"

楼下齐声应答，齐修远咬牙切齿地说："边远侯无诏返京，其心难辨，押入大牢听候发落！"

牧原白被押走时没有反抗，因为他看到卿如安用一种近乎乞求的眼神看着他，对他摇头。

福祥宫再次陷入安静之中，卿如安泪如雨下，却表现得十分平静。齐修远看着她，心里也不痛快："朕是不是说过，若他敢贸然回京，朕就让他死无全尸，你为何要哭？"

卿如安渐渐喘不上气来，喉间犯甜，一口鲜血吐出，落在齐修远的黑袍上不见踪影,下一刻,整个人就倒了下去。齐修远吓坏了,抱住她,传太医。

他真是恨死这个人了,时时刻刻都在揪他的心。

太医跪了一院子,齐修远脾气越发大,东西摔了一屋子:"想,给朕想!不管用什么法子,都要保住皇后的命!"

太医跪在院子里瑟瑟发抖,其中一个惶恐开口:"皇后娘娘服用此毒已久,已经药石无医了。"

"那就给朕查,往死里查,毒药从哪里来、经谁人之手、皇后何时开始服毒的?都给朕查个底朝天!"

齐修远怎么会信,她那么心狠的人,要杀的人没杀完,自己怎么会先死。

那几日,皇宫人人胆战心惊,生怕引火烧身。

齐修远去看了卿如安,太医在扎针,她还未醒,他又转身去了大牢。

牧原白浑身是伤,嘴角淌着血丝,殷红中带着暗,受了不少苦,见他来,只有一句:"皇后娘娘可安好?"

齐修远不答,隔着铁门看了他许久,听着他气若游丝的呼吸,心中的悲愤一点点在积压,问:"这些年,你当她手中的刀,就不曾后悔过?"

牧原白缓缓摇头,忆起过去种种,如梦似幻,竟笑了起来,声音哑哑的:"对我来说,没有什么比她活着更重要。"

只是,如若一切重来,他不会帮她进宫,无论何时何地,他能帮她抵风挡雨,让她在他眼前慢慢长大,哪怕深陷仇恨,不得救赎,他也会为她所向披靡。

其实这一生有何求呢?不过盼她平安喜乐。

昔年滋州城中,她救他一命,于寒风中带他回家,教他识字,让他习武,常挂在嘴边的话是——"你的命是我的了,这辈子都归我。"

他这辈子,就是为卿如安而活。

他最后恳切地求齐修远:"陛下,所有的一切都是我做的,与娘娘无关。求您,手下留情。"

齐修远心中的妒火渐渐升腾,听到他这句话时,怒极反笑,像是听到了天大的笑话一般问他:"手下留情?"

齐修远站在门外,看牧原白镣铐加身,狼狈不堪,哪还有一点将军的英姿,眼中的恳切却让他想起了卿如安挡在牧原白身前的样子,这让他嫉妒到要疯。

这说明什么?说明那些情爱都是卿如安装出来的,她的失控全给了牧原白。

"你知不知,她拿命相挟,求我对你手下留情?"齐修远的声音低低传来,牧原白沉重地闭了闭眼,听他继续道,"封你边远侯,圈你西关地,无诏不得回京,一切都是她给你打的好算盘。原白啊原白,你回来做什么呢?你想让她死还是自己死呢?"

齐修远残忍地笑了起来,书上说,鹬蚌相争,渔翁得利。卿如安的插入替他扫清了不少障碍,

这场局做到最后,他竟成了最大的赢家,可他怎么也开心不起来。他心里裹着恨,每看牧原白一眼,就觉得自己像个傻子一样,被卿如安耍得团团转。

他是天子,是皇帝啊。

齐修远拂袖离去,身后传来枷锁铁链的拖地声,还有沉沉乞求的声音:"求陛下放她一条生路,原白死不足惜。"

(七)

长安城又下了一场大雪,眺望楼里依旧热闹非凡,天子坐高台接受武将跪拜。桌上美酒佳肴,众将豪放厥词,最后都化成一句——誓为大成效忠!

呼声阵阵,气壮山河。

齐修远大喝一声"好",举杯敬诸君。酒过三巡,他站到门外,看着万里雪封的胜景,想起多年前,他的身边坐着一位灵动的女子,红衣摇曳,执手相看时,满眼柔情蜜意。

他后来想过,这些都是卿如安装出来的吗?那些甜蜜和温柔,那些软语与温存,都是她事先准备让他掉入的陷阱吗?

冲锋军统领刘元站到他身后感叹:"好大一场雪啊,西关的雪不比长安厚重,却要冷得多。"

齐修远闻声看他:"刘将军征战沙场多年,遍览无数好景,不知哪处最让刘将军神往?"

刘元憨笑摇头,他一介武将,不懂风花雪月,可要说最印象深刻的景……他喝了口酒,借了几分胆量,指着北方说:"那还是打羯奴最过瘾,牛羊马群四奔,草原一望无际,直捣羯奴王宫时最痛快,羯奴王的头颅挂在城门口的好风景,臣此生就见过那一次。"

齐修远沉吟着点头,脸上不辨喜怒,刘元也不敢再看他。

"可惜啊,这等好风景,朕未曾见过。"

冬宴一散,刘元策马去了天门巷,曾经高挂的府匾已经换成了"大司马府",抬头看,曾经红梅压墙,如今只剩阴沉的天与轻盈的雪。

刘元又策马去了梨园,戏班子演的正是西关封侯的好戏,看得刘元热血澎湃,赏钱一个劲儿地扔。

"好!唱得好!"

有人评戏,说起少年将军牧原白,无不崇拜夸赞,说他是大成的战神,有勇有谋,英姿飒爽。

就是可惜了,违反圣令,私自回京下了狱,圣上念其军功卓著,免了死罪,流放黔地十年。

刘元笑容淡了下去,眼里不无悲痛。

当年牧原白深夜回京,他怎么也拦不住,牧原白说长安有人等他。刘元想知道那个人到底是谁,可一路暗访,均无所获。

台上起了阵仗，台下一片叫好。

身披铠甲的边远侯举刀落下，一举一动都是那么惟妙惟肖，刘元起身大喊："打得好！"

齐修远回了乾元殿，常玉奉来凉茶，口感清冷。齐修远问："皇后如何了？"

常玉吓得大惊失色，连忙跪下，支吾："陛……陛下，皇后娘娘薨逝三年了。"

手里的杯子摔得四分五裂，这些年，他的性子越来越阴晴不定，常玉赶紧求饶命。

齐修远稳了稳身子，无力地挥手，让所有人退下。他坐在乾坤椅上，桌上一堆奏折，大多都是鸡毛蒜皮的小事情，他看了两页就全扫下桌，骂道："一个个都是干什么吃的，丢了只鸭子也要来呈报朕吗？"

他发了通脾气，看着一地的奏折，眼神渐渐平静，走过去，拨开其中一角，抽出一张纸来，上面拓着他的私印，方方正正写着一行字：什么都给你。

五个字，字字如刀，插在他的心上。

他想起卿如安死前让人送来这张纸，他去福祥宫想问问，她的心是不是铁做的。可到她跟前时，她身体孱弱，卧在美人榻上小睡，呼吸浅浅，立刻就让他软了心肠。

他见过她病弱的模样，最怕她梦魇不醒。他替她掖好毯子，撩开头发，发丝绕着他的手指，也紧紧绕着他的心。

齐修远又摸了摸她的脸，已经瘦到颧骨凸显，硌手了。

卿如安感到一点温暖，动了动脑袋，在他手心里蹭了蹭，好像不怎么舒服，缓缓睁开眼，就看到齐修远心疼的表情，低声唤她"卿卿"。这让她心念一动，想起了大婚那夜，他也是这般唤她，说寻常百姓家都这么叫自己的妻子。

那时，他全心全意，都是欢喜。

她策划了一切，唯独没策划到齐修远是真心交付。

她对牧原白说人间无情，你必须永远站在我这边。牧原白这一生用八个字回应了她——高台千里，勿沾风雪。

齐修远呢？他用他所能，给了她所有温情，让她知道，他才是最值得的那个。

可卿如安回不了头。

闷雷阵阵的那个夏夜，齐修远将一切摊在她眼前，说她真是心狠。她无话可说，她只是觉得牧原白不能死，所有人都该死，牧原白也不能死，他多无辜啊。

她拉住齐修远的手，神色平静，本想笑一笑，可真的笑不出，只恳求道："陛下，求你放牧原白一条生路。"

好几日了，齐修远一来福祥宫，她就是这句话。

他低声说："你是不是什么都不要，只要他活？"

卿如安点头，眼泪顺势而落，说："他不能死。"

半生无忧，半生作恶。牧原白为她手沾污血，杀出一条光明大道，可她知道，她哪有什么光明，不过是执念作祟。到今天，她真的什么都不要了，就要牧原白活着。这是她在这世上，唯一能为牧原白做的了。

"陛下，这世上除他外，我已无至亲了。我从未求过你……"

"是。"这对齐修远来说何尝不是残忍的，"可你这辈子唯一求的，就是让朕放了牧原白。"

他吐出一口浊气："卿卿，朕告诉过你，莫再伤朕。"

他拂袖走人，卿如安一阵咳嗽，泪光盈盈，悲痛无比。

齐修远步子一顿，终究还是走了，令人去传太医。

（八）

是夜，秋雨大作，乾元殿内灯火通明。

齐修远正在批阅奏折，突然听到一声报，常玉匆匆跪进来，声音颤抖地开口："陛下……福祥宫……"

一听福祥宫，齐修远就起身了，又听常玉颤颤巍巍道："皇后娘娘，薨了。"

齐修远顿时跌坐在乾坤椅上，茫然地问："你说什么？"

常玉只得又说一遍，齐修远突然狂笑起来，眼泪都笑出来了："今日太医还说一切都好，你，你，还有你，你们是不是都在骗朕？"

乾元殿跪了一屋子瑟瑟发抖的奴才，全不敢吱声。

齐修远起身去福祥宫，常玉跟上，喊道："陛下，撑伞！"

哪还有他的身影。茫茫夜色中，雨砸在屋檐上，滴在浅塘里，绽开的水花就像钝物埋进身体，阻隔血液畅流，而后迸发喷洒，痛入骨髓。

齐修远到时，福祥宫内哭声一片，太后坐在一旁，听婢女和太医禀告。见到齐修远一身湿漉漉的狼狈样，她皱了皱眉，斥道："皇帝可还有皇帝的样子？"

齐修远顾不得那么多，看着薄纱后那静静躺着的人，心脏钝痛，眼神慢慢转向太后，就像一个孩童被夺走最心爱的礼物，有点绝望，还有点妥协。

"母后称心了？"

太后一愣，不可置信地看着他："皇帝在说什么？"

齐修远掀开床幔，床上的人仪容干净，就像睡着了一样乖巧。

他摸了摸卿如安的脸，又卷了卷她的发，绕着手指久久不散。他笑了："朕知道，是母后下的毒。皇后的孩子不是麝香落胎，是早在皇后入宫时，母后就着人下毒了，即使孩子生了下来，也是个死胎。"

"你……"

"母后。"他回过身，走到太后身边坐下，看着床上的人出神地说，"皇后乃张元慎之女，此前张元慎多有叫嚣，却也懂得利弊站队，这门婚事是母后要的，可母后怕张元慎日后不听话，想拿皇后当人质，还告诉朕，皇后非善类，让朕疑心。母后无非就是想保住外戚权势，驻扎东极的贺朗将军，朕的好表兄，朕明日就拟旨封他为司马大将军，如何？"

他自嘲地笑了笑，摇着头说："你们所有人都把朕当傻子来骗，所有人都在朕的眼皮子底下玩计谋，这么多年计算这计算那，如今，可称心了？"

太后陡然失声："皇帝！"

齐修远大笑不止，起身摆了摆手："罢了罢了，朕都遂了你们的意。"

齐修远迈着沉重的步子，一点点挪动着，身后哀号连天，身前秋雨连绵，打在他身上冷得刺骨。

皇后薨逝，举国同哀。

牧原白在大牢听见外面的钟声，一下比一下沉重。似有所感，牧原白只觉得心脏开始绞痛，拉住路过的狱吏问："外面何事敲钟？"

狱吏嫌弃地挥开他："自是人死才敲钟。"

"死的是谁？"

狱吏突然收了嫌弃的嘴脸，讳莫如深道："当朝皇后。"

牧原白像是发了狂，揪着他的衣袖喊："你撒谎，你撒谎对不对？"

狱吏推开牧原白，一点敬重的样子也没有了："死的就是皇后。"

牧原白倒在地上，心肝脾肺都被扭曲了起来，疼得他连哭的声音都发不出，只在心里不停追问："为何要骗我？"

次次回信，次次安好。

哪里安好了？

哪里安好了！

"齐修远！"

他躺在地上，一遍遍地喊着齐修远的名字，似要将齐修远拆骨吃进肚里才能解恨。

齐修远来时，带了一壶酒。狱吏打开牢房门，牧原白坐在角落里，

看着墙上那小小的窗口出神。

齐修远坐下，自己倒了杯酒喝，缓了缓才说："皇后死前最后一个心愿，是让朕放你一条生路。牧原白，她死都要让你活呢。"

牧原白听见他的声音，发疯似的扑上来，却因为手脚被镣铐锁住，只到半途，就被绊住跌在他的脚前。

牧原白奋力挣着铁链，却无济于事，只得恨恨看着齐修远，咬牙切齿地说："我说了，都是我做的，你为何要她死？"

为何？

齐修远又喝下一口酒，笑着摇头，说："朕从未想过让她死，朕也舍不得。"

良久，他悲从中来："是朕没护好她。"

血泪相和，牧原白痛苦过后，只剩心如死灰。他说："你杀了我吧。"

齐修远像是听到了一个很好笑的笑话："让你去陪她？"

他起身站到牧原白面前，一字一句道："不可能。生同寝，死同穴，她是要入皇陵的，无论生死，都得在朕的身边。"

冬日一来，皇帝拟旨流放牧原白，又从牧原白开刀，将兵权牢握在手。

中宫空缺多年，无人为后，福祥宫成了皇宫禁地，无人踏足。

齐修远偶尔经过，只在门口站一会儿，总觉得能听见门后的欢声笑语，那是他一日忙碌后的轻松地。

那一日碰到了陈婉儿，她远远行礼，到面前时才说："陛下，君王之道尸骨累累，婉儿入局，只为助陛下肃清朝野，如今功德圆满，求陛下准许，婉儿愿自守皇陵。"

齐修远没应这话，只道："后宫诸事还要劳烦婉儿操心，你不在，朕不放心。"

他走了两步又回头，抬手指了指福祥宫，说："找人收拾下，里面的花花草草别弄死了。"

陈婉儿抬头看，红墙之上有探出头的红蔷薇，许久没有人来修剪了。

她看着皇帝落寞的身影，只觉得可怜，这偌大的皇宫，吃人不吐骨头，他连卿如安最后一面都没有见到。

人人都说是卿如安旧疾复发，云蝉伺候不周，齐修远勃然大怒，卿如安死后，云蝉也被赐死了。可陈婉儿知道其中缘由。齐修远遮掩了一段不堪回首的过去，保全了卿如安的名声，也护住了牧原白在大家心里的将军形象，自己也得了一个贤明的名声。

可原来在人后，他也会像一只迷途的幼鸟一样，站在门前等人归。

只是那人，再不会回来了。

（九）

长安兴泰，盛世空前，城内多了许多英雄少年，入伍参军时，都要报冲锋军。

刘元当了冲锋军统领，问他们为何要入冲锋军。

他们的回答皆是牧原白。

刘元又欣慰又感动，提起和牧原白一同作战的情景，他能吹一辈子都不带重样的。

文人骚客也爱写牧原白的故事，后来不知是谁先起的头，借着牧原白当底子，臆造了一个西关侯。

话本子上写：英雄难过美人关，西关侯抗令入京是为红颜。

那故事写得肝肠寸断，令人扼腕。

刘元在梨园听过一回，明知是假，可还是信了。话本子终究是要美化许多的，美的东西自然令人欢喜。

他坐台下，看台上西关侯策马离去，旁白响起——

"长安城曾有少年郎，寒窗苦读数十载，谋功名，搅朝堂，赢权势，居高位。求媒聘之人皆被拒之门外。后解甲归田，客死他乡，终身未娶。"

话本子里的西关侯是解甲归田，客死他乡，终身未娶。

他认得的边远侯是流放为奴，客死他乡，终身未娶。

他一直不知道，那位让牧原白连死都不在乎的人，到底是谁。

—全文完—